Anthony Gilbert

Das Geheimnis der alten Jungfer

Aus dem Englischen von Melanie Langenberger

Ariadne Krimi 1001
Argument

Titel der englischen Originalausgabe: The Spinster's Secret
First published by Collins in 1949

CIP-Titelaufnahme der Deutschen Bibliothek
Gilbert, Anthony: Das Geheimnis der alten Jungfer /
Anthony Gilbert — 4. Aufl.,
[Aus d. Engl. von Melanie Langenberger]
14.-18. Tsd. — Hamburg : Argument, 1991
(Ariadne-Krimi)
ISBN 3-88619-501-5
Vw.: Malleson, Lucy Beatrice [wirkl. Name] → Gilbert, Anthony

Argument-Verlagsbüro: Rentzelstraße 1, 2000 Hamburg 13, Tel. (040) 45 60 18
Argument-Redaktion: Onkel-Tom-Straße 64a, 1000 Berlin 37
Titelgraphik: Johannes Nawrath — Signet: Helga Damm
Texterfassung durch den Verlag. Konvertierung: Fotosatz Barbara Steinhardt, West-Berlin
Druck: Ebner Ulm
Vierte Auflage 1991

1

»Bevor Du beschließt, einen Mord zu begehen«, sagte Arthur Crook, der wie gewisse Minister ausschweifende Erklärungen bevorzugte, »mußt Du einen wichtigen Gesichtspunkt berücksichtigen, so etwas wie die Gefahr, einem Löwen in die Quere zu kommen. Und selbst ein Löwenbändiger kann nicht sicher sein, davonzukommen, denn es gibt einfach keine narrensichere Methode für Mord. Du kannst so schlau wie der Teufel und so vorsichtig wie ein Außenminister sein, kannst jeden Fehler voraussehen, der einem Verbrecher zum Verhängnis werden könnte, und Dich dagegen absichern, und trotz allem bricht Dir der 'unsichtbare Zeuge' das Genick. Der 'unsichtbare Zeuge' ist der Mann, den Du nicht einkalkulieren kannst, und deshalb bist du nie vor ihm sicher.« Er bezog sich auf einen Fall, der als Autobrandmord bekannt war. Rouse wurde nicht gehängt, weil er etwa Fehler gemacht hätte (mal abgesehen von dem Mord selbst), sondern weil zwei junge Kerle an dem Nachmittag über eine Hügelkuppe spazierten und ihn sahen. Er hatte alles im Griff, bis sie seine sorgfältige, exakte Planung zunichte machten.

»Also«, schloß er, »sofern Du kein professioneller Spieler bist, laß die Finger von Mord und versuch's mit einem harmloseren Spiel.«

Später setzte er Janet Martin auf seine Liste.

Jeden Morgen konnte man die alte Janet Martin am Fenster ihres Wohnschlafzimmers sitzen sehen, wie sie die Straße beobachtete. Das war ihre Hauptbeschäftigung, seit sie 70 Jahre alt geworden war. Auf Grund ihrer schlechten Augen konnte sie nicht mehr viel lesen, und sie erhielt auch selten Briefe, obwohl sie sich sehr darüber gefreut hätte. Sie war alt, arm und keineswegs immer gesund, und ihre einzigen noch lebenden

Verwandten waren ein reicher verheirateter Neffe, der irgendwo im Norden wohnte und keine Zeit für die Erfolglose hatte, und eine Nichte, Doreen Blake, die Tochter ihrer verstorbenen Schwester Florence. Einmal im Monat schrieb die Nichte pflichtbewußt Briefe voller »small talk«, die ihr für jemand, die keinen Platz mehr im Leben hat, angemessen erschienen. Darin betonte sie stets, wie beschäftigt sie sei — sie unterhielt einen Laden mit kunsthandwerklichen Waren. Und zum Geburtstag und zu Weihnachten schickte sie der armen Tante Janet irgend etwas aus den alten Beständen ihres Ladens. Ab und zu ließ die Tante sich gehen und beklagte sich in ihren Briefen darüber, wie armselig und einsam ihr Leben sei, und darauf sagte dann die Nichte zu ihrer Partnerin, einer gleichfalls alleinstehenden Dame voller Energie und Entschlossenheit: »Ich sollte vielleicht nach London fahren und nach der Alten sehen. Sie sollte keinesfalls den anderen etwas vorstöhnen. Miss Fraser (gemeint war die Hausmeisterin) wird beschließen, daß sie sie nicht länger dabehalten kann, und dann haben wir die Bescherung.«

Nicht, daß Doreen Blake keinen Verantwortungssinn gehabt hätte. So schickte sie ja auch von Zeit zu Zeit einen alten Mantel oder eine Jacke, wenn sie sich selbst gerade etwas Neues gekauft hatte. Das war doch wirklich großzügig von ihr. Denn schließlich hätte man auch dafür noch Geld bekommen können. Sie war kräftig gebaut und die Tante sehr zierlich. Im letzten Jahr hatte Miss Martin recht verdutzt auf den rot-grün karierten Mantel geschaut, den ihre Nichte ihr mitgebracht hatte.

»Er ist ein bißchen weit, aber ich denke, man kann ihn abändern lassen.«

»Schneider sind heutzutage eine Seltenheit, und vor allem sehr, sehr teuer«, entgegnete ihre Nichte.

»Natürlich.« Miss Martin verstand diese Anspielung sofort. »Gut denn, ich kann es selber machen, ein paar Zentimeter kürzer ...«

»Sicher ist es vorteilhafter, ihn ein bißchen länger zu tragen, viel wärmer und, natürlich, Tantchen«, sie lachte belustigt, »in Deinem Alter muß man sich doch nicht mehr um die Mode kümmern.«

»Auch wenn ich ihn kürzen würde, wäre er immer noch etwas zu breit.«

»Ich rate Dir, nichts abzuschneiden«, meinte die Nichte ärgerlich. »Du kannst kein gleiches Material mehr bekommen. Der Mantel stammt aus einem eleganten Laden in Winchester und ist Vorkriegsware.«

Miss Martin lag es auf der Zunge zu fragen, welcher Krieg gemeint war. Aber schon lange war ihr klar, daß die liebe Doreen keinen Sinn für Humor hatte, so meinte sie bescheiden, es sei sehr nett, ihr den Mantel zu überlassen, und vereitelte weitere Debatten dadurch, daß sie Doreen fragte, ob sie sich schon entschieden hätte, ein neues Radio zu kaufen. Sie schwärmte nämlich für Radio und ließ öfter ihre Tür offen stehen, um es von einem der oberen Räume zu hören.

»Ja, ich hatte ein vorteilhaftes Angebot von einer unserer ständigen Kundinnen, einer wirklich netten Frau, ihr Mann steht auf der Liste der letzten Auszeichnungen! Und das alte konnte ich zu einem sehr guten Preis verkaufen, so daß ich mir nicht mal Verschwendungssucht vorzuwerfen habe.« Sie lächelte selbstzufrieden. Janet Martin starrte sie an, als ob sie ihren Ohren nicht trauen könnte.

»Du verkauftest es?« flüsterte sie.

»Natürlich, ich wollte keine zwei, und Agatha ... warum, Tante Janet, was ist los?«

Miss Martin hatte bis zu dieser Stunde nicht gewußt, wie sehr sie damit gerechnet hatte, das alte Radio zu bekommen, wenn Doreen sich ein neues kaufen würde. Sie machte sich selbst klar, daß es natürlich für junge Leute — Doreen war 39 und das war jung in Janet Martins Augen — schwer war, die Situation von Alten und Schwachen zu begreifen. Denn Doreen war ja nicht wirklich unfreundlich ...

Sie hatte erklärt, sie könne nicht bis zum letzten Zug warten, Agatha wäre zwar so nett gewesen, ihre Arbeit mitzuübernehmen, aber natürlich könne man das gute Naturell der anderen nicht ausnützen, oder? Allein gelassen, mußte Janet Martin zu ihrem Kummer feststellen, daß sie Tränen in den Augen hatte. Sie wischte sie ab und versuchte energisch, an irgend etwas anderes zu denken. Das half aber nichts, die Tränen flossen von neuem über ihr Gesicht, und um ihrer Demütigung die Krone aufzusetzen, kam unvermittelt Miss Fraser und fand sie völlig aufgelöst vor.

»Aber Miss Martin, Sie dürfen sich doch nicht hängen lassen.« Sie war immer energisch zu ihren alten Damen, denn sie war der Überzeugung, andernfalls würden sie sich selbst zu sehr bemitleiden, und jeder wußte, wohin das führte. »Was ist denn los, hatten Sie schlechte Nachrichten?«

»Nein, das nicht, aber ich hatte gehofft ...«

»Ich weiß wirklich nicht, was Miss Blake sagen würde, wenn sie Sie so sehen würde, gerade nachdem sie einen ganzen Tag geopfert hat, um Ihnen einen Besuch abzustatten.«

Janet Martin trocknete eilig ihre Tränen. Sie wollte keinesfalls, daß Miss Fraser an Doreen schrieb. Das wäre wirklich unangenehm. Sie nahm sich zusammen und erklärte, sie hätte zwar etwas weniger Gutes erfahren, aber jetzt wäre sie wirklich wieder ganz in Ordnung. Doreen würde wirklich ärgerlich sein, das wußte sie, und daher wechselte sie auch schnell das Thema. Miss Fraser stimmte auch gleich ein Loblied über Doreen an, was für eine ausgezeichnete Frau sie sei und wie glücklich sich Miss Martin fühlen müsse, eine so gutmütige Nichte zu haben.

Das nächste Mal, als Doreen kam, richtete es Miss Fraser so ein, ihr in der Halle zu begegnen. Sie hoffe, mit der alten Dame sei alles in Ordnung, sie scheine in der letzten Zeit etwas schwach und bedrückt. Doreen war erschrocken. Denn über den Häuptern der nächsten Angehörigen der alten Damen, die im Blakesley-Haus lebten, schwebte immer die Gefahr, daß ihnen gekündigt würde. Wenn die Mitbewohnerinnen klatschten und erklärten, irgendeine würde schlecht aussehen, so schlug die Hausmeisterin deren Nichte oder

Tochter oder wer es sonst sein mochte vor, sie anderswo unterzubringen. Diese Aussicht fürchtete Doreen schon lange: Sie erklärte ihr daher bei ihrem nächsten Besuch, sie sorge sich schon eine Weile, ob ihr der große Raum nicht zuviel Arbeit mache. Gerührt ob soviel Fürsorge gab die Tante zu, sie hätte sich schon manchmal etwas Hilfe gewünscht und Miss Fraser kenne eine nette Frau, die für zwei Shilling pro Stunde zur Aushilfe kommen könnte. Doreen zog sofort andere Seiten auf und meinte, daß sie sich solch einen Luxus nicht leisten könne, lachte aber gleich darauf belustigt, um zu zeigen, daß das ein Scherz gewesen sei. Und dann, wieder nüchtern werdend, erklärte sie, die Hausmutter habe erwähnt, einer der kleinen Räume im dritten Stock werde demnächst frei. »Und das«, meinte Doreen, »würde weniger Arbeit bedeuten und natürlich auch weniger Miete. Liebenswürdigerweise soll Dir dieser Raum zuerst angeboten werden.«

»Nein!« Janet Martin war so entsetzt, daß sie geradeheraus sagte: »Ich könnte nicht nach oben ziehen!«

»Warum nicht«, fragte Doreen, »Du hast doch nichts am Herzen?«

»Das ist es nicht. Natürlich sind meine Beine nicht, was sie einmal waren, und nach all dem Schlangestehen habe ich schon das Gefühl, die vielen Stufen wären zuviel für mich. Aber vor allem wäre ich zu weit weg von den Menschen draußen!«

»Von welchen Leuten denn?«

»Von denen auf der Straße.«

Doreen starrte sie an: »Aber Du kennst sie doch gar nicht!«

»Trotzdem bedeuten sie für mich Gesellschaft. Die Leute kommen hier vorbei, und ich habe das Gefühl, einige davon zu kennen. Manche sehe ich mehrere Male in der Woche und ich stelle mir vor, mit ihnen vertraut zu sein. Ich denke mir Geschichten aus, manchmal denke ich zum Beispiel: sie sind verliebt ...«

»Tante Janet, Du mußt Deinen Verstand verloren haben!«

»Gewiß nicht.« Die alte Dame errötete. »Ich sitze hier den

ganzen Tag verlassen herum. Bei schlechtem Wetter gehe ich kaum aus und meistens kann ich nicht lesen. Die Menschen draußen bedeuten mir viel.«

»Ich hoffe, Du erzählst das nicht jedermann«, versetzte Doreen unfreundlich. »Die denken, Du bist ganz verdreht, und wie Du weißt, gibt es immer Wartelisten für diese Zimmer ... Natürlich«, fügte sie heroisch hinzu, »wenn Du wirklich so allein bist, will ich versuchen, öfter zu kommen.«

Aber das wünschte sich Janet Martin eigentlich überhaupt nicht. Doreen kam meist ohne Ankündigung, sie meinte, ein Genuß wäre doppelt so groß, wenn er überraschend käme. Es gab natürlich Tage, an denen Janet sich wirklich nicht so gut fühlte, um alles so in Ordnung zu halten, wie sie es liebte und Doreen es offensichtlich erwartete. Ohne Vorwarnung erschien diese, guckte in alle Ecken, und all der Staub, den die arme Tante vorsorglich unter den Teppich gekehrt hatte oder den ihr Staubwedel übergangen hatte, ward deutlich sichtbar.

Doreen war nicht die einzige, die befürchtete, daß Miss Fraser einen Wechsel erwog. Auch Janet Martin war sich dieser Gefahr immer bewußt. Sie bewohnte wirklich einen schönen großen Raum, im Erdgeschoß lagen die größten Zimmer. Und sie brauchte einen solchen Raum schon auf Grund ihrer Einrichtung, die aus dem Hause ihrer Mutter stammte. Es waren die Art Möbel, die man viel reinigen und polieren muß, und aus sentimentalen Gründen hatte sie zahlreichen Zierrat und Photographien in Silberrahmen, die ebenfalls viel geputzt werden mußten, und Krimskrams aufgestellt, um den Raum wohnlicher zu machen. Doreen fand das alles viel zu unordentlich, aber Agatha Turner, ihre Partnerin, tröstete sie. »Laß die alte Seele, die hat den ganzen Tag nichts zu tun. Sie soll ihren Raum sauberhalten, das hält sie davon ab zu grübeln.«

Daraufhin vermied es Doreen sorgfältig, irgendeine Nachlässigkeit zu beanstanden, und Janet gab ihrerseits vor, immer vollständig gesund zu sein, wenn ihre Nichte auftauchte. So streuten sie sich gegenseitig eine Weile Sand in die Augen und begruben ihre Ängste. Jedoch nicht sehr tief unter der Oberfläche.

2

Am liebsten saß Janet Martin am Fenster und beobachtete Kinder. Die meisten waren kleine Rowdies und wohnten in den verschiedenen Häusern der Umgebung. Aber manchmal kamen, von Janets Blickpunkt aus gesehen, auch wirklich nette Kinder und Säuglinge in hübschen Kinderwagen vorbei.

Als sie jung war, hatte sie sich gewünscht, zu heiraten und ein Kind zu haben. Sie waren zu Hause zu dritt gewesen. Ihr Bruder, der der Älteste war, hatte sehr jung geheiratet und sich von der Familie distanziert. Ihre Schwester, Florence, konnte sich am besten durchsetzen. Sie war wild entschlossen, einen Mann für sich zu erobern. Die Mutter wünschte, eine ihrer Töchter sollte heiraten, die andere bei ihr bleiben und für sie sorgen. Sie erinnerte sie ständig daran, auf was sie im Leben verzichtet hatte, um sie zur Welt zu bringen. Sie fand deshalb, es sei nicht zuviel verlangt, wenn eine Mutter dafür Dankbarkeit erwartete. Florence, unterstützt von der Mutter, war so erpicht darauf, sich einen Mann zu angeln, daß jeder, der beinahe angebissen hätte, erschrocken zurückwich. Daher kam es, daß Florence spät heiratete, einen kinderlosen Witwer, der sehr viel älter als sie war. Danach gab die Mutter alle Tätigkeiten auf und führte das Leben einer bequemen Rentnerin, von Janet behütet und versorgt. Sie starb ziemlich alt, Janet war bereits in mittleren Jahren und die Schwester schon Witwe mit einer einzigen Tochter. Es war keineswegs unterhaltsam, mit ihnen Umgang zu pflegen, weil es nicht anders war als früher mit der Mutter. Und Janet wurde älter und älter, der Krieg kam und ihr kleines Vermögen wurde immer weniger wert. Sie war in den beiden letzten Kriegsjahren nach London gekommen, das war zu der Zeit leichter als später, weil London wegen der Bombardierungen nicht so gefragt war wie nach dem Krieg. Und jetzt fürchtete sie mehr denn je, ihr schönes Zimmer mit dem Fensterausblick zu verlieren.

Eines Tages, als sie wieder Ausschau hielt, erlebte sie etwas ganz besonders Schönes. Ein kleines Mädchen mit langen dunklen Zöpfen, die ihr bis zur Taille hingen, bekleidet mit rotem Mantel und roter Baskenmütze, lief vorüber. Sie war in Begleitung einer Erzieherin oder eines Kindermädchens (sie trug keine bestimmte Uniform) und führte einen Aberdeen-Hund an der Leine. Sie war etwa sechs oder sieben Jahre alt und wirkte recht ernst. Aber sie hatte soviel Vornehmheit, soviel Anmut und Grazie, daß Janet Martin unwillkürlich das Wort adelig einfiel. Als sie am Haus vorübergingen, sah das Kind auf und bemerkte die alte Dame am Fenster, die ihr impulsiv zuwinkte, und nach kurzem Zögern erwiderte die Kleine ihren Gruß, bevor sie ihrer Gefährtin folgte. Von diesem Augenblick war jeder Tag für Janet Martin verloren, an dem sie das Kind nicht sah. Jedesmal, wenn sie sich so freundschaftlich begrüßt hatten, machte sie ein rotes Kreuz in den Kalender der edlen Sprüche, den Doreen ihr aus ihrem Laden zu Weihnachten gesandt hatte. Pro Monat gab es ein Blatt.

Als die Wochen so dahingingen, wünschte sich Janet Martin nichts sehnlicher, als das kleine Mädchen zu treffen und mit ihm zu sprechen. Alle anderen Vorübergehenden verloren ihr Interesse. Sie versuchte, ihre Wege zu den Läden zeitlich so einzurichten, daß sie das Paar mit dem hübschen Hund treffen könnte. Mit Besorgnis erfüllte sie die Tatsache, daß die Begleiterinnen mit verdächtiger Häufigkeit wechselten. Sobald sie sich an ein Gesicht gewöhnt hatte, verschwand es und ein anderes nahm seinen Platz ein. Alle waren beklagenswerterweise im mittleren Alter. Sicher war da der Wurm drin, wenn niemand längere Zeit bei einem so entzückenden Kind bleiben wollte. Sie grübelte lange darüber, und in dieser ganzen seltsamen Geschichte war das ihr erster ernsthafter Verdacht. Mit Doreen sprach sie nie über das kleine Mädchen und einmal, als sie zu Besuch da war und das Paar vorüberging, gab sie vor, sich über das Haar zu streichen, und konnte nur halbherzig den gewohnten Gruß erwidern. Glücklicherweise war Doreen wie immer mit ihren eigenen Angelegenheiten beschäftigt und bemerkte nichts.

Eine Woche später aber geschah das Wunder: Das kleine Mädchen kam unmittelbar in ihr Zimmer! Die Hausmeisterin hatte nämlich eine Katze, eine wunderschöne aber verzogene silberne Perserkatze. Sie sprach ständig von ihrem Reiz und Wert und nahm auf sie mehr Rücksicht als auf alle ihre alten Damen zusammen. An diesem Tag war die Katze unbemerkt entschlüpft und saß anmaßend auf der obersten Stufe der Treppe. Das war natürlich für den kleinen Hund zuviel. Eilig sprang er die Stufen hinauf und bei der Verfolgung rutschte er über den glattpolierten Linoleumfußboden in der Halle. Das kleine Mädchen zögerte erst, beschloß aber dann, ihm zu folgen. Janet Martin aber war schneller gewesen. Rasch hatte sie ihre Zimmertür geöffnet und den Hund mit einem Biskuit hineingelockt. Biskuits waren der Gipfel und Doreen wäre über solche Verschwendung entsetzt gewesen. Herein tanzte der kleine Hund, knurrend und aufgeregt, sah den Biskuit und entschied sich, die Katzenangelegenheit hintan zu stellen. Zur gleichen Zeit hörte Janet Martin eine Stimme sagen: »Du solltest besser hineingehen und nach ihm fragen. Du weißt ja, wir hätten ihn an die Leine nehmen sollen.«

»Roy macht es an der Leine keinen Spaß«, widersprach die Kleine ziemlich heftig. Aber sie lief die Stufen hinauf und klopfte höflich an Miss Martins Tür.

»Du kommst wegen Deines Hundes, nicht wahr?« meinte Janet Martin und lächelte erfreut. »Hier ist er. Miss Fraser macht soviel Wesens von ihrer Katze.« Sie sprach zornig wie alle Hundeliebhaber, die sich nicht vorstellen können, was Leute in Katzen sehen.

Das kleine Mädchen war hineingerannt. »Ach«, sagte sie, »er macht den Teppich krümelig. Aber er soll ihn gleich wieder sauber machen. Roy! Hoover.« Und der kleine Hund leckte gehorsam die Reste auf.

»Möchtest Du auch einen Biskuit?« bot Janet Martin an.

»Können Sie ihn auch entbehren?«

»Natürlich. Was ist mit Deiner ...? Ist sie Deine Erzieherin?«

»Ja, Terry, sie ist draußen, soll ich sie rufen?«

»Ja.« — Terry, ihr vollständiger Name war Teresa Lawrence, kam herein, und Janet Martin sah, daß sie sehr jung und ungewöhnlich hübsch war. Man konnte es kaum glauben, die letzte war eckig und unansehnlich gewesen.

»Es tut mir leid«, begann sie, »uns beiden tut es leid, nicht wahr, Pamela?«

»Mir nicht«, meinte das kleine Mädchen und schaute sich bewundernd um, »ach Terry, ist das nicht ein wunderbares Zimmer?«

Janet Martins Herz schlug höher: »Ich mag es sehr.« Sie dachte an Doreen, die es ihr zu nehmen versucht hatte. Es hatte so eine gemütliche Atmosphäre wegen des Zierrats, der Photos und der alten soliden Möbel, die zwei Generationen überdauert hatten. Der Hund hatte einen Stuhl mit Fransen entdeckt und stürzte sich bellend und knurrend auf ihn. »Roy«, sagte die Kleine warnend. Daraufhin legte er sich wie eine Katze auf den Rücken und spielte mit den Vorhangfransen.

»Was für eine Störung für Sie, der reinste Überfall, Pamela, Du hättest ihn unbedingt an die Leine nehmen sollen, Du weißt ja, wir wollen keine Unannehmlichkeiten.«

Janet Martins Gesicht zeigte einen so merkwürdigen Ausdruck, daß Terry fragte: »Habe ich was Falsches gesagt?«

»Ich dachte daran, daß meine Nichte Doreen das auch immer sagt.«

»Auch Mrs. Barnes sagt es«, meinte die Kleine.

»Wir stören hier«, sagte Terry.

»Nicht im geringsten; ich habe Euch reingebeten und eigentlich hätte ich das gern längst getan. Ich glaube, wir sind uns im Grunde gar nicht fremd.«

»Natürlich nicht«, meinte Terry, »Pamela und ich nehmen diesen Weg so oft wir können.«

»Und wir kennen auch sonst kaum Leute«, fügte Pamela hinzu.

»Aber das ist falsch, Du müßtest viele Freunde haben.« Miss Martin erspähte einen seltsamen Ausdruck in Terrys Gesicht, so daß sie nicht fortfuhr. Es gab also ein Geheimnis, vielleicht eine Tragödie im Leben des Kindes. Und schnell meinte sie : »Meint Ihr, Ihr könnt mich vielleicht einmal zum Tee besuchen kommen, mit Roy, natürlich.«

»Wir werden Guardy fragen«, antwortete Pamela, bevor Terry etwas sagen konnte. »Ich glaube, er wird bestimmt ja sagen.« Daraus folgerte Janet Martin, daß irgend jemand, vielleicht die nicht näher beschriebene Mrs. Barnes, nein sagen würde. »Wir werden gern kommen«, meinte Terry. »Wir wohnen in Swan-Haus, dem großen Haus an der Ecke des Platzes. Ich habe mir immer überlegt«, dabei sah sie sich im Raum um, »wenn ich ein eigenes Heim hätte, würde ich ebenso jedes Stück aus meinem Besitz aufstellen. Warum sollte man alles wegräumen, bloß weil es etwas Arbeit macht. Man sollte nicht darüber stöhnen, geboren zu sein, wenn man schon bei diesen Kleinigkeiten den Mut verliert.« Sie war viele Jahre jünger als Doreen und hätte Miss Martin für ein Überbleibsel alter Zeiten halten können, trotzdem sprach sie wie eine Frau zur anderen und keineswegs herablassend oder mitleidig, wie oft junge Leute zu Alten sprechen, dafür aber mit einer Spur von Respekt, wie man ihn annimmt, wenn beim Gegenüber der 70. Geburtstag bereits der Vergangenheit angehört. »Dann hoffe ich, Euch bald zu sehen«, sagte Janet Martin. Dabei kam ihr der Gedanke, daß Mrs. Barnes und Doreen demselben Stall entstammen mußten. Doreen würde entsetzt sein, jemanden zum Tee zu bitten, den man nur vom Sehen kennt. Und wie so viele robuste Frauen mißtraute sie dem Charme und hätte sich nicht vorstellen können, daß man, nur um ihn zu genießen, Umstände und Mühen auf sich nimmt.

»Mr. Scott ist ein Invalide«, erklärte Terry, als sie sich zum Gehen anschickten. »Für Pamela ist das etwas bedrückend.«

»Und Mrs. Barnes, hat sie keine Kinder?«

»Einen Sohn. Er ist erwachsen und er ist nicht ...« Sie schüttelte ihren hübschen Kopf entschieden. »In sechs Tagen schuf Gott Himmel und Erde — als Hintergrund für Mrs. Barnes und Oliver.«

»Zumindest bin ich froh, daß Pamela Sie hat«, meinte Miss Martin.

»Wenn ich keine Operation gehabt hätte, wäre ich immer noch dienstverpflichtet. So bin ich sechs Monate freigestellt, und das kann noch verlängert werden. Jedenfalls hoffe ich es. Man sagte mir, ich kann zur Zeit nur leichte Arbeit machen.«

»Bin ich leichte Arbeit?«

»Du bist überhaupt keine Arbeit.« Und dann blickte sie auf die alte französische Uhr auf dem Kaminsims, mit Damen in Reifröcken und Kopfputz über ihren geschminkten Gesichtern, und meinte: »Wenn wir jetzt nicht gehen, werde ich bald überhaupt keine Arbeit mehr haben.«

»Ich will nicht Lebewohl sagen, sondern lieber auf Wiedersehen«, erklärte Janet Martin. Schnell gab sie Roy noch einen Biskuit und drückte auch Pamela einen in die Hand, und Pamela gab ihr aus eigenem Antrieb einen Kuß. Und dann liefen die drei aus dem Haus, während Janet Martin am Fenster stand, strahlend und danach wieder seufzend, denn es kam ihr vor, als hätten die drei alle Freuden des Lebens mit sich genommen. Auch erinnerte sie sich aller ihrer früheren Wünsche und Hoffnungen, die nie in Erfüllung gegangen waren.

Drei Wochen vergingen, und obwohl Terry und Pamela oft am Fenster vorübergingen und stehen blieben, um zu winken, kamen sie nicht herein, und Janet Martin wollte sie auch nicht darum bitten, solange bis Doreen ihren fälligen Besuch abgestattet hatte, denn es wäre typisch für sie, sich ausgerechnet einen Tag auszusuchen, an dem ihre Tante eine Teeparty hätte. Schließlich aber kam Doreen, brachte diesmal ein paar alte Nummern von *Woman's Own* und einen richtig guten Schokoladenkuchen mit Cremefüllung mit. Normalerweise waren die mitgebrachten Kuchen immer so unansehnlich wie sie selbst, aber Agatha und sie hatten am Tag vorher eine Party gegeben und einige der Eingeladenen waren nicht gekommen, so daß ein ganzer Kuchen übriggeblieben war. »So, siehst Du«, strahlte sie und zeigte ihre eckigen weißen Zähne, »unser Mißgeschick ist Dein Glück!« Janet Martin war verwundert. Nie hatte sie vorher bemerkt, daß, wenn Doreen grinste, sie genau dem Pferd des Milchmannes glich. — Gott sei Dank, nun konnte sie Doreen vergessen und Terry und Pamela einladen.

Dabei fiel ihr ein, daß sie Pamelas Nachnamen nicht wußte. Guardy war Mr. Scott, doch das bedeutete nicht, daß Pamela Miss Scott war. Daher erschien es ihr sicherer, die Einladung an Miss Lawrence zu senden. Als sie sie geschrieben hatte, lief sie zum Swan-Haus und warf ihn dort in den Briefkasten. Das Swan-Haus war nach zwei sehr großen steinernen Schwänen benannt, die das Regency-Portal stützten. Es war ein sehr großes altmodisches Gebäude, von Bomben teilweise zerstört und eilig zusammengeflickt. Jedoch von vorn sah es wohnlich aus, sogar luxuriös, und als sie auf den gepflegten Stufen stand und ihren Brief in den gut polierten Schlitz des Briefkastens warf, konnte sie in die Küche hineinsehen.

Dort brannte ein Feuer, und eine Köchin in bedrucktem Kleid und Schürze unterhielt sich mit einer anderen, wahrscheinlich dem Hausmädchen. Sie müssen sehr reich sein, dachte Miss Martin, Pamela machte ja sowieso nicht den Eindruck eines vernachlässigten oder armen Kindes. Ihre Kleidung, ihr Hund, sicher ein Rassehund, ihre Erzieherin, ihre Art und Weise sprachen von Geld, ohne daß es aufdringlich gewirkt hätte. Eines Tages, so hoffte Janet Martin, als sie zurück nach Beverley Gardens ging, werden sie mich vielleicht zu sich einladen, das heißt, wenn sie meine Einladung annehmen. Als sie an der Ecke anhielt und ängstlich nach rechts und links auf den Verkehr in der Straße achtete, kam ein kleines dunkelblaues Auto eilig angefahren und bremste scharf auf der Höhe von Swan-Haus. Es hatte das Kennzeichen ABC 1234, eine wirklich leicht zu behaltende Nummer, wie Janet

Martin feststellte. Vielleicht war es der Arzt. Aber wenn dem
so war, war es eine Ärztin und eigentlich schien ihr das nicht
zu Mr. Scott zu passen.

Die Einladung wurde am nächsten Tag angenommen, aber
nur Pamela konnte kommen. »Seien Sie nicht böse«, ent-
schuldigte sich Terry, »aber jemand, den ich besonders gut
kenne, muß sich für den Fernen Osten einschiffen, und es ist
so eine wunderbare Gelegenheit ...« Miss Martin war froh,
daß es im Leben dieses charmanten Mädchens einen »jemand«
gab. Sie meinte, sie wäre traurig für sich aber froh für Terry
und sie und Pamela würden samt Roy schon gut zurecht kom-
men. Sie verbrachte den Vormittag glücklich mit Vorberei-
tungen, suchte ihr spitzenbesetztes Tafeltuch heraus, stellte
auf einer Spiegelplatte eine hölzerne Schafherde und einige
Lämmer und ganz natürlich aussehende Frühlingsblumen
auf, um Pamela damit zu erfreuen. Auf das französische Brot
strich sie die Butterration einer ganzen Woche, ihr einziger
Luxus, obwohl Doreen ihr immer vorschlug, Sanella statt des-
sen zu kaufen. Und sie freute sich, daß Pamela und nicht Do-
reen ihr Gast sein würde.

Pamela plauderte munter, überhaupt nicht schüchtern, so
daß Miss Martin eine Menge über sie erfuhr. Sie war das einzi-
ge Kind, ihre Eltern waren beide tot, und sie hatte auf dem
Lande gelebt, bis Guardy von London zu ihr kam. In London
war er bei einem Bombenangriff schwer verletzt worden. Ehe
er zurückfuhr, fragte er sie, ob sie zu ihm kommen wollte,
und sie hatte zugestimmt. Er war schrecklich verwundet wor-
den, würde nie wieder laufen können. — Sie ging noch nicht
zur Schule, Terry glaubte jedoch, eines Tages könnte sie
gehen, bisher aber hätte sie immer eine Erzieherin gehabt. Bis
Terry ins Haus kam, waren sie ziemlich alt gewesen, aber
Terry wäre ihre Kameradin und Freundin ebenso wie Lehre-
rin, und sowohl Guardy als auch sie hofften, sie würde bei
ihnen bleiben.

Janet Martin wiederum erzählte ihr aus ihrer Kindheit, von
ihrer Schwester Florence und ihrer Mutter und ihrer großen

lohfarbenen Katze, die sie »Marc Aurel« genannt hatten. Sie nahm für sie alle Tiere vom Kamin, die zwei Foxterrier unter dem grünen Schirm, die Maus im Kleid einer Hausmutter, den Frosch als Butler und die Igelfrau in ihrer gepunkteten Schürze mit Schaufel und Besen in den Händen. — Der Nachmittag verging für beide wie im Fluge und sie vergaßen die Zeit, bis Terry kam, um Pamela abzuholen. »So spät kann es doch noch nicht sein«, protestierte Janet Martin. »Und überhaupt, kannst Du mir nicht wenigstens noch ein Gedicht aufsagen?« Als sie klein war, hatte man Kinder immer wenn Besuch da war ins Wohnzimmer geholt, um sie etwas aufsagen zu lassen. Der Untergang des Abendsterns oder Beth-Gelert, immer jedenfalls etwas Trauriges. Und es schien, als hätte sich diese Tradition fortgesetzt, denn Pamela meinte, natürlich würde sie etwas aufsagen. Das hatte ihr sicher eine der älteren Erzieherinnen beigebracht, es hieß »Little Boy Blue«.

»Der kleine Spielzeughund ist mit Staub bedeckt, aber er steht still und standhaft, der kleine Spielzeugsoldat ist rot von Rost, und sein Gewehr schimmelt in seinen Händen ...«

Später dachte Janet Martin, alles, was an diesem Nachmittag und während des lang erwarteten Besuchs im Swan-Haus geschah, wären Teile eines geheimnisvollen Puzzles mit völlig ungleich geschnittenen Teilen, die man in das Bild einfügen mußte. Nicht einmal der herzzerreißende Vortrag war dabei ausgelassen.

An diesem Abend, als sie die Krümel ausschüttelte, den Kuchen, soweit er nicht gegessen worden war, wegräumte und die Tiere zurückstellte, erträumte sie sich eine malerische Zukunft. Bis dahin war sie ihr nur wie ein langsamer geistloser Zug bis zum Grab vorgekommen. Sie würde Pamela besuchen und Pamela sie, und vielleicht konnten sie bei schönem Wetter sich alle in Kensington Garden treffen, um unter den bunten Schirmen ihren Tee einzunehmen. — Sie nahm ihr Briefpapier heraus und schrieb an Doreen einen liebenswürdigen Brief, wie sehr sie sich über den Kuchen gefreut habe und wie gut es von ihr gewesen sei, ihn mitzubringen, aber sie erwähnte mit keinem Wort Pamela oder Terry. Und gerade das sollte in Zukunft folgenschwer sein.

Und entgegen all ihren Erwartungen war dies das einzige Mal, daß Pamela einen Besuch im Blakesley-Haus machte.

3

Drei Wochen später fand der einzige Besuch von Janet Martin im Swan-Haus statt. Sie war in ein Schreibwarengeschäft gegangen, um ein Päckchen Umschläge zu kaufen, und das trotz Doreens Bestürzung bei dem Gedanken, daß eine alte Dame mit so spärlichen Mitteln ihr Geld für Umschläge rauswarf. Sie sandte ihr sogar ein Päckchen mit gebrauchten Umschlägen von sich und ergänzte das mit dem Vorschlag, für einen Sixpence Etiketten zu kaufen, um sie zu überkleben. Aber Janet Martin warf die alten Umschläge in den Altpapiersack und machte sich auf den Weg, um neue zu kaufen. Irgendwo mußte jeder seine Grenze ziehen. Als alte Dame konnte sie sich nicht an alle neuen Tricks gewöhnen, und alte Umschläge wiederzuverwenden, überstieg entschieden ihre Grenze.

Pamela kam ins Geschäft, um eine Geburtstagskarte für Terry zu kaufen, die in der folgenden Woche 22 Jahre alt werden sollte. »Wir werden eine Party haben«, meinte sie etwas altklug, »und Sie müssen kommen. Guardy erlaubt, daß wir jemanden einladen, und wir haben beschlossen, Sie zu bitten.«

»Aber wollt Ihr nicht lieber jemand Jüngeres einladen?«

»Wir kennen keine, jedenfalls niemanden, den wir gern einladen würden«, versicherte Pamela. »Terry wird Ihnen eine Nachricht senden, und für Guardy wird es auch Abwechslung bringen. Mrs. Barnes geht glücklicherweise an dem Tag zu einer Hochzeit.«

Janet Martin war fast zu Tränen gerührt. Sie brauchte beinahe 24 Stunden, um sich fertig zu machen. Sie wusch ihr schönes graues Haar (nie in ihrem Leben war sie beim Frisör gewesen), holte ihre beste schwarze Spitzenbluse und einen schwarzen Rock aus dem Schrank, dazu den guten altmodischen Mantel mit dem Fehkragen, den sie für besondere Gelegenheiten aufbewahrte. Sie war zu einer Zeit aufgewachsen, in der die Damen bestimmte Kleidung werktags und andere sonntags trugen. Mit dem letzten Paar lederner Handschuhe und mit Lederschuhen bekleidet, ging sie als lebende Erinnerung an eine vornehmere und anmutigere Welt um vier Uhr nachmittags zum Swan-Haus. Sie hätte sich gewünscht, etwas mehr über diesen Haushalt zu wissen, aber vielleicht machte es auch so nichts aus. Was sie bis jetzt wußte, war, daß Pamela Smith hieß und der alte Herr Scott, so daß eine Verwandtschaft zweifelhaft war, aber möglicherweise würde sich das im Laufe des Nachmittags feststellen lassen. Ohnehin war das nicht ihre Angelegenheit.

»Das denken Sie, mein Schätzchen«, würde Crook gesagt haben, was er später auch tat.

Pamela trug ein rotes Kleid und Terry ein blaues, und Roy hatte eine Schleife am Halsband befestigt. Janet Martin dachte, sie sähe in solcher Versammlung ärmlich aus, doch Pamela versicherte ihr, sie sei wirklich schön, und wollte, daß auch Terry das bestätigte. Das ermutigte Janet Martin, ihr kleines Geschenk zu überreichen, das sie aus ihrer Schatzkammer für Terry ausgesucht hatte. Es war eine winzige silberne Streichholzschachtel! Beide waren entzückt. »Sie läßt sich öffnen«, erklärte Janet, rot vor Freude. »Natürlich ist sie viel zu klein für Streichhölzer, aber zwei Aspirintabletten gehen hinein, obwohl ich sicher bin, Sie brauchen die nicht.«

Terry war überglücklich. Nie hätte sie so etwas Hübsches gesehen. In Zukunft würde sie es als Amulett an einer Halskette tragen. »Dann habe ich es Tag und Nacht bei mir. Es ist wie mit dem Stein in der Bibel, 'Mizpah' oder 'Rizpah', ich weiß nicht mehr, welcher von beiden.« Janet wischte ihre Freudentränen schnell weg, sie schämte sich ihrer Schwäche.

»Welch ein reizender Gedanke, für mich ist es eine große Freude zu wissen, daß Sie es tragen werden.«

»Und wenn ich in Gefahr bin«, fuhr Terry mit scherzhaftem Ernst fort, »will ich es Ihnen senden, Sie erkennen es als 'Cri de Coer' und kommen, um mich aus Teufelsklauen zu erlösen.« Woraufhin alle lachten.

Beim Anblick des Teetisches in Swan-Haus mußte Janet Martin die Augen schließen. Es gab Eistorte, gebutterten Toast, belegte Brote, hausgemachte Kuchen und Marmelade und in silbernen Körbchen Süßigkeiten. Seit dem Krieg hatte sie so etwas nicht mehr gesehen, Doreen sicher auch nicht. Man konnte leicht erkennen, wie beliebt Terry hier war, aber wer hätte auch solch ein attraktives Mädchen nicht gern gehabt.

»Mrs. Hubble, ist das nicht ein wunderbarer Name, hat Zucker, Margarine und Früchte einfach mehrere Wochen aufgespart«, erklärte ihr Pamela. »Und dann fürchteten wir, vielleicht ist das ausgerechnet ein Tag, an dem *sie* kommt ...«

»Sie?« fragte Janet Martin.

»Mrs. Barnes. Aber dann hörten wir vor einigen Tagen, daß sie nicht kommen könnte, ist das nicht ein Glück?«

»Das hört sich an, als ob die Rede von meiner Nichte sei.«

Mr. Scott wurde von einem Diener durch die Tür hereingefahren. Der verschwand sofort wieder, und Miss Martin wurde vorgestellt. Ihr Gastgeber war jünger, als sie gedacht hatte, wahrscheinlich keine 60 Jahre, obwohl seine körperlichen Leiden ihn weit über seine Jahre hinaus hatten altern lassen. An seinem Gesicht konnte man ablesen, daß er große Schmerzen ertragen hatte und auch jetzt nie ganz frei davon war. Er war immer noch gutaussehend, vornehm und seine Art erinnerte sie daran, wie Männer gesprochen hatten, als sie ein junges Mädchen war.

Jetzt war das Leben so hart, kaum jemand hatte Zeit für gute Manieren. Sie schoben dich weg in Läden und Bussen und selbst auf den Bürgersteigen zu laufen, war ein gefahrvolles Abenteuer. Er schüttelte ihre Hand und sagte, er wäre erfreut, sie kennenzulernen. Pamelas Freunde wären ihm immer willkommen. Und danach setzten sie sich an die wunderbare Teetafel. Die Unterhaltung war nicht schleppend, wie Miss Martin fast befürchtet hatte, sondern lebendig und sprühend, und das, obwohl alle so unterschiedlich in bezug auf Alter und Herkommen waren.

Man mußte nur das Innere des Hauses sehen, um zu erkennen, daß Scott ein verhältnismäßig reicher Mann war. Selbst nach sechs Jahren Krieg gab es keinen Mangel.

Pamela fühlte sich ganz dazugehörig. Janet Martin mußte lächeln, als sie beobachtete, wie mütterlich sie ihren Vormund bedachte, daß er Zucker und Marmelade hatte, ohne extra darum bitten zu müssen.

Genau wie Pamela interessierte sich auch Mr. Scott für das Leben der Besucherin. Er wollte wissen, ob sie immer in London gelebt hatte, und seine Augen funkelten, als sie von Doreen sprach. »Diese greulichen Frauenzimmer, wie sie uns das Leben schwermachen«, rief er aus.

Da Janet Martin in einer Stadt mit einer Kathedrale gewohnt hatte, bis ihre Mutter starb, und Mr. Scott Architekt gewesen war, bis die deutsche Luftwaffe seiner Karriere ein Ende gesetzt hatte, wählten sie historische Bauten als Gesprächsstoff. Und geradewegs ging die Unterhaltung zu früheren Zeiten zurück, bis sie eifrig Erinnerungen aus einer Welt austauschten, die für Terry wie ein Märchen klang.

»Ich fürchte, das ist ziemlich langweilig für Sie«, entschuldigte sich Miss Martin, die so strahlend und glücklich aussah, daß Doreen erschrocken gewesen wäre.

»Nein gewiß nicht«, widersprach Terry, »ich finde es wunderbar, daß es eine solche Welt gab. Jetzt ist zwar alles wieder in guter Ordnung, aber sicher und eingeordnet zu sein, nimmt dem Leben die Farbe.«

Miss Martin war die ältere, aber Mr. Scott hatte mehr erlebt, daher hatten sie sich viel zu sagen. Gelegentlich sprach er von seiner Frau, so erfuhr sie, daß er verheiratet gewesen war. Aber er ließ sich bei diesem Thema nicht aus, so daß Janet

Martin sich wunderte, wie Pamela in das Bild hineinpaßte. Doch Neugier war unfein und peinlich.

Insgesamt war es eine interessante Party, auch weil Mr. Scott in die Zeit gehörte, da Gastgeber ihre Pflichten kennen, und wie Gäste behandelte er alle drei. Er veranlaßte Terry, aus ihrer Kindheit zu erzählen, und fragte Pamela, was sie am Tag gemacht hatte. Über deren Vergangenheit sprach niemand. Sehr viel später erst verstand Janet Martin, warum ...

Unglaublich, wie schnell die Zeiger der Uhr auf halb sechs rückten. Als Mr. Scott erklärte, daß er noch etwas Korrespondenz zu erledigen hätte, erschien wie durch Zauberei der Diener, um den Stuhl hinauszurollen.

»Ich hoffe, Sie kommen bald wieder«, verabschiedete er sich. »Wir haben nicht viel Besuch. Dr. Macintosh befürchtet, damit wäre zuviel Trubel für mich verbunden, ich soll mein Herz nicht anstrengen, aber für Sie mache ich eine Ausnahme.« Dann bat er sie noch, zu ihm in die Bibliothek zu kommen, ehe sie ginge. Er wollte ihr ein Buch mitgeben, über das sie dann das nächste Mal diskutieren könnten.

Nachdem er fort war, schalt sich Janet Martin, wie sie sich je über die Dumpfheit ihres Lebens hatte beklagen können, im Anblick von soviel Tragödien, die es auf der Welt gab. Doreen, so glaubte sie, würde Mr. Scott als einen Müßiggänger bezeichnen, der den Kopf hängen ließ. Andererseits gestand sie reichen Leuten eher Müßiggang zu als denen mit der gesetzlichen Altersrente.

Nach dem Tee führte Pamela sie in ihren Schulraum, ein wirklich schönes Zimmer, mit Bildern und Bücherborden in der richtigen Höhe für eine Siebenjährige. Die Stühle waren sehr viel bequemer als die harten, an die sich Janet aus ihrer Jugend erinnerte. Alles war so spannend und ungewöhnlich für sie, daß sie die Gelegenheit wahrnahm, als Pamela mit Roy in den Garten mußte — Neugier hin, Neugier her, sie begann Terry zu befragen: über Mr. Scott, den sie wegen seiner Behinderung bedauerte und gleichzeitig seine Liebenswürdigkeit bewunderte. Und Terry erzählte ihr die traurige Geschichte.

»Es war eine entsetzliche Tragödie. Er hatte einen Sohn, den er sehr liebte, außerdem eine Tochter, die vor Jahren starb, etwa zur gleichen Zeit wie seine Frau. — Er spricht nicht darüber.« Diese Kenntnisse hatte sie von Mrs. Barnes. »Sein Sohn, der bei der Armee war, hatte seinen Vater schon des öfteren bedrängt, London wegen der Luftangriffe zu verlassen. Mr. Scott aber hatte abgelehnt, und das Thema galt als erledigt. Dann kam der Sohn auf Urlaub und gleich in der ersten Nacht gab es einen schweren Angriff. Um Mitternacht fiel eine Bombe oder Luftmine auf den hinteren Teil des Hauses. John, der Sohn, war sofort tot, und Mr. Scott wurde für 36 Stunden unter den Trümmern begraben. Als man ihn ausgrub, war er anfangs in einem solchen Zustand, daß niemand eine Überlebenschance sah. Und zu manchen Zeiten wünscht er sich wohl auch jetzt noch, er wäre tot.«

Janet widersprach dieser Ansicht, sie glaube, daß er nicht der Mensch sei, der sich viel um sich selbst sorgen würde.

Terry aber meinte: »Er hat zu wenig vom Leben. Seine Frau und seine Kinder sind tot und er selbst ist körperlich ein Wrack, sein Herz ist so schwach, und es gibt noch andere Nachwirkungen. Nachdem er so lange verschüttet war, hält er es auch nicht aus, im Dunkeln zu sein. Wahrscheinlich brachte er Pamela nach London vom Lande mit, weil er die Einsamkeit nicht ertragen konnte; eine andere Form der Dunkelheit, wenn man richtig darüber nachdenkt.«

»Ach, meine Liebe«, rief Miss Martin aus, »Sie sind viel zu jung, um das zu wissen.«

»Viele von uns lernten eine ganze Menge, gerade weil wir während des Krieges jung waren«, erwiderte Terry. »Immerhin, man kann leicht sehen, wie er an ihr hängt. Anscheinend begegnete er bei seinem letzten Landurlaub den Leuten, zu denen Pamela verpflanzt worden war. Möglicherweise waren ihre Eltern bei einem Angriff getötet worden. Jedenfalls trafen sie entsprechende Vereinbarungen, und er brachte sie mit, als er nach Hause kam, denn er meinte, Bomben träfen ein Haus nicht zweimal. Auch müsse ein Kranker in seinem eigenen Haus leben. – Und Pamela ist recht glücklich hier. Natürlich müßte sie Altersgenossen um sich haben, aber wenn sie älter ist und zur Schule geht, ändert sich dies von selbst, dann hat sie Kinder um sich, die Freunde werden können. Mr. Scotts Schwester hat nur einen Sohn, sie ist Witwe, und er ist ihr viel zu wertvoll, als daß sie erlaubt hätte, daß er sein kostbares Leben bei der Armee aufs Spiel setzte. Er bekam einen wunderbaren ruhigen Posten bei der Verwaltung und ist viel zu beschäftigt, um seinen Onkel zu besuchen. Jetzt fallen zwar keine Bomben mehr, aber dafür könnte es ein Zugunglück geben. Wenn sie über ihn spricht, kann einem richtig übel werden.«

»Vielleicht ist er alles, was sie hat«, überlegte Janet Martin, die fand, daß Mitleid eine notwendige Tugend war.

»Sie rechnet einfach mit Mr. Scotts Geld.« Terry äußerte ihre Ansichten in der beklagenswert direkten Weise ihrer Generation. »Aber darüber sollte sie sich keine Sorgen machen, weil ein großer Teil an Pamela geht.«

»Hat er Ihnen das gesagt?«

»Er fragte mich, ob ich sie im Auge behalten würde und ihr eine Freundin sein, wenn er gestorben wäre. Er fühle sich für sie verantwortlich, weil er ihre Eltern gekannt hätte, und sie würde unbedingt jemanden brauchen. Er fürchte, seine Schwester würde 'die Rechnungen' nicht begleichen. Auch versteht sie Kinder nicht gut. Ach, Miss Martin, ich ertrage den Gedanken nicht, was aus Pamela würde, wenn sie auf Mrs. Barnes Gnade angewiesen wäre. Nicht daß sie ihr körperlich ein Leid zufügen würde, aber ... Wenn Sie sie sehen würden, könnten Sie es verstehen. Sie ist vollständig unbarmherzig. Natürlich ist sie nicht einverstanden, daß ich hier bin, sie will sowieso nicht, daß jemand lange hier ist, er könnte Einfluß auf Mr. Scott nehmen, und vielleicht mit einem Legat bedacht werden. Es ist schrecklich, wenn Geld soviel Einfluß und Macht über einen Menschen hat.«

Janet Martin schwieg. Die Jungen und Starken halten Geld für unwichtig, aber niemand sollte es wirklich geringschätzen, bevor er nicht alt ist und dann nicht genug hat. Froh aber war sie darüber, daß Terry da war, vertrauensvoll und fröhlich, um die Interessen der Kleinen wahrzunehmen.

»Und in jedem Fall sehen Sie, was Geld alles *nicht* kaufen kann: Es kann weder seine Frau noch seine Kinder zurückbringen, noch seine Gesundheit wiederherstellen. Pamela ist wohl das einzige Glück, das ihm geblieben ist. Natürlich habe ich ihm versichert, alles was ich könnte, würde ich gern tun. Er meinte in der leicht steifen Art, die er hat, wenn er ernst über Dinge redet, er denke an nichts Materielles. Pamela würde, soweit möglich, gesichert sein, aber es gäbe Wichtigeres als Geld. Ich vermute, sie soll ein Mündel des Gerichts werden, verstehen Sie etwas davon?«

Das mußte Janet Martin verneinen, aber sie glaube, daß Mr. Scott alles gut ordnen würde.

»Wollen wir es hoffen«, stimmte Terry zu.

Pamela kam mit Roy zurück, der lebhaft nach einem Stock sprang, den sie hinhielt.

Miss Martin schaute auf ihre emaillierte Uhr mit winzigen Brillanten, ein Erbstück von ihrer Mutter, und stellte fest, daß sie nun wirklich gehen müsse, um kein unerwünschter Gast zu sein. Sie hoffe aber, Terry und Pamela baldmöglichst wieder bei sich zu sehen.

Auf dem Weg nach unten erinnerte sie sich an Mr. Scotts Worte und bat Terry, an die Tür der Bibliothek zu klopfen. Mr. Scott bat sie herein. Er überreichte ihr das versprochene Buch, das er bereits für sie auf den Tisch gelegt hatte. Als sie ihn verlassen wollte, fragte er sie, ob sie ihm den Gefallen erweisen würde, etwas für ihn zu bezeugen.

Er erklärte ihr, er könne nicht gut jemanden aus dem Haus darum bitten, weil sie alle beteiligt seien. Wenn sein Arzt das nächste Mal käme, wolle er ihn ebenfalls als zweiten bitten, zu unterschreiben. Es handele sich um seinen letzten Willen. Man müsse diese Dinge rechtzeitig erledigen.

Janet Martin unterschrieb mit ihrer zierlichen Handschrift, wobei sie feststellen konnte, daß auch Mr. Scott eine sehr schöne Handschrift hatte. Sie dankte ihm für das Buch und den schönen Nachmittag. Er erwiderte, sie solle möglichst bald wiederkommen und mit ihm über das Buch sprechen. Sie verließ das Haus so glücklich, wie sie seit Jahren nicht gewesen war. Sie glaubte, beinahe ein zweites Heim in ihrer Nachbarschaft gefunden zu haben.

Aber allen Hoffnungen zum Trotz war dies ihr einziger Besuch in Swan-Haus.

Um Leuten mit allerkleinsten Einkommen die Kunst, etwas auszubessern oder abzuändern zu lehren, wäre kein Krieg notwendig gewesen. Sie konnten das bereits vorher. Und zu den Nachteilen von Alter und Armut gehört es, daß man das ganze Jahr über die gleiche Kleidung tragen muß. Der Hauptunterschied besteht darin, daß man im Winter alles trägt, was man besitzt, und im Sommer nur einen Teil davon.

Schon sehr lange hatte sich Janet Martin einen richtig warmen Wintermantel gewünscht und sogar die Tiere um ihre Fähigkeit beneidet, sich einen Pelz wachsen lassen zu können. Aber unter ihren Lebensumständen war alles, was sie tun konnte, eine zusätzliche Jacke anzuziehen und ihren Herbst-bis-Frühjahrsmantel fest zuzuknöpfen, in der Hoffnung, daß das genügen würde.

Aber an einem Tag im November war der Wind so schneidend kalt und sie hatte allzu lange in der »Fischschlange« anstehen müssen, so daß sie zitternd nach Hause kam. Nutzlos war auch, daß sie verschwenderisch zwei Schillinge in den Gasofen warf. Am nächsten Tag hatte sie einen triefenden Schnupfen, und weil sie wußte, Erkältungen mißfielen Miss Fraser, versuchte sie, ihre Krankheit zu ignorieren, und ging wie gewöhnlich aus.

Am nächsten Tag schaffte sie das nicht mehr, und am folgenden kam sie nur bis zur Halle und brach da zusammen. Zu diesem Zeitpunkt war sie bereits so krank, daß sie sich nicht darum kümmern konnte, was Miss Fraser dachte. Die rief einen Arzt herbei und schrieb danach sogleich an Doreen. Sie war sich sicher: Das war der Anfang vom Ende. Der Arzt stellte eine Rippenfellentzündung fest und empfahl, sie in ein Pflegeheim zu bringen.

Aber Miss Fraser kannte die schwierigen Verhandlungen mit den Verwandten, die oft erst durch Gerichtsbeschluß zum Zahlen der Kosten aufgefordert werden mußten, und gab vor, daß alle entsprechenden Heime belegt wären. Aber sie konnte ein freies Bett im St. Joachims Hospital ausmachen.

Eine Ambulanz kam und fuhr mit Janet Martin davon. Der ging es viel zu schlecht, als daß sie verstanden hätte, was vor sich ging.

Miss Fraser schrieb sogleich einen Brief an die nächste auf der Warteliste, des Inhalts, daß bald ein schöner großer Raum, unmöbliert, zu vermieten wäre.

»Das ist eine schöne Geschichte«, erklärte Doreen ihrer Freundin, als der Brief von Miss Fraser eintraf. »Tante Janet ist erkrankt und im Hospital. Ich soll nach London kommen, um alles zu besprechen.«

»Diese Leute nehmen keine Rücksicht«, pflichtete ihr Agatha bei. Sie war etwas älter als ihre Geschäftspartnerin und in ihrer Art recht direkt. »Wir haben Inventur und müssen immerzu auf den Beinen sein, um allem nachzukommen. Und wenn Deine Tante im Hospital ist, welche weiteren Anordnungen sollst Du treffen?«

»Ich habe das schon lange erwartet«, meinte Doreen düster. »Miss Fraser will Tante Janets Zimmer haben. Sie hat Angst, daß sie ernsthaft krank werden könnte.«

»Reichlich selbstsüchtig«, meinte Miss Turner. »Was meinst Du, was Du tun kannst?«

»Sie wird mir sicher vorschlagen, eine andere Unterkunft für Tante Janet zu suchen.«

»Das ist lachhaft, man kann doch heutzutage alte Leute nicht irgendwo und irgendwie unterbringen.«

»Ich kann mir vorstellen, daß sie an unsere Dachkammer denkt.« »Unsinn«, sagte Miss Turner, »Alice Field kommt nächste Woche, und wer weiß, wie lange sie bleibt.«

»Kommt sie? Das wußte ich noch gar nicht.«

»Ich auch nicht, bis zu dieser Minute. Aber Du weißt, sie würde wie ein Vogel geflogen kommen, wenn wir sie einladen würden.«

»Möchtest Du sie da haben?«

»Nein. Aber es ist entweder sie oder Tante Janet. Und Alice ist eine Zauberköchin. Außerdem, wenn Du Verwandte aufnimmst, wirst Du sie nicht wieder los.«

Doreen erkannte die Weisheit in dieser Überlegung und die Einladung an Miss Field wurde sofort verschickt.

Miss Blake fuhr nach London und fand heraus, daß ihre Vermutungen richtig gewesen waren — so wie immer! Miss Fraser schlug ihr unverblümt vor, ihre Tante anderweitig unterzubringen.

»Ich habe schon seit einiger Zeit bemerkt, daß sie nicht mehr für sich selbst sorgen kann. Es war großartig, daß sie das solange gekonnt hat, zerbrechlich, wie sie ist.«

»Sie hat ein ausgezeichnetes Herz«, meinte Doreen. »Körperlich ist das so und so. Manche Leute sind mager und andere nicht.« Sie selbst war es nicht.

»Immerhin ist sie eine sehr alte Dame!«

»74! Das ist kein Alter.« Doreen war eine gesunde Frau von 39. »Ich glaube, Miss Fraser, Sie nehmen das zu schwer. Ich werde sie ein bis zwei Wochen in Erholung schicken ...«

Aber es hatte keinen Zweck. Miss Fraser konnte ebenso steinhart sein wie Doreen. Auch gehörte es zu ihren Pflichten, auf Schwächlinge zu achten, die für Wind und Wetter anfällig waren, und sie vor ihrem Tod aus dem Haus zu bringen. Denn ihre Vorgesetzten hatten es äußerst ungern, Alte auf ihrem Grund und Boden sterben zu lassen.

Danach fuhr Doreen aufgeregt hierhin und dorthin, um ein Heim für die unglückliche Tante zu finden. Und nach einigem Hin und Her klappte es dann auch in Beverley, einem Heim für alte Damen, die recht wenig Pflege erforderten.

Damit war die Hauptschwierigkeit beseitigt. Obwohl der gesunden Miss Blake alle alten Damen exzentrisch vorkamen, wollte sie ihre Tante mit allem anderen nicht unnötig beunruhigen. Aber wie es immer heißt: Bettler haben keine Wahl! — Sie mußte ihr erklären, daß sie natürlich kein Privatleben mehr haben würde, wie sie es bisher gewohnt war. Aber andererseits gab es dafür eine Menge Ausgleich. Sie würde verpflegt werden, Gesellschaft haben, ein schöner Garten war vorhanden, so daß man sich auf den Frühling freuen konnte, und die Umgebung war friedlich und ländlich. Ein Arzt würde regelmäßig kommen, und mit ihrer Wohnungseinrichtung würde es keine Probleme geben, weil eigene Sachen, die über die Größe einer Reiseschreibmaschine hinausgingen, nicht gestattet waren.

»Im Gemeinschaftsraum gibt es Radio«, erzählte sie der erschrockenen alten Dame mit gespielter Herzlichkeit, »und jede Menge Zeitungen und Zeitschriften.«

Zuerst wollte Janet Martin nicht einwilligen. Sie war überzeugt, nach einer Erholungszeit brauchte sie wirklich nicht auszuziehen. In gewohnter Umgebung könnte sie besser wiederhergestellt werden. Als sie die Lage begriff, war sie so niedergeschlagen, daß sie ohnmächtig wurde und beinahe gestorben wäre. Als sie sich halbwegs davon erholte, war sie so unvernünftig, daß Doreen es nicht als gottlos empfand, zu denken, das wäre tatsächlich besser gewesen. »Aber was passiert mit meinen Sachen?« fragte sie kläglich. »Du weißt, ich kann kein Lagergeld bezahlen, und wenn ich das Zimmer aufgeben muß, kann es Monate dauern, bis ich ein anderes bekomme, und dann ist es noch fraglich, ob es ein so günstiges ist.«

»Es geht nicht darum, Deine Einrichtung zu lagern«, erklärte ihr Doreen geduldig. »Etwas von den Kleinigkeiten will ich nehmen, einiges von dem Zierrat können wir verkaufen, und die größeren Sachen, wie Schrank, Waschständer und die altmodischen Stühle, naja, heutzutage gibt es in jedem Fall etwas dafür. Darüber brauchst Du Dir keine Gedanken zu machen.«

Da war es Janet Martin klar, daß sie von allem, was für sie Heimat bedeutet hatte, getrennt werden sollte, um in einem fremden Haus zu leben, bis sie starb. Nie wieder würde sie diesem Schicksal entkommen, und wenn sie womöglich doch ein anderes Zimmer finden sollte, würde sie keine Einrichtung mehr besitzen. Mit Körper und Seele war sie der Heimleiterin ausgeliefert. Und im Heim würde sie so sicher eingeschlossen sein wie in einem Gefängnis.

»Das ist eine törichte Art zu sprechen«, verwies sie Doreen, als Janet ihr das zu erklären versucht hatte. »Und wenn Du sowas in Elsham sagst, fürchte ich, Du kannst dort nicht bleiben. Die Oberin hat mir ausdrücklich gesagt, daß man dort keine depressiven und melancholischen Gespräche duldet. Das wirke ansteckend. Und natürlich habe ich ihr versichert, daß sie sich deinetwegen keine Sorgen zu machen braucht, denn das wäre bestimmt nicht Deine Art.«

Doreen hatte bestimmt, daß sie vom Hospital unmittelbar nach Beverley umsiedeln sollte. Sie nahm sich einen Tag frei, um den Krimskrams der Tante zu packen. Und die hatte auf allzu vielem bestanden. Alte Leute sind so sentimental und unvernünftig. Der ärztlichen Bescheinigung nach durften sie einen Wagen für einen ganzen Tag mieten, erstaunlicherweise, denn die Kosten für die Ambulanz zum Hospital waren zu Lasten von Doreens Geldbeutel gegangen. Daher fuhr sie mit der alten Dame hin, um sie bei der Oberin abzuliefern. Auf dem Weg dorthin mußte sie ihr auch noch beibringen, daß sie kein eigenes Zimmer haben würde. Als sie das hörte, wollte Janet Martin aus dem Wagen springen.

»Ich kann eine Menge ertragen, Doreen, aber das nicht. Wenn wir noch etwas warten, finden wir sicherlich irgendwas, denn so hilflos bin ich doch noch nicht.«

»Bei den geringen Unterbringungsmöglichkeiten heutzutage war ich schon zufrieden, etwas zu finden, wo Du das Zimmer nur mit einer andern teilen mußt. Die meisten Heime haben Schlafsäle. Die einzige Alternative wäre das Hospital, und das willst Du doch sicher nicht!«

»Aber wenn ich eine Weile zu Dir käme und mich umschaute ...«

Doreen entgegnete mit harter Stimme: »Das ist unmöglich. Wir haben zur Zeit jemanden da, die vielleicht ständig bleibt, sie ist uns sehr nützlich.«

Janet Martin bat nicht weiter, denn es war sicher, wer nicht nützlich war, würde nie dauernd bei Doreen geduldet werden. Von neuem betrachtete sie ihre Nichte ratlos und ungläubig. Vielleicht war es von einem jungen und energischen Menschen, der sich selbst ernähren konnte, zuviel verlangt, daß er die Gefühle von Angst und Hilflosigkeit derjenigen verstand, die ihr Leben nicht mehr allein bewältigen konnten. Jetzt jedenfalls waren ihr ihre Rechte genommen und gehörten Doreen und der Oberin oder sonst einer Autorität in Beverley, dem Heim.

Das Haus selbst war eine angenehme Überraschung, ebenso wie die Oberin, beide viel menschlicher, als sie erwartet hatte. Die Oberin nämlich mochte alte Leute, wenn sie auch nach ihren Erfahrungen alle absonderlich waren. Sie machte sich auch die Mühe, nach ihnen zu sehen, wenn sie krank waren, und die Tatsache, daß sie alle etwas wunderlich waren, machte es in ihren Augen sogar leichter, mit ihnen umzugehen. Miss Blake hatte ihr versichert, ihre Tante wäre ganz ausgeglichen, nur einfach nicht mehr fähig, einen eigenen Haushalt zu führen. Aber da die Verwandten das immer versicherten, selbst wenn sie, wie schon vorgekommen, mit einer total Irrsinnigen ankamen, gab sie nicht viel auf solche Aussagen. Doch immerhin war es erfreulich, eine so nette alte Dame begrüßen zu können, eine gut erzogene, die unmöglich Ärger machen konnte.

Und wie konnte die Oberin wissen, daß ausgerechnet diese nette alte Seele sie alle ins Rampenlicht der Öffentlichkeit zerren würde — und das schon nach wenigen Monaten.

Wie Doreen schon erwähnt hatte, gab es einen schönen großen Garten mit viel Rasenfläche, eine Veranda, in der man im Sommer draußen sitzen konnte, einen geräumigen Wohnraum mit Kamin, in dem die Insassen im Winter zusammenkamen. Die Schlafräume waren eng, und es gab nur spärlich

Raum, um Wäsche und Kleidung unterzubringen. Aber, wie Doreen scherzend bemerkte, sie hätte ja wenig und würde sich auch kaum mehr etwas Neues anschaffen! Das erinnerte Janet Martin an eine alte Frau, die sie öfter in Winchester besucht hatte. Als man diese fragte, ob sie genügend Unterwäsche hätte, antwortete sie stolz: »Ich komme gut zurecht, ich wickle meinen Busen in Lumpen ein.«

Doreen nahm die Einladung zum Lunch an. Danach setzte sich Janet mit ihrem Strickzeug, zusammen mit ein paar verschrumpelten Damen, ins Wohnzimmer.

Zum Tee, Doreen war zwischenzeitlich gegangen, lernte sie ihre Zimmergenossin kennen. Sie war eine sehr exzentrische alte Dame, die die Nachtruhe dadurch unterbrach, daß sie aufstand und Janet aufforderte, sich zum Jüngsten Gericht fertig zu machen, und auf die Zeichen am Himmel hinwies. Oder aber sie stahl sich aus dem Bett, eine knochige Gestalt mit einem Schal um die Schultern gelegt, und versuchte, Janet Martins Decke wegzuziehen, wobei sie zischte: »Ich weiß, daß mein Erlöser lebt.«

Janet Martin hatte Angst vor Mrs. Mount, das war der Name ihrer Zimmergenossin, und bat die Oberin inständig, irgendwo anders schlafen zu dürfen. Aber die Oberin meinte, sie solle sich nicht ängstigen, Mrs. Mount wäre ganz harmlos, nur etwas vereinsamt. Und auch von Doreen bekam sie eine scharfe Antwort, als sie über ihre Ängste mit ihr sprechen wollte. »Jeder hat seine Eigenarten, besonders die Alten. Ich hoffe, Du wirst Dich hier einfügen!«

Janet wollte schon widersprechen, erkannte rechtzeitig die Nutzlosigkeit und wechselte das Thema. Sie hatte begriffen, daß sie gefangen war und nie wieder fortgehen konnte.

4

Zuerst war die Oberin angenehm überrascht von Janet Martin. Sie hatte Doreen nicht geglaubt, als sie ihr versicherte, ihre Tante sei kein bißchen geistig gestört. Aber als Tage und Wochen ruhig vergingen, war sie überzeugt, sie falsch verdächtigt zu haben. Es gab eigentlich nur den Vorfall um Mrs. Mount. Aber danach hatte Janet Martin die Entscheidung ohne Einwand hingenommen. Sie machte keinen Aufstand wegen des Essens wie die meisten anderen, erzählte keine widersprüchlichen Geschichten, schrieb sich nicht selbst Briefe oder stritt sich mit den anderen Alten. Kurz, sie benahm sich wie eine wohlerzogene Dame. Trotzdem brachte sie zum Schluß mehr Verwirrung als alle anderen zusammen ins Haus.

Eines Tages, kurz nach dem Mittagessen, ging sie in ihr Zimmer, um sich ein frisches Taschentuch zu holen. Glücklich, einen Augenblick allein zu sein, lief sie zum Fenster und schaute hinaus. Sie ließ ihre Vergangenheit an sich vorüberziehen, ihre Mädchenjahre, als sie noch geglaubt hatte, irgend etwas Wunderbares müsse eines Tages geschehen, dann die vielen düsteren Jahre mit ihrer Mutter und die ruhigen, aber glücklichen ihrer eigenen Unabhängigkeit. Wie schön war es gewesen, heimzukommen und am eigenen Feuer zu sitzen. Selbst dann, als sie Wohnung und Dienstmädchen aufgeben mußte und nur noch einen Wohnschlafraum in Blakeley gehabt hatte, hatte sie ein Eigenleben führen können. Aber nun war ihre Freiheit verloren. Alle möglichen Leute konnten ihr Beschränkungen auferlegen, sie gehörte sich nicht mehr selbst.

An diese Grenzen dachte sie, als sie die Schlange der kleinen Waisen des örtlichen Heims vorüberziehen sah. Sie trugen einheitlich eine einfache pflegeleichte Uniform, die nicht zu oft gewaschen werden mußte, und liefen immer zu zweit nebeneinander. Sie durften reden und schnattern. Janet überlegte, daß sich ihr Dasein nicht allzusehr von dem der Waisen unterschied, mit der Ausnahme, daß diese vielleicht noch etwas Hoffnung für ihre Zukunft haben konnten.

Plötzlich machte ihr Herz einen Sprung. Sie beugte sich erschrocken und ungläubig vor. Natürlich mußte es ein Irrtum sein! Aber es war keiner, nein, es war keiner! Über etwas so Bedeutsames konnte sie sich unmöglich täuschen. Das letzte kleine Mädchen war die Pamela Smith, die sie zuletzt mit ihrer Erzieherin und ihrem Hund in Kensington gesehen hatte. Ihr erster Einfall war, schnell die Treppe runterzulaufen, die Straße zu überqueren und mit ihr zu sprechen. Aber sie hatte genug Vernunft, dem Gedanken Einhalt zu gebieten. Nichts Gutes konnte aus solch einer vorschnellen Entscheidung entstehen. Da mußte etwas faul sein. Pamela war das Mündel eines reichen Mannes, der für sie in seinem Testament vorgesorgt hatte. Sie hatte zwar das Testament nicht gelesen, wußte aber von Terry einiges, und in so kurzer Zeit hätte sich nichts ereignen können, um Mr. Scotts Absichten zu ändern. Einer solchen Abmachung hätte er nie zugestimmt, davon war sie überzeugt. Daraus folgte, daß er tot war. Sie erinnerte sich seiner Herzanfälle und daß er nicht erwartet hatte, lange zu leben. Dieses Waisenhaus war aber sicher für mittellose verlassene Waisen bestimmt, und wie sollte das zu Pamela passen?

Sie blieb solange oben, bis die Oberin kam, um zu fragen, was los sei. »Nun Miss Martin, welchen Gedanken gehen Sie nach?« Janet schreckte auf.

»Was ist los, fühlen Sie sich nicht wohl?«

Janet stand auf. »Ich habe die Waisenkinder beobachtet. Miss Webster, nicht wahr, das ist ein Heim für arme heimatlose Kinder?«

»Arme kleine Dinger, es ist ein Glück für sie, daß mildtätige Leute diese Einrichtung geschaffen haben. Es gäbe sonst keine Möglichkeiten für sie. So bekommen sie wenigstens etwas Starthilfe für ihr späteres Leben. Aber haben Sie die Glocke nicht gehört?«

»Ich ... ich möchte wirklich kein Essen.«

Miss Websters Stimme wurde eine Spur härter. »Na, Miss Martin, sowas können wir nicht brauchen. Wenn Sie nichts essen wollen, bedeutet es, daß Sie krank sind.«

Darauf wandte sich Janet Martin schnell zur Tür. »Gewiß nicht. Nur, da war so ein kleines Mädchen, es erinnerte mich an eines, das ich von London her kannte, und ich war verwundert ...«

»Ich darf wohl sagen, die meisten kleinen Mädchen schauen gleich aus, ausgenommen für ihre Mütter.« Sie lächelte. Sie neigte dazu, nachsichtig mit ihren Schützlingen zu sein.

»Ich bin überzeugt«, beharrte Janet, »es ist kein Irrtum, ich meine ...«

Das Gesicht der Oberin versteinerte: »Ich hoffe, Sie denken sich keine Märchen aus. Und jetzt wird Ihr Essen kalt.«

Janet nahm die gefährlichen Zeichen wahr, lächelte und ging abwärts. Aber sie war sicher, da stimmte etwas nicht. Sie kannte Pamelas Umgebung, und der Gegensatz zwischen dem umsorgten Kind und der unbekannten Waise, die traurig am Ende des Zuges der Habenichtse, wie sie sie beschreiben würde, ging, war grenzenlos. Zweifelsohne war das schrecklich. Man mußte unbedingt etwas unternehmen ...

Und damit begann der Kummer. Sie wollte auch dann ausgehen, wenn es stürmte und regnete, und war bekümmert, wenn man ihr das nicht erlaubte. Mit den alltäglichsten Entschuldigungen ging sie ständig in ihr Zimmer. Schließlich gab es ja unten genügend Stühle und jeden Tag den *Mirror*, den *Pictorial* und den *Sunday Record* an den Sonntagen. Und manchmal legten auch nette Nachbarn noch veraltete Ausgaben von *Picture Post* und *Everybody's* vor die Tür. Es war unnatürlich, sich zu verkrauchen und zu brüten! Darüber hinaus kam es der Oberin zu Ohren, daß Janet Martin alle möglichen Leute wegen des Waisenhauses befragte, in Geschäften, beim Postamt und bei Zufallsbekanntschaften in der Kirche. Wenn sie sie daran hinderte, hinaufzugehen, lief sie im Garten auf und ab, und das bei einem Wetter, das dem Gesundheitszustand von alten Damen absolut unzuträglich war. Noch dazu einer, die fast an Rippenfellentzündung gestorben wäre. Oder sie stand am Gartentor und schaute die Straße rauf und runter, als ob sie dieses Kind aus den Pflastersteinen hervorzaubern könnte. Die Oberin glaubte, sie habe sich anfangs doch geirrt. Miss Blakes Tante war genau wie die andern, ohne Zweifel eine hübsche alte Haut, innerlich aber völlig verdreht.

Eine Woche, nachdem die Oberin ihr verboten hatte, immerzu in ihr Zimmer zu laufen, kam Doreen zu Besuch, und da Janets Lage verzweifelt war und sie keine andere Vertraute hatte, schüttete sie ihr Herz aus und erzählte ihre Geschichte. »Du siehst ein, Doreen, wir müssen etwas unternehmen. Ich weiß, daß Mr. Scott niemals etwas derartiges für Pamela vorgesehen hat, und ...« Sie unterbrach sich, entsetzt über das gefühllose Gesicht ihrer Nichte.

»Tante Janet, ich glaube wirklich, Du bist von Sinnen. Was in aller Welt hat das mit Dir zu tun, selbst wenn wirklich alles stimmt, was ich bezweifle. Das Kind ist keine Verwandte von Dir und überhaupt, was weißt Du denn von diesen Leuten? Es ist sowieso ein Fehler, Zufallsbekanntschaften zu machen.«

Janet Martin hatte rote Flecken auf den Wangen bekommen. »Du bist es, die nichts versteht, ich bin sicher, ich bin auf der Spur eines Geheimnisses.«

»Ich hoffe bei Gott, Du wirst wegen dieser Angelegenheit nicht lästig. Man darf die Oberin nicht aufregen, denn an ihr liegt es, wie lange Du in Beverley bleiben darfst.«

Janet machte sich so wenig aus Beverley, daß sie es ebenso gern verlassen hätte, selbst im Dunkeln. Aber das würde es mit sich bringen, daß sie auch Elsham verlassen mußte. Und solange Pamela im Waisenhaus war, mußte sie in der Gegend bleiben. Daher schluckte sie Zorn und Verzweiflung hinunter und spielte die Sanftmütige. Auch beklagte sie sich nicht, daß sie auf Anordnung der Oberin eine von den armen Hanswürsten mit sich herumschleppen mußte. Die Oberin fand nämlich, daß die alten Damen besser zu zweit aufgehoben wären, sie hielten sich gegenseitig in Schranken. Auch sprach sie nicht mehr über das Waisenhaus. Aber vielleicht war sie wirklich etwas aus dem Gleichgewicht gebracht, denn sie war überzeugt, die Vorsehung hatte ihren Umzug in dieses Heim für alte Damen — mit einer Menge alter und verruchter Gefährtinnen — veranlaßt, damit sie etwas für Pamela tun konnte. Wenn sie Mrs. Mount mitnahm, war das für beide von Vorteil, weil die nirgendwoanders als in die Kirche gehen wollte, wo sie sich aufhielt, solange es ihr erlaubt war. Janet hatte dadurch Gelegenheit, sich in der Straße vor dem Waisenhaus aufzuhalten, in der Hoffnung, Pamela zu sehen. Als die Tage vergingen, wurde sie kühner, ging näher an das Haus heran und sah in die Fenster.

Eines Tages öffnete sich plötzlich hinter ihr eine Tür und eine weibliche Stimme fragte, ob sie etwas wünsche. Es war die Frau des Arztes, der die Waisen behandelte. Zu ihrer eigenen Freude hörte sich Janet Martin eine fließende Erklärung über ihre Kindheit auf dem Lande runterrasseln, die sie im Augenblick erfunden hatte. Dabei erfragte sie den Namen einer Blume im Garten der Arztfrau. Diese, eine eifrige Gärtnerin, gab ihr kurz Unterricht über alle Blumen, die zu sehen waren, das Gras sogar eingeschlossen. Janet hörte genau zu und wartete auf eine Gelegenheit, um auf die Kinder von gegenüber kommen zu können.

»Ja, arme kleine Dinger«, bemerkte die Arztfrau ziemlich unbekümmert, ihre Augen immer noch auf eine namenlose Blume gerichtet. »Ich glaube, die meisten haben keine Herkunft oder Eltern, die sie nicht anerkennen.«

»Ich dachte, es wären Waisen«, rief Miss Martin aus.

»Die übliche Umschreibung.« Die Arztfrau lächelte.

»Und was passiert mit ihnen?«

»Nun, sie werden erzogen, um später etwas Nützliches zu können, wie Waschen oder andere Hausarbeit. Sie sollen die Möglichkeit haben, in Zukunft ein ehrliches Leben zu führen. Trotz ihrer Vorgeschichte heiraten sogar manche.«

Während sie sprachen, kamen die Waisen heraus, um ihren

Morgenspaziergang zu machen, und Janet sagte schnell, auf Pamela deutend: »Diese ist besonders auffallend.«

»Einige dieser Kinder sind wirklich hübsch. Ab und zu wird auch eines adoptiert. Diese heißt Mary und ist noch nicht lange hier. Vor kurzer Zeit gaben sie eine Vorstellung, um Geld für eine Mission zu sammeln, und sie hat sehr nett vorgetragen.«

»Was hat sie denn aufgesagt?« Janet Martin hielt den Atem an.

»Das übliche rührende Gedicht über ein totes Kind. Ich wundere mich, warum sie immer so traurige Themen wählen.«

»Der kleine Spielzeughund ist mit Staub bedeckt«, flüsterte Janet.

»Ja, das war es wohl. Waren Sie da?«

»Nein, aber man erinnert sich, wir haben das früher als Kinder auch immer aufgesagt.«

Armes altes Ding, dachte die Arztfrau. Es muß traurig sein, wenn man alt und allein ist. Und sie fragte: »Wohnen Sie hier?«

»Nur für einige Zeit, ich hatte Rippenfellentzündung und mußte London verlassen.«

»Dann sind Sie in Beverley?«

»Ja.«

Unverkennbar war die Abkühlung in der Stimmung. Die Gesprächspartnerin wandte sich zum Haus. »Meinetwegen sollen Sie nicht zu spät zum Lunch kommen. Miss Webster schaut sehr auf Pünktlichkeit.«

Janet Martin ging fort, mehr denn je davon überzeugt, daß sie das Werkzeug der Vorsehung war. Aber in diesem Fall benötigte das Warten auf die Vorsehung ihre ganze Geduld, denn wenn sie auch bei jedem Wetter draußen herumlief, traf sie nirgends die Gruppe der Waisen rund um Elsham. Lief sie zum Hügel, gingen diese in die Stadt, und wenn sie in das Geschäftsviertel ging, spazierten diese zum Hügel. Damit hing sie mehr zwischen Himmel und Erde, als sie ertragen konnte.

Einmal ging sie zum Waisenhaus und sah ein kleines Mädchen dort mürrisch im Garten herumlungern. Sie sprach sie freundlich an, und die Kleine blickte auf. Sie war so zahm wie ein Pony aus Exmoor, aber bei weitem nicht so hübsch. Sie kreischte auf, als sie sah, wer mit ihr gesprochen hatte. »Ich weiß, wer Du bist, Du bist eine der Irren!«

Janet Martin war schockiert. Obwohl ihr bekannt war, daß man in der Stadt glaubte, alle Bewohner von Beverley hätten eine Schraube locker. »Es ist nicht nett von Dir, sowas zu sagen«, meinte sie.

Die Kleine hob den Finger und sang: »Du bist vom Irrenhaus, Irrenhaus, Irrenhaus.«

»Sei nicht so frech«, sagte Janet und fragte aber gleich weiter: »Was geschah mit der kleinen Mary, der mit den langen dunklen Zöpfen? Ich hab sie zuletzt nicht mehr gesehen.«

»Sie ist dumm«, meinte das Kind.

»Es ist ungezogen von Dir, sowas zu sagen, und es stimmt auch überhaupt nicht.«

»Sie ist es«, schrie die Kleine und steckte die Zunge raus. »Sie ist wie Du, verrückt! Basta!« Sie schrie zuletzt so laut, daß die Oberin sie gehört hatte, als sie durch die Halle lief. Sie kam heraus, um nachzusehen, was da vor sich ging.

»Sylvia, was machst Du?«

Sylvia, dachte Janet Martin. Was für ein Name für das kleine Scheusal.

»Schuld hat diese Dame, sie hat mir Fragen gestellt und Dinge gesagt.« Die Kleine war hinterlistig wie ein Wiesel, schlug die Augen nieder, zog die Mundwinkel herunter, als ob sie sofort in Tränen ausbrechen würde.

Die Oberin verhärtete sich. »Was wünschen Sie«, fragte sie Miss Martin. »Sie sollten nicht mit den Kindern sprechen, es erschreckt sie.«

»Ich sagte nichts, ich fragte nur ...«

»Sie sagte Dinge, verrückte Dinge, ich kann sie nicht leiden.«

»Schluß, Sylvia, geh hinein. Du solltest sowieso nicht hier

sein.« Als das Kind gegangen war, wandte sich Mrs. Forbes an die alte Dame. »Sie kommen gewiß aus Beverley?«

»Ja«, stimmte Janet zu, sie fühlte die Demütigung stechend wie eine vergiftete Lanze. Sie hatte nicht erwartet, jemals ein Stadium zu erreichen, wo man befragt würde, als komme man aus »Bow Street«.

»Weiß Miss Webster, daß Sie allein ausgehen?«

»Natürlich weiß sie das, wirklich ...«

»Ich denke, ich sah Sie schon früher die Kinder beobachten.«

»Ich habe Kinder nun mal gern«, erklärte Janet Martin.

»Gut, aber wenn ich Ihnen was sagen darf, es beunruhigt sie, wenn sie sich beobachtet fühlen.«

»Eines ist mir besonders aufgefallen«, beharrte Janet, »eine besonders dunkle mit langen Zöpfen. Sie nennen sie Mary.«

Mrs. Forbes sah sie durchdringend an. Sie nennen sie Mary — als ob sie glaubte, es wäre nicht ihr richtiger Name. Das war schon recht eigentümlich. »Wir haben mehrere Kinder mit dem Namen Mary.«

»Aber diese ist unvergeßlich, ich denke, sie ist noch nicht lange hier, und in der letzten Zeit habe ich sie nicht mehr gesehen.«

»Wenn Sie Mary Smith meinen, die hat Influenza gehabt.« Sie lächelte freundlich. Armes altes Ding! Bellas Schützlinge waren alle schwach im Kopf. »Wie gut Sie beobachten, aber Sie werden auch Influenza bekommen, wenn Sie bei diesem Wetter weiter draußen bleiben.«

Janet Martin sah ein, daß sie nicht mehr erfahren konnte, und wollte zu diesem Zeitpunkt keinen Verdacht erregen. So sagte sie höflich, sie hoffe, der Kleinen ginge es bald besser, und damit ging sie fort. Mrs. Forbes ging ins Haus und ließ Sylvia kommen, die sie minutenlang befragte, um herauszufinden, was die alte Dame wirklich gesagt hatte. Sylvia, das wußte sie, hatte soviel Fantasie, die hätte sogar einen Sprecher von BBC in den Schatten gestellt. Die Oberin sah ein, sie war kein vertrauenswürdiges Kind. Dennoch sollte man diese

Alten überhaupt daran hindern, ums Haus herumzulungern. Daher schrieb sie Miss Webster, mit der sie sich besonders gut verstand, eine freundschaftliche Notiz mit dem Inhalt, daß sie sich zum Kaffee treffen sollten, um einiges zu besprechen. Sie waren beide vernünftige Frauen, die erkannt hatten, daß Geld die Welt regiert. Ohne das kann man nicht leben, und wenn man es nicht geerbt hat, muß man entweder betrügen oder hart arbeiten. Und natürlich war das bei beiden harte Arbeit.

Jedenfalls war es das sicherste. Die Regierung unterstützte es, daß Leute für ihren Lebensunterhalt arbeiteten, weil es immer schwerer wurde, Geld auf andere Weise zu bekommen. Nebeneinkünfte in der Verwaltung waren den Gehältern zugeschlagen worden oder ganz verschwunden. Miss Webster hatte bereits bei einer früheren Gelegenheit gesagt, daß, wenn man seinen Lebensunterhalt verdienen wolle, man nicht bloß arbeiten müsse, sondern auch Arbeit verrichten, die einem nicht gefällt.

Die Oberin des Waisenhauses hatte in mancher Beziehung mehr Erfahrung, denn sie war verheiratet gewesen, wenn auch nicht erfolgreich, und sie hatte auch keine Kinder. Immerhin war es leichter für sie gewesen, eine Stellung zu finden, wegen des Titels »Mrs.« vor ihrem Namen.

Eine der Vorsteherinnen des Waisenhauses war Mrs. Barnes, ihr Mann war Kinderarzt gewesen, ein sehr guter sogar, bis sie ihn so ausgezehrt hatte, daß er mehr an seinen Sarg als an sein Bett dachte. Von ihr hatte Mrs. Forbes diese Stelle ohne Nachweis von Erfahrung bekommen. An Mrs. Barnes war etwas Gewalttätiges, ein beunruhigender Blick, den sie nach jedem Mädchen warf, das das Unglück hatte, auf ihre Barmherzigkeit angewiesen zu sein. Auch Mrs. Forbes konnte so sein. Sie paßten gut zusammen, trafen sich öfter und plauderten miteinander. Sie waren Altersgenossinnen gleicher Herkunft und mit ähnlichen Eheerfahrungen. Sie hatten beide entdeckt, daß Männer armselige Kreaturen sind, und beide wurden nach verhältnismäßig kurzen Ehejahren von ihren Männern getrennt. Aber Mr. Barnes war so großzügig gewesen, zu sterben und seine Witwe gut versorgt zurückzulassen, während Mr. Forbes den bequemeren Weg aus der Ehe genommen hatte, nämlich mit seiner Sekretärin durchzugehen und seine Frau gänzlich abgebrannt zurückzulassen. Beide Frauen stimmten jedenfalls darin überein, daß Frauen mit Zähnen und Klauen für ihr Recht kämpfen mußten, und beide hatten besonders gute Zähne und Klauen, die sie auch stets gefechtsbereit hielten.

Dagegen war Miss Webster, eine alte Jungfer, eine empfindsame Frau. Sie wollte keinen Streit, soweit es Miss Martin anging, und wußte, wenn Ärger sich in den Köpfen sammelt, muß man ihn sofort auskehren. Mrs. Forbes war eine starke Persönlichkeit, wenn auch nur Angestellte. Miss Webster dagegen führte ihr eigenes Haus. Immerhin fand sie es leichter, auf Sicherheit zu gehen als Krieg zu führen. Daher rief sie gleich Janet Martin zu sich, als sie von dem Treffen zurückkam.

»Es tut mir leid, die Vorsteherin des Waisenhauses hat sich bei mir beklagt«, sagte sie ohne Vorrede. »Sie sollen dort herumlungern und die Kinder erschrecken. Ich bin ganz sicher, daß das von Ihnen nicht beabsichtigt ist, und es nur gedankenlos von Ihnen war, aber ich muß Sie bitten, in Zukunft vorsichtiger zu sein. Sie wollen doch nicht, daß wir in Verruf kommen.«

Vielleicht, fürchtete Janet Martin, werde ich wirklich verrückt. Jeder spricht in der gleichen Weise mit mir, Doreen, Miss Webster und sogar die Arztfrau. So sprachen sie auch mit denen, die »non compos mentis« waren. Sie versuchte zu erklären, daß sie kein Unheil hätte anrichten wollen, und auch Miss Webster konnte sich keine Gefahr vorstellen, wenn Miss Martin sich nicht gerade, mit einem Brotmesser unter dem Mantel versteckt, davonschlich, um einer der Waisen einen Stich damit zu versetzen. Daher betonte sie, das hätte sie auch gerade sagen wollen, hoffe aber, daß Miss Martin sich in Zukunft von Green Lane Hill fernhalte. »Wir wollen doch keine Unannehmlichkeiten, nicht wahr?«

»Es ist immer dasselbe«, entgegnete die alte Dame unerwartet leidenschaftlich. »Man tut alles, um ja keine Unannehmlichkeiten zu bekommen. Wenn das Unglück an Ihrer Tür anhält und anklopft, würden Sie die Fensterläden schließen und im hintersten Winkel des Hauses sitzen, bis es vorübergeht. Darum gibt es soviel Schlimmes auf der Welt, darum hatten wir Krieg, weil die Leute die Augen schließen. Anfangs finden sie das leichter, aber am Ende müssen sie dafür bezahlen.«

Zu ihrem Kummer stellte sie fest, daß sie geschrieen hatte, und hielt inne. »Ich meine«, sagte sie in gemäßigtem Ton, aber Miss Webster nahm sie in die Arme und sagte ernst: »Sowas wollen wir nicht mehr hören, Sie sind außer sich und wissen nicht, was Sie sagen. Ich hoffe, ich muß Ihrer Nichte nicht schreiben, aber ich muß es ihr berichten, wenn Sie sich nicht vernünftig benehmen.«

Das war das Trumpf As und sie wußte es. Wie eine Messerschmitt würde Doreen aufsteigen und Bomben voller Vorwürfe und Warnungen vor fürchterlichen Folgen auf sie niederregnen lassen. Miss Martin schwieg sofort.

Danach waren ihre Wege recht eingeengt. Wenn sie ausging, dann nur in Begleitung von einer der anderen Damen, die nicht im Garten bleiben wollten, aber langsam dahintrotteten, einen Schritt nach vorn und zwei zurück, bis sie das Einkaufsviertel erreichten. Sie wühlten bei Woolworth herum, gaben nie etwas aus, betasteten aber alle Waren. Wenn sie sprachen, dann von ihrer Jugend. Oder sie gingen zur Sozialstation, um sich dort mit der Schwester zu unterhalten, und zwar über Abführmittel und Tonics. Die hatte eine erstaunliche Geduld, so daß selbst ihre Nachbarn sich wunderten. Sie hatte Mitleid mit diesen armen alten Wesen, die nichts mehr vom Leben hatten und halt gern über ihre Krankheiten redeten.

Als Janet Martin mal wieder so recht hoffnungslos war, machte sie sich allein davon. Sie gab vor, einen Brief zur Post bringen zu wollen. Dabei stieß sie genau in die Gruppe der Waisen, und da war Pamela, bleicher denn je, und sie lief allein am Ende der Schlange. Miss Martin lief so über die Straße, daß sie unmittelbar von Angesicht zu Angesicht vor ihr stand. »Pamela«, keuchte sie. Die Kleine warf ihr schnell einen Blick zu und lief weiter. Janet starrte ihr voller Trauer nach. Dann sah sie, daß das kluge Kind sich bückte und vorgab, einen Schuhriemen zu befestigen. Als sie sich wieder aufrichtete, warf sie einen Seitenblick in Richtung auf Janet und deutete mit ihrer Hand einen flüchtigen Gruß an.

»Mary«, rief die Aufseherin, und die Kleine raffte sich auf und schloß sich den übrigen an.

5

Danach entschloß sich Janet Martin zu handeln. Sie konnte sich weder an Doreen noch an die Heimleiterin wenden. Wenn Pamela nur mit Janet Martin rechnen konnte, so würde sie sicher weitere fünf Jahre im Heim zubringen müssen. Aber es gab doch Terry Lawrence. Sie, vor allen anderen, mußte wissen, was Pamela hier machte und warum sie das nach den Versprechungen, die sie Mr. Scott gegeben, zugelassen hatte.

Es war ganz unverständlich. Offensichtlich, überlegte Janet, hatte Mr. Scott einen tödlichen Herzanfall erlitten, und danach wurde Pamela, wahrscheinlich von Mrs. Barnes, hierher gebracht. Aber da stimmte etwas nicht und sie wollte dahinterkommen. Die Heimleiterinnen würden nicht helfen, ebenso wenig die Arztfrau. Unbedingt mußte sie sich mit dem jungen Mädchen in Verbindung setzen. Die einzige Anschrift, die sie kannte, war Swan-Haus. Dahin mußte sie schreiben mit dem Vermerk: Eilig und vertraulich, bitte nachsenden. Falls sie nicht verunglückt war, mußte sie eine Nachsendeadresse in Swan-Haus oder auf dem Postamt hinterlegt haben. Es gelang ihr, den Brief unbemerkt einzuwerfen. Danach konnte sie nur noch warten. Sie mußte ihm einen Tag länger als üblich geben, falls Terry London verlassen hatte, und während dieser Zeit zwang sie sich, dem Waisenhaus fernzubleiben. Fiebrig vor Angst wurde sie an dem Morgen, als sie damit rechnen konnte, daß ihr Brief Terry erreicht hatte. Sie wollte das Haus nicht verlassen, falls ein Telegramm für sie kommen würde, obgleich es unvernünftig war, ausgerechnet ein Telegramm zu erwarten. Doch mittags zwischen zwölf und ein Uhr kam viel mehr als ein Telegramm! Ein Taxi hielt vor der Tür und dem entstieg Terry, jung, fröhlich und zuversichtlich. Sie rannte den Pfad entlang und bediente den Türklopfer, wie keine der Heimbewohnerinnen das gewagt hätte. Und als die Tür geöffnet wurde, fragte sie mit lauter Stimme nach Miss Martin, erklärte, sie sei eine Freundin aus London und hätte einen Tag frei, so daß sie gern Miss Martin zum Lunch ausführen wolle.

Das Mädchen benachrichtigte die Hausmutter, und Terry meinte munter, sie hoffe, an keinem unpassenden Tag gekommen zu sein. Sie hätte erst gestern erfahren, wo Miss Martin stecke, und ob es recht sei, sie zum Lunch auszuführen. Miss Webster sah keinen Grund, warum dies nicht möglich sein sollte, und Janet, die auch nichts anderes erwartet hatte, kam lächelnd herbei und begrüßte Terry mit den Worten: »Meine liebe Terry, welch freudige Überraschung.«

Und damit verschwanden die beiden.

»Ich muß Ihnen zuerst sagen, wie dankbar ich für Ihren Brief war«, sagte Terry, sobald sie außer Hörweite des Hauses waren. »Ich habe mich zu Tode gesorgt, weil ich Pamela nirgends ausfindig machen konnte. Als ich schrieb, kam mein Brief zurück. Es ist ein Verbrechen und das Fürchterlichste daran ist, daß, soweit ich es überblicken kann, das Recht auf seiten von Mrs. Barnes ist.«

»Es ist alles so verworren, ich verstehe überhaupt nichts«, meinte Janet Martin. »An dem Nachmittag in Swan-Haus konnte ich sehen, daß Mr. Scott ein reicher Mann war, der alles tat, um das Kind glücklich zu machen. Und Sie sagten mir damals auch, er hätte für sie vorgesorgt. Was geschah denn mit ihm?«

»Er starb ganz plötzlich, er war schon lange schwer herzkrank, aber er hatte nicht viel mit Ärzten im Sinn. Er war der Ansicht, sie sollten nicht ihre Zeit an Wracks, wie er eines war, verschwenden, weil sie doch nichts für ihn tun konnten. Daher ging es ihm immer schlechter, und außerdem plagte ihn Mrs. Barnes ständig, obwohl sie wissen mußte, wie sehr ihm das schadete. Übel vor allem war, daß sie sichergehen wollte, daß Liebling Oliver mit einem ansehnlichen Teil in Mr. Scotts Testament bedacht würde. Die Leute sind ekelhaft, wenn es um Geld geht, nicht wahr? An jenem Dienstag ging es ihm besonders schlecht. Wir mußten Dr. Macintosh rufen, und der hat ihn wohl gewarnt, denn an dem Abend erinnerte er mich an mein Versprechen, so gut ich könne, auf Pamela zu achten. 'Ich weiß, ich kann Ihnen vertrauen', sagte er. Ich versicherte ihm, daß ich für sie mindestens soviel sorgen würde, wie für eine Schwester. Mr. Scott lachte und meinte, er glaube nicht, daß ich je eine Schwester gehabt hätte, sonst hätte ich keine so romantische Vorstellung davon. Seine Schwestern hätten sich ständig voller Wut gezankt und stets waren sie aufeinander eifersüchtig. Am nächsten Tag, es muß so etwas wie Telepathie gewesen sein, erschien Mrs. Barnes. Sie erklärte ihm gleich, wie krank er aussähe, und machte so weiter. Dabei mußte sie wissen, wie verrückt ihn das machte.«

»Wie ich das nachfühlen kann«, sagte Janet und dachte dabei auch an Doreen, die eine besondere Freude daran hatte, Sand ins Getriebe zu werfen. Falls sie je ins *Who's who* käme, würde sie das als Charakterisierung ihrer Persönlichkeit beisteuern.

»Mrs. Barnes fragte mich, wie schwer der Anfall gewesen war und was der Arzt dazu gesagt hätte. Sie schlug auch gleich vor, Pamela wegzubringen, denn man könnte aus gutem Grund kein Kind davon abhalten, ab und zu mal laut zu sein, und das wäre schlecht für ihren Bruder. Ich erwiderte, daß er sie gern um sich hätte, und daß sein Anfall keinesfalls etwas mit ihr zu tun haben könnte. Sein Arzt hatte ihm ein neues stärkeres Medikament gebracht, das die Schmerzen schneller lindern sollte, denn er litt fürchterlich. Sie erinnern sich sicher?«

»Das konnte man sehen.«

»Er wäre so gern allein gewesen, doch von Mrs. Barnes war das zuviel verlangt. Ständig ging sie zu ihm, und als ich einmal in die Bibliothek ging, konnte ich hören, daß sie ihm immer wieder die gleichen Dinge sagte. Meistens über den lieben Oliver, wie gut er war, wieviel man in der Verwaltung von ihm hielt, und daß er nicht mal nach Auszeichnungen strebte. Es gab da sowieso keine. Es konnte einen krank machen.

Mr. Scott meinte etwas sarkastisch, das wäre recht tröstlich zu hören, so brauche man sich um seine Zukunft keine Sorgen zu machen, und für sie müsse es ein großes Glück sein, einen so aufrechten und erfolgreichen Sohn zu haben. Er würde niemals der Öffentlichkeit zur Last fallen wie so viele von uns. Sie sah ihn finster an, sie hatte erwartet, daß er auf seinen Neffen stolz wäre. Und Mr. Scott sagte in seiner etwas trockenen Art: 'Wir wollen ihm nicht den Kopf verdrehen.'

Ich hätte ihr gern geraten zu gehen, aber natürlich hatte ich kein Recht dazu. Ich konnte nicht mal dabeibleiben, und sie fuhr fort, ihn zu ärgern und zu beschuldigen. Zum Schluß war sie selbst etwas erschrocken, denn sie sprach aus, daß es ihrem Bruder schlecht ginge und ob der Arzt etwas Besonderes gesagt hätte.

Ich erinnerte sie daran, daß er in der Nacht einen schweren Anfall gehabt hatte und Ruhe haben sollte. Gleich fing sie wieder davon an, Pamela solle ihn in der nächsten Nacht nicht stören. Danach hatte er einen weiteren Anfall, wollte aber nicht, daß wir den Arzt rufen, sondern nur seine Tropfen. Mrs. Barnes erklärte am nächsten Tag, sie hätte ihm noch einen Cognac gegeben, um ihn zu stärken. Sie bedauerte, nicht bei ihm geblieben zu sein.«

»Wenn sie geblieben wäre, hätte es vielleicht noch schlimmer kommen können«, meinte Miss Martin.

»Jedenfalls hätte es nichts geändert, denn sie hatte ihm bereits den Todesstoß versetzt. Und ich kann mir vorstellen, sie wußte es, denn sie gab mir ihre Telefonnummer, was sie vorher nie getan hatte, damit ich sie jederzeit erreichen könnte. Ich weiß nicht, ob ich befremdet aussah, denn sie änderte augenblicklich ihr Benehmen und riet mir, nichts zu übertreiben. Jeder wisse, daß Angestellte wichtigtuerisch sind, wenn die Herrin im Haus fehlt. Sie wollte ja zu gern im Haus befehlen, doch Mr. Scott hatte das verhindert. Sie machte mir den Vorwurf, daß ich zuviel Licht verbrauche, mehr als Mr. Scott für sich in Anspruch nähme, und man solle sparsamer mit dem Geldausgeben sein, besonders, wenn es nicht das eigene Geld wäre.«

»Sicherlich«, warf Janet Martin ein, »haben Mrs. Barnes und Doreen viel Gemeinsames. Kinder brauchen doch gutes Licht.«

»Ach, sie suchte nur nach einem Grund, etwas zu bemängeln. So war sie eben. Aber sie fürchtete auch für ihren Bruder. Sie wußte, sie trug Mitschuld an seinem Anfall. Ich sollte auf jeden Fall den Arzt anrufen, wenn es ihm schlechter ginge, was ich ihr zusicherte, falls Mr. Scott damit einverstanden sei. Sie ging in die Bibliothek, um ihm das noch zu berichten, ehe sie aufbrach, und ich hörte sie sagen: 'Bemüh Dich nicht, Du brauchst Ruhe, ich suche es Dir heraus.' Und sie öffnete eine Schublade und schloß sie wieder. Weiter hörte ich nichts, und ich konnte auch nicht warten, sondern mußte mich um Pamela kümmern. Eigentlich hätte ich hineingehen und nachsehen sollen, ob ich etwas für ihn tun konnte, aber er haßte es, wenn man Umstände mit ihm machte. Er wollte immer gern allein sein.«

»Es war viel Verantwortung für Sie.« Janet Martin war teilnahmsvoll.

»Ich war nicht die nächste, die in die Bibliothek ging. Ich nahm unser Geschirr und half Mrs. Hubble beim Abwasch. Die meinte, Mrs. Barnes wäre wie eine Mühle Gottes, doch mahle sie gröber. Prentice war an diesem Abend aus gewesen, um eine Großmutter zu begraben, oder ins Kino zu gehen oder sonstwas. Mrs. Hubble berichtete ihr, Mrs. Barnes sei in der Küche gewesen, um ihnen zu sagen, wie schlecht es Mr. Scott gehe. Und sie hatte ihr Vorschriften gemacht, daß sie Mr. Scott nur etwas Leichtes zum Abendessen machen dürfe. Dabei wäre sie nun schon zwei Jahre bei Mr. Scott, und der wäre immer zufrieden mit ihr gewesen. Das wäre ja Mrs. Barnes sowieso nicht recht, aber Gott sei Dank hätte sie ja nichts zu sagen.«

»Und in dieser Nacht war es?«

»Ja, in einer Art tötete sie ihn, obwohl sie dafür nie hängen wird, traurigerweise.«

»Terry, liebes Kind, sowas dürfen Sie nicht sagen!«

»Es ist die Wahrheit. Ich mache sie für seinen Tod verantwortlich, und kaum ist er kalt, bringt sie Pamela in ein Waisenhaus. Sie ist kein bißchen besser als eine Kriminelle. Auch Sie wissen das.«

Inzwischen hatten sie die Stadt erreicht und fanden Platz an einem schmalen Tisch im »Rendezvous«. Terry hatte vorgeschlagen, dort den Lunch einzunehmen. Sie bekamen eine Ecke, etwas abseits, trotzdem warnte Janet ihre Begleiterin, vorsichtig zu sein, denn die beiden Heimleiterinnen kämen manchmal hierhin und »Wände haben auch Ohren«.

»Ich fürchte, es war ein schwerer Schock für Sie«, begann die alte Dame, nachdem sie bei der Bedienung ihre Bestellung aufgegeben hatten.

»Es war dramatisch wie im Film. Ich war noch nicht runtergegangen, als Prentice zurückkam. Ich blieb bei Pamela, weil sie nach den Besuchen von Mrs. Barnes immer etwas durcheinander war. Die schaffte es regelmäßig, ein Gefühl der Unsicherheit im Haus zu verbreiten. Tatsache ist, sie hätte gern einen Kehraus mit uns gemacht, mit Mrs. Hubble, Pamela und mit mir. Sie versuchte nicht mal, ihre Abneigung zu verbergen. Mrs. Hubble hatte ihre Gründe zu bleiben, genau wie ich. Keiner von uns wollte gern wechseln, aber im Leben gibt es keine Beständigkeit. Und Mrs. Hubble war sich auch sicher, daß Mr. Scott sie in seinem Testament bedacht hatte.«

»War es so?«

»Ich weiß es nicht, wir fanden keins.«

Janet Martin war erschrocken. »Aber Terry, es war eins da, ich habe es unterzeichnet.«

Terry legte den Löffel weg und starrte vor sich hin. »Sie haben es bezeugt, wann denn?«

»Bei dem einzigen Mal, als ich im Haus war. Mr. Scott erklärte mir, er könne keinen vom Haus darum bitten, weil alle Nutznießer wären.«

»Das ändert vieles. Mr. Merivale wird daran interessiert sein.«

»Wer ist Mr. Merivale?«

»Der Anwalt. Mr. Scott hatte schon vor ein paar Jahren ein Testament entworfen, es dann aber zurückverlangt, weil er es abändern wollte. Er sandte es dem Anwalt aber nicht zurück. Der schrieb ihm, aber Mr. Scott antwortete ihm, er würde zur rechten Zeit von ihm hören. Danach ging er zur Armee und alles geriet in Vergessenheit.«

»Niemand wußte etwas davon?«

»Erinnern Sie sich, wohin er es legte, nachdem Sie unterzeichnet hatten?«

»Es lag auf dem Tisch, als ich den Raum verließ.«

Terry hatte die Suppe vergessen, die in den Schüsseln kalt wurde. »Ich bin sicher, er hat es nicht vergessen oder weggetan. Das ergibt keinen Sinn. Er wollte unbedingt für Pamela sorgen. Da stimmt etwas nicht, aber ich behaupte, wir werden niemals erfahren, was. Und sie so stranden zu lassen ... Miss Martin, ich fühlte von Anfang an, daß Unrecht im Spiel war. Was geschah mit dem Testament? Sind Sie sicher, daß er es nicht an den Anwalt sandte? Oder vielleicht entschied er sich für ein anderes und verbrannte es.«

»Aber das ist höchst unwahrscheinlich, wenn man bedenkt, daß er es erst kurz vorher niedergeschrieben hatte.«

Terry runzelte die Stirn. »Alles paßt so gut zusammen. Ich hatte mich schon gewundert, worüber Mrs. Barnes mit ihm gesprochen hatte. Und worüber er so erregt war. Denn am

Morgen ging es ihm ziemlich gut, nur etwas hinfällig war er, wie meist nach seinen Anfällen. Ich denke mir, sie hat ihn wegen seines Geldes befragt und ob ihr Liebling Oliver bedacht würde. Und er eröffnete ihr, Pamela würde alles bekommen. Kein Wunder, daß sie sie in ein Waisenhaus gebracht hat. Sie hat es ihr niemals verziehen, daß sie beinahe ihren Sohn ausgestochen hätte.«

»Wir haben keinen Beweis«, betonte Janet traurig. »Und es erklärt auch nicht, daß kein Testament vorhanden war.«

»Nein, meinen Sie? Denken Sie an ihre letzten Worte: 'Ich will es Dir holen!' Angenommen, es war das Testament. Und vielleicht zerriß sie es vor seinen Augen und warf es ins Feuer. Und das regte ihn so auf, daß er einen neuen Anfall bekam, als sie gegangen war?«

»War es so? Mein liebes Kind, Sie sollten sich nicht etwas zusammenreimen. Angenommen, er hatte einen neuen Anfall, hätte er dann nicht seine Medizin genommen?«

Terry verlor das letzte bißchen Interesse an ihrem Lunch und lehnte sich über den Tisch. Ihre Augen glänzten gefährlich. »Ich wäre nicht überrascht, wenn Sie die Wahrheit erraten hätten, Miss Martin. Nein, er konnte keine zweite Dosis seiner Medizin nehmen, weil die Flasche auf dem Kaminsims gefunden wurde, später, nachdem der Arzt eingetroffen war. Und *sie* mußte sie dahin gestellt haben.«

»Sie sagen schlimme Sachen«, flüsterte Janet und fühlte sich unmittelbar in eine Welt voller Grausamkeit und Unberechenbarkeit versetzt. »Sie meinen, sie stellte sie vorsätzlich dorthin?«

»Ob sie das tat oder nicht, jedenfalls konnte er sie nicht erreichen.«

»Aber er hätte doch nach jemandem läuten können. Wo war der Diener?«

»An diesem Nachmittag hatte er frei und war erst um neun Uhr zu Hause. Aber Sie haben recht, er hätte läuten können. Er hatte eine Glocke in Bereitschaft auf seinem Tisch. Und er tat es nicht. Mrs. Hubble war den ganzen Nachmittag in der Küche und hätte es hören müssen.«

»Erzählen Sie mir den Rest der Geschichte«, forderte Janet sie auf. Und Terry fuhr fort.

6

Und so endete ihre Erzählung, und selbst Janet Martin konnte nicht erraten, was Arthur Crook im folgenden daraus machen würde:

»Ich saß bei Pamela, die ziemlich müde aussah und keine Lust hatte zu spielen. So blätterten wir die Seiten ihres Lieblingsbuches, eines Tierbuches, um, als Prentice zurückkam. Sie wußte, sie hätte nicht weggehen sollen, und auf jeden Fall war sie später dran, als abgesprochen. Sie fragte Mrs. Hubble, ob die alte Katze etwas dazu gesagt hätte, daß sie nicht da war, um den Tee zu servieren. Und Mrs. Hubble entgegnete mit einer Zunge, scharf wie ein Rasiermesser, es wäre einer Dame nicht würdig, sie überhaupt zu bemerken. Prentice wollte auch wissen, ob Mr. Scott nach ihr geläutet hätte. Mrs. Hubble erklärte ihr, Mr. Scott habe einen Anfall gehabt und darüber müsse man sich nicht wundern, aber Gott sei Dank hätte er sie nicht gebraucht.

Prentice, sie war recht jung und hübsch in einer etwas aufdringlichen Art und glaubte, Mr. Scott bewundere sie, beschloß, nur noch die Vorhänge zuzuziehen, denn bestimmt hätte die 'Gnädige Frau' sie nicht angerührt. Bei dem, was sie zu erwarten hätte, könnte sie sich schon mal etwas tummeln.«

»Ach, meine Liebe, das klingt alles so gemein.«

»Ja, ich denke, Prentice war ziemlich gewöhnlich. Doch in bezug auf Mrs. Barnes hatte sie recht, sie würde gewiß die Vorhänge nicht zugezogen haben, sie gehörte zu denen, die läuten, wenn eine Schaufel Kohlen aufs Feuer gelegt werden muß. Also, Prentice lief zur Bibliothek, und zuerst dachte sie, da wäre niemand. Der Raum war dunkel, und manchmal, wenn er müde war, fuhr sich Mr. Scott selbst ins Schlafzimmer, das an die Bibliothek angrenzte. Sie mußte vergessen haben, daß Wallis Ausgang hatte, denn ohne dessen Hilfe hätte er gar nicht allein zu Bett gehen können. Sie machte Licht und lief zum Fenster, wobei sie etwas Unfreundliches über Mrs. Barnes murmelte. Sie drehte sich um und bemerkte zum ersten Mal, daß Mr. Scott sehr still in seinem Stuhl am Tisch lag. Sie meinte, ihr Herz wäre ihr in die Hose gerutscht, weil er gehört haben mußte, was sie über Mrs. Barnes gesagt hatte. So entschuldigte sie sich: 'Es tut mir leid, ich wußte nicht ...« Dann hörte sie damit auf, weil sie glaubte, er schliefe. Sie ging etwas näher heran und mußte feststellen, daß er tot war. Darauf schrie sie das ganze Haus zusammen. Mrs. Hubble hörte es in der Küche und Pamela und ich im Schulzimmer. Und Prentice schrie weiter und flehte Gott an, es war zu unwirklich, um wahr zu sein, wenn Sie verstehen, was ich meine.«

»Wie schrecklich.« Janet erinnerte sich an Mr. Scott als den ruhigen Mann — wie sehr er Geschrei und Aufregung gehaßt hätte.

»Mrs. Hubble kam die Treppe runter, und Pamela rief aus: 'Es ist Guardy, Terry, ich weiß es.' Wir gingen zum Treppenhaus, wo immer noch Prentice schrie, sich hinwarf und an Mrs. Hubbles Arm klammerte, bis Mrs. Hubble sie zum Schweigen zwang und ihr vorwarf, keine Achtung vor dem Geschehen zu haben.

Prentice hatte einen Schock bekommen und Pamela schreckliche Angst. Ich beruhigte sie, sie solle nicht erschrocken sein, ehe wir sicher waren, daß es einen Grund dafür gab. 'Hör auf, mein Mädchen', sagte Mrs. Hubble zu Prentice, 'oder ich gebe Dir augenblicklich Grund, so zu schreien.' Pamela griff nach meiner Hand, und plötzlich hob Roy den Kopf und brach in ein lautes, markerschütterndes Geheul aus. 'Sehen Sie', sagte Prentice, 'selbst der Hund weiß es. Das entscheidet alles, ich gehe, ich bleibe keine Nacht mit einem Leichnam zusammen im Haus.'

'Ich wußte, es würde etwas geschehen', sagte Pamela mit ihrer zarten aber gut hörbaren Stimme, 'das ist alles ihre

Schuld.' Mit den beiden, Prentice und Pamela, hatten wir genug zu tun, aber Mrs. Hubble war wie ein Fels im Meer. Sobald sie hörte, was Pamela gesagt hatte, kümmerte sie sich nicht mehr um Prentice, sondern sagte zu Pamela: 'Dem armen Mr. Scott geht es sehr schlecht, und das beste, was wir für ihn tun können, ist, ruhig zu sein und weniger an uns selbst zu denken. Miss Lawrence soll den Arzt anrufen, und wir beide gehen ins Schulzimmer und warten dort.'

Sie ist die personifizierte Mütterlichkeit, tüchtig und gütig auf eine Art, die Kinder tröstet. Pamela wollte wissen, was mit Prentice los sei, aber Mrs. Hubble meinte: 'Um die sollst Du Dich nicht kümmern. Sie hatte nie viel Verstand, und das wenige ist ihr jetzt noch verloren gegangen.' Und damit nahm sie sie bei der Hand und führte sie ins Kinderzimmer.

Prentice nahm einen Beruhigungstrank zu sich, und ich rief den Arzt an, dem ich sagte, Mr. Scott habe einen bösen Anfall gehabt und sei anscheinend bewußtlos. Aber ich machte das wohl schlecht genug, denn er fragte mich: 'Wollen Sie damit sagen, er ist tot?' Er ist recht schroff, ohne Manieren. 'Warum sagen Sie das nicht gleich?'

Ich sagte ihm, ich sei nicht sicher, glaubte es aber. Er wollte sofort kommen, wir sollten aber Pamela raushalten. Außerdem fragte er: 'Ist diese verdammte Frau dagewesen und hat ihn gequält?' Ich bejahte und fügte hinzu, daß sie seit einer Stunde weg sei. Sie sei ein öffentliches Ärgernis, meinte er, und sollte eingesperrt werden. Ich veranlaßte Prentice, einen Kessel mit Wasser aufzustellen, und benachrichtigte Mrs. Hubble, daß der Arzt unterwegs sei. Pamela hob nicht einmal ihren Kopf. 'Er kann nichts mehr machen, nicht wahr?' Aber ich konnte ihr nicht antworten und lief runter, um den Arzt einzulassen. Der erklärte, Mr. Scott sei an Herzversagen gestorben. Er wollte wissen, wie der Tag verlaufen sei, etwas über den Anfall und ob ich ihn gesehen hätte, was ich verneinen mußte. Denn nur Mrs. Barnes war bei ihm gewesen. Sie sei besorgt gewesen und hätte ihm zusätzlich zur Medizin auch einen Cognac gegeben. Er meinte, daß das ihm bestimmt nicht hätte schaden können. Prentice hatte in ihrer Aufregung anscheinend das Glas zerbrochen, aber man konnte den Cognac noch riechen. Des weiteren wollte er noch wissen, wer ihn fand.

Ich erzählte ihm, Mr. Scott wäre so müde gewesen, daß er nicht hätte gestört werden wollen, und der Arzt sah plötzlich sehr menschlich aus und sagte, er müsse müde gewesen sein. Er wisse nicht, wie er selbst so etwas durchgestanden hätte. Er fragte nach anderen Verwandten, und ich erklärte ihm, es gäbe nur Mrs. Barnes und Oliver. 'Sie müssen sie benachrichtigen, sie können nichts mehr tun, als sich um die Bestattungsangelegenheiten zu kümmern.' Er hatte Mrs. Barnes kennengelernt, und sie haßten sich gegenseitig. Sie hatte Mr. Scott veranlassen wollen, den Arzt zu wechseln, so wie sie mindestens alle drei Monate jeden im Haus auswechselte. Sie war so besorgt, Mr. Scott könne jemandem ein Legat aussetzen und es bliebe weniger für sie und Oliver übrig.«

»Meine Liebe, Sie sind so bitter, das ist zu traurig für ein junges Mädchen wie Sie ...«

»Ich bin erbittert«, unterbrach Terry sie, »wegen Mr. Scott und Pamela. Für ihn konnte ich nichts mehr tun, aber für sie will ich es, da können Sie sicher sein.«

»Erwähnte Mrs. Barnes nicht, was für Pläne sie für das Kind hatte?«

»Ich war eigentlich für sie überhaupt nicht vorhanden, außer daß ich eventuell Oliver um fünfzig Pfund oder so berauben könnte. Und ich machte es in dieser Nacht noch schlimmer, weil ich erst etwa um Mitternacht anrief. Alle waren so außer sich, müssen Sie wissen.

Prentice tobte, wollte noch in der Nacht gehen aber vorher ihren Lohn, den ihr natürlich niemand auszahlen konnte. Ich versuchte, sie zu beruhigen, und als ich in die Halle zurückkam, wartete dort der Arzt auf mich und wollte wissen, ob Mr. Scott nicht doch noch einen weiteren Anfall gehabt hatte, seit er ihn in der Vornacht verlassen hatte. Ich mußte das verneinen, nur den an diesem Nachmittag und das sei geschehen, weil ... Aber er ließ mich nicht zu Ende sprechen. 'Sie sehen mir wie ein vernünftiges Mädchen aus', meinte er. 'Vielleicht wissen Sie, daß die wichtigsten Dinge im Leben wie im Tod nicht ausgesprochen werden. Niemand kann dem armen Teufel jetzt noch helfen oder das Geringste ändern. Wenn Sie irgendeinen Verdacht haben, behalten Sie ihn für sich.'«

»Ich denke, ich verstehe es«, meinte Janet Martin. »Ach, armer Mr. Scott. Immer Schmerzen, keine Hoffnung und dann eine neue Medizin! Dennoch, Dr. Macintosh hatte vielleicht recht. Es konnte auch ein Mißgriff gewesen sein.«

»Er wollte am Morgen einen Totenschein schicken, wonach Mr. Scott an Herzversagen gestorben sei. Was sollten wir sonst tun, als Herzversagen zu bestätigen? Ich fragte ihn, ob er wirklich so schlimm drangewesen sei. Er hätte jederzeit zusammenbrechen können, und er wußte es auch. Aber Mrs. Barnes wußte es ebenso und vergaß es niemals.«

»Was Sie auch immer denken«, warnte Janet sie, »Sie haben keinen Beweis. Ich verstehe, wie Sie fühlen, aber auch wenn er mehr erdulden mußte, als er ertragen konnte, ist das doch kein Fall für den Richter.«

»Aber«, meinte Terry, »wenn er sowas erwarten mußte, hätte er bestimmt zuerst für Pamelas Zukunft vorgesorgt. Nein, ich denke, sie versuchte, ihn zu überzeugen, Oliver all sein Geld zu hinterlassen, und er widersetzte sich all ihren Argumenten. Aber sie war entschlossen, damit fortzufahren, und dann hatte er diesen Anfall. Sie war erschrocken, das merkte man, und Mord kann man es nicht nennen. Allerdings war es bestimmt ein indirekter.«

»Dr. Macintosh hat unbedingt recht! Es ist äußerst gefährlich, solche Gedanken auszusprechen, noch dazu, wenn man nichts beweisen kann. Sagte sie denn etwas bezüglich Pamela, als sie das erfuhr?«

»Sie war wütend, als ich sie anrief. Sie schnatterte wie eine Äffin, fragte, wann das passiert wäre und warum man sie solange warten ließ. Ob mir nicht eingefallen sei, daß sie als Schwester ein Anrecht hätte, es gleich zu erfahren. Natürlich konnte ich ihr nicht gut sagen, daß wir sie nicht schon am Abend wieder bei uns haben wollten. Nebenbei hatte der Arzt mir auch geraten, den Anruf so lange wie möglich zu verzögern.

Er wollte den Leichnam vorher im Leichenhaus haben, egal was die Familie dachte, jemand mußte auf die Kleine achten. Ich wollte nicht, daß sie gequält wird, indem sie bei der Leiche hätte stehen müssen, und genau das würde Mrs. Barnes verlangt haben. Sie hätte auch im Haus leben wollen bis zur Beisetzung, und mit ihr und dem Leichenbestatter zusammen wäre das Haus ein Alptraum geworden. Dazu all die Zeremonien bei einem Todesfall, der doch einen natürlichen Übergang zu einem anderen Leben bedeutet.«

Die Bedienung entschied, daß sie die Suppe nicht wollten, und um voranzukommen, servierte sie ihnen zwei Teller mit gekochtem Fisch und Kohl. »Mal sehen, ob Ihnen das schmeckt.« Sie war aber enttäuscht, daß sie den Speisen so wenig Beachtung schenkten.

»Mrs. Barnes kam so früh wie möglich am nächsten Morgen, nahm alles in die Hand und verständigte auch Mr. Merivale, um mit ihm zu sprechen. Zornig war sie, daß der Leichnam fort war, aber man kann eher Kieselsteine gegen einen Elefanten werfen und erwarten, daß er davon tödlich verwundet wird, als den Arzt aus der Ruhe bringen. Er erklärte einfach, die Lebenden seien wichtiger als die Toten und er hoffe, sie hätte nicht die Absicht gehabt, ein sensibles, höchst zartbesaitetes Kind wegen irgendwelcher sentimentalen Gründe krank werden zu lassen. 'Glauben Sie wirklich', fragte sie den Arzt, 'das Kind hätte irgendwelche Zuneigung zu meinem Bruder? Jeder, der ihr ein Heim gab, wäre ihr recht gewesen.' Der Arzt warnte sie, die Kleine hätte einen schweren Schock bekommen. Er wünschte von mir, daß ich auf sie aufpassen und mich gegebenenfalls zwischen sie und Mrs. Barnes stellen sollte.«

»Und Sie fanden kein Testament?« Janet Martin war atemlos vor Aufregung.

»Nein! Sie suchten überall. Der Anwalt verständigte mich später davon, weil ich so sicher war, Mr. Scott hätte eins vor seinem Tode gemacht. Aber Mrs. Barnes erklärte, sie sei sich nicht ganz sicher, aber er hätte davon gesprochen, eins zu machen, und hätte sich von ihr einige Notizen, die er bereits gemacht hatte, aus seinem Schrank erbeten. Die lagen auch noch auf dem Tisch und bestanden aus einer Namensliste mit Beträgen und Fragezeichen.

Der Anwalt bestätigte, daß er ihn beraten hatte, wem er Geld hinterlassen solle, und die Namen bedeuteten wahrscheinlich Legate und entsprechende Summen. Die Namen von Mrs. Barnes und Oliver waren dabei, aber beide durchgestrichen. Manche Namen gehörten zu Angestellten, die ich kannte, und manche zu unbekannten, wahrscheinlich früheren. Florence, Mrs. Hubble, Wallis, Mr. und Mrs. Howard, Prentice und mein Name waren aufgeführt. Florence und Prentice waren auch durchgestrichen, bei Wallis waren 500 Pfund vermerkt, er ist der Diener, ebenso bei den Howards, die Pamela betreut hatten. 250 Pfund bei Mrs. Hubble und ein Fragezeichen bei meinem Namen.

Ich war gerade nicht da, als sie die Liste fanden, aber als ich später kam, tobte Mrs. Barnes immer noch vor Zorn. Sie verstünde nun, warum Mrs. Hubble unbedingt bleiben wolle und sich so wichtig mache, und wie die Leute hilflose Menschen erpreßten. Das sollte wohl ein Hieb auf Wallis sein, aber gerade er verdiente ein Legat, er ging wunderbar mit Mr. Scott um. Zu mir sprach sie widerlich, aber Gott sei Dank unterbrach sie der Anwalt, weil er mich einiges fragen wollte, wenn es mir recht wäre.

Auf seine Frage, ob ich etwas von einem Testament wüßte, mußte ich wahrheitsgemäß antworten, daß mir bekannt war, er wolle für Pamela Vorsorge treffen und hätte mich gebeten, nach seinem Tode mit ihr in Verbindung zu bleiben, aber gesehen hätte ich das Testament nicht und wüßte daher auch keine einzelnen Bestimmungen.

Mrs. Barnes unterbrach ihn mit der Behauptung, ein letzter

Wille wäre nie dagewesen, zwar hätte er mit den Vorbereitungen begonnen, aber durch die schweren Anfälle konnte er nichts zu Ende bringen. Ich wollte von ihm wissen, wie Pamela gestellt wäre, falls sich kein Testament anfinden würde, und Mrs. Barnes verbat sich diese, wie sie meinte, für mich unschicklichen Fragen. Auf keinen Fall, erklärte sie, würde mich ihre Zukunft etwas angehen. Ich hätte ja auch genug zu tun, um mich selbst durchzubringen, außerdem kenne sie ihre Pflichten, auch wenn Pamela keinerlei Rechte hätte.«

»Hoffnungen werden auf harte Proben gestellt«, zitierte Janet, die sich noch gut an die Veröffentlichung von den 'Dolly Dialogues' erinnerte, das sie für das klügste Buch hielt, das sie je gelesen hatte.

»Alsdann konnte Mrs. Barnes uns alle nicht schnell genug loswerden. Prentice war es egal, sie ging, sobald sie ihren Lohn ausgezahlt bekommen hatte, und Wallis ebenso. Aber Mrs. Hubble widersetzte sich. Sie erklärte, der Hausherr hätte ihr erlaubt, zu bleiben, solange sie wolle, und ihr auch versprochen, sie in seinem Testament zu bedenken. Sie wäre nicht auf ihren Vorteil bedacht, wolle aber wissen, womit sie rechnen könne. Mrs. Barnes fertigte sie kurz ab, es gäbe kein Testament, und fügte irgendetwas über Selbstsüchtigkeit hinzu.

Mr. Merivale widersprach ihr aber mit der Bemerkung, wenn mehr Leute den Gedanken hätten, Fürsorge für andere zu treffen, gäbe es weniger ratlose alte Menschen, die den Zuständigen am Hals hingen. Von Mrs. Hubble wollte der Anwalt noch wissen, ob sie Zeugen hätte oder einen Einblick in das Testament, aber natürlich hatte sie das nicht. Außer Ihnen hatte niemand es gesehen.«

»Aber das müßte doch helfen«, wendete Janet ein und war überrascht über Terrys Antwort.

»Wenn man es glaubt! Sie würden vermuten, wir hätten ein Komplott geschmiedet.«

»Aber wenn ich so aussagen würde, was sollte da für ein Vorteil für mich darin liegen«, überlegte Janet Martin.

»Offensichtlich keiner, aber bei Gericht hilft es gar nichts, wenn kein Testament gefunden wird. Sie könnten argumentieren, er hätte es selbst vernichtet, um ein neues zu machen.«

»Man macht keine neuen Testamente, wenn man nicht alles umstoßen will. Man macht Zusätze. Sind Sie sicher, daß es kein Geheimfach gab?«

»Wir haben nichts dergleichen gefunden. Natürlich klingt es merkwürdig, daß er Mrs. Barnes nach seinen Notizen und nicht nach seinem Testament gefragt haben soll. Ich kann mir nicht helfen, es muß eins dagewesen sein, nur, daß wir das nie werden beweisen können.«

Die Bedienung räumte den Fisch ab und brachte zwei Teller mit Kuchen und Marmelade und fragte kurz: »Kaffee?«, worauf Terry ebenso kurz: »Bitte sofort!« antwortete.

»Was passiert nun?« wollte Janet wissen.

»All sein Geld geht an die nächsten Verwandten.«

»Mrs. Barnes?«

»Und den Liebling Oliver! Sie können sicher sein, daß sie nicht wollte, daß ein Testament gefunden wird. Nicht, daß ich sie um das Geld beneide. Sie hat es sich so verzweifelt gewünscht. Nur daß sie Pamela in ein Armenhaus gesteckt hat! Wenn ich nach London gehe, werde ich Mr. Merivale aufsuchen und fragen, ob man gar nichts unternehmen kann.«

»Ich kann mir vorstellen, daß man das behördlich nachprüft und sie zur Adoption freigibt.«

Terry ballte die Faust und ließ sie mit Wucht auf das gestickte Tischtuch fallen. – Doreen verkaufte ähnliche Tischtücher und meinte, damit ließe sich gut Geld verdienen.

»Ist es nicht gottlos, wie gut sich Dinge für Bösewichte entwickeln? All das wollte Mrs. Barnes erreichen. Sie wollte auch unbedingt wissen, wem er sein Geld vermachen würde, und ich möchte fast behaupten, er hat es ihr gesagt, und mit ihrer Wut darüber hat sie ihn so aufgeregt, daß er einen Anfall bekam, sie gab ihm die Tropfen und dann entdeckte sie, daß sie zu weit gegangen war, und gab ihm noch einen Cognac. Aber dann stellte sie die Tropfen auf den Kaminsims, so daß er sich nicht mehr selbst helfen konnte für den Fall eines weiteren Anfalls. Wie David in den Psalmen sagt: Die Sünde erblüht schnell wie ein Lorbeerbaum. Was Oliver betrifft, so hoffe ich, er geht zugrunde, ehe er einen Penny angerührt hat.«

»Ich sehe nicht, was das Pamela helfen sollte. Sind Sie ihm schon mal begegnet?«

»Ich selbst nicht, aber Mrs. Hubble ging zur Beerdigung, und er war dabei, ein snobistischer junger Mann, der aussah, als ob er etwas Stinkendes schnüffeln würde. Zum Haus kam er nicht mit zurück, aber natürlich Mrs. Barnes, die gleich Anordnungen traf, um es zu schließen. Doch der Anwalt erklärte ihr, daß sie die Angelegenheiten nicht so eilig regeln dürfe. Er erlaubte Mrs. Hubble, zu bleiben, bis sie eine andere Stellung gefunden hätte, und händigte ihr den ihr zustehenden Lohn aus. Sie wurde nochmal recht bissig, gab mir und dem Anwalt ihre Anschrift, falls sich noch etwas Neues ergeben würde, und verließ danach das Haus. Mir erklärte Mrs. Barnes, ich solle sobald wie möglich gehen, und da ich es mir nicht leisten konnte, ohne Arbeit zu sein, nahm ich die erste Stellung an, die in der folgenden Woche frei wurde.«

»Wieder als Erzieherin?«

»Nein. In keinem Privathaus. Ich arbeite an einer kleinen Schule, und da zur Zeit Ferien sind, konnte ich glücklicherweise sofort nach Eintreffen Ihres Briefes kommen.«

Die Bedienung brachte einen trüben Kaffee, der sich als ungenießbar erwies, und Terry erklärte: »Es gibt keinen Grund, daß wir zahlen, um vergiftet zu werden«, so daß sie ihn stehenließen. Terry bestand darauf, für beide zu zahlen, und danach traten sie hinaus in einen sonnigstrahlenden Nachmittag.

Terry sagte, sie wolle versuchen, Pamela zu sehen.

»Was meinen Sie damit?«

»Ich will zum Waisenhaus!«

»Um sie dort zu sehen? Sie werden es nicht zulassen!«

»Ich werde es versuchen, ich wäre ein armseliges Wesen, wenn ich so schnell aufgeben würde.«

»Vielleicht begegnen wir ihr auf der Straße, wenn wir etwas herumlaufen.«

»Das scheint mir sehr ermüdend und würde nicht auf dasselbe hinauslaufen. Sie soll mich in Gegenwart mehrerer Personen erkennen. Alles, was die andern über sie wissen, ist, daß sie eine Waise ist, ohne Freunde, genannt Mary Smith. Ich will beweisen, daß ihr richtiger Name Pamela ist und daß sie Freunde hat. Sie müsssen nicht beleidigt sein. Sie haben sie nur zwei- oder dreimal gesehen, und so können die Leute davon ausgehen, daß Sie sich irren.«

»Und das haben sie ja auch bereits gesagt.«

»Ich aber war monatelang im Haus. Es ist ausgeschlossen, daß ich sie nicht kenne, und das würde der Sache mehr Gewicht geben.«

»Ja, das klingt vernünftig«, stimmte Janet zu. »Soll ich mitkommen?«

»Nicht direkt hinein, da würden sie Unrat vermuten. Ich möchte hineingehen, bevor sie erraten haben, aus welchem Grund ich gekommen bin.«

»Ach, meine Liebe, ich wünschte, ich hätte nicht so eine üble Vorahnung. Erinnern Sie sich an 'Simon Tappertit'? So etwas wird kommen, hoffentlich nicht zuviel menschlicher Schmutz. Ich fürchte, wir sind in einer schrecklichen Gefahr, und wünschte, ich hätte Sie nicht mit hineingezogen!«

»Ich glaube nicht, daß eine von uns beiden allein viel erreicht hätte, aber zusammen! Einigkeit macht stark.« Sie nahm die alte Dame am Arm und zusammen wandten sie sich nach Green Lane Hill.

Es ist großartig, jung und von sich selbst überzeugt zu sein, überlegte Janet. Sie selbst hätte lieber ihren Kopf ins Maul eines Löwen gesteckt als an der Tür des Waisenhauses zu klingeln. Doch wenn Terry ähnliche Gefühle hatte, verbarg sie sie gut. Sie öffnete das Gartentor ohne das geringste Zeichen von Schüchternheit, lief den Weg entlang und betätigte die Glokke. Janet, die auf der Höhe der Straße versteckt lauerte, beobachtete, wie sie dem Mädchen, das die Tür öffnete, gegenübertrat und eifrig und gebieterisch auf sie einsprach. Dann schloß sich die Tür, und Janet machte sich auf eine lange Wartezeit gefaßt ...

Als Terry wieder erschien, war sie rot vor Zorn und ihr Mund hart. »Sie hatten recht«, sagte sie, als sie wieder mit der alten Dame zusammen war, »da ist der Wurm drin, und diese krumme Sache müssen wir unbedingt geradebiegen.«

»Sahen Sie sie denn?«

»Ich sah sie sehr wohl. Das Mädchen ließ mich in der Halle warten, und am Fuße der Treppe lauschte ich, um dann hinaufzuschleichen und eine Tür zu öffnen, hinter der ich Stimmen hörte. Im Raum waren eine Menge der Waisen und unter ihnen Pamela! In dem Augenblick, als sie mich erblickte, starrte sie mich an, als wollte sie ihren Augen nicht trauen, und dann kam sie angesprungen, warf sich in meine Arme und rief aus: 'Terry, Terry, ich habe schon geglaubt, Dich nie wieder zu sehen', mit einer Stimme, daß ich am liebsten geweint hätte. Dann fragte sie: 'Was ist mit Roy passiert? Glaubst Du, es geht ihm gut oder er vermißt mich ebenso wie ich ihn?' In dem Augenblick kam die Aufsichtsdame, packte mich am Arm und wollte wissen, wer ich sei. Ich versuchte, es ihr zu erklären, doch sie war so dumm und geistlos, daß das einzige, was sie immer wieder vorbrachte, war, ich hätte kein Recht, dort zu sein. Ich versuchte, gleichzeitig Pamela zu beruhigen und nochmal Erklärungen abzugeben, aber die Oberin kam angerauscht und direkt auf mich zu mit den Worten: 'Darf ich fragen, was das bedeutet?' Ich begann zu erklären, aber sie war genau so schafsköpfig wie ihre Untergebene.«

»Sind Sie einfach ohne Erlaubnis raufgelaufen?« fragte Janet, die etwas bestürzt aussah.

»Wenn ich auf eine Erlaubnis gewartet hätte, wäre ich immer noch in der Halle. Offensichtlich wollten sie Pamelas Anwesenheit verleugnen oder jedenfalls ihre Identität. 'Sie kommen wohl lieber nach unten', meinte die Oberin. Und Pamela rief: 'Du kommst doch wieder und holst mich hier raus?' Und diese Mrs. Forbes sagte: 'Sei nicht albern, Mary!'

Als wir runtergingen, fragte ich sie: 'Warum nennen Sie sie Mary? Ihr richtiger Name ist Pamela.' 'Pamela ist kein passender Name, wenn sie älter ist, würde sie sicher Mary genannt werden.' Ich fragte sie nach ihrem Namen, doch sie meinte, das spiele keine Rolle, so daß ich sie fragte, ob sie es gern sähe, Mary genannt zu werden, ohne wirklich so zu heißen. 'Das ist etwas anderes', meinte sie. — Ich fürchte, ich habe keinen Fortschritt gemacht, denn als wir zur Sache kamen, mußte ich zugeben, daß ich kein gesetzliches Anrecht hätte, und ich vermute, wenn sie es gewollt hätte, könnte sie mich wegen gesetzwidrigen Eindringens belangen. Bloß, sie scheute die Öffentlichkeit, niemand erregt gern solches Aufsehen.«

»Eines, was ich wirklich gern wissen würde«, meinte Janet in ihrer ausgeglichenen Art, »ist, ob Mrs. Forbes wirklich weiß, wer Pamela ist. Ich würde annehmen, sie weiß es nicht. Ich will sie auch nicht tadeln, denn Mrs. Barnes ist ihre Vorgesetzte, und darum ist sie wahrscheinlich nicht in der Lage, irgendwelche Einwände zu machen. Daher könnte Mrs. Barnes ihr jede beliebige Geschichte auftischen. Früher sagte man immer, wenn man etwas Strafbares tut — denn noch dürfen wir es ja dem Gesetz nach nicht als verbrecherisch bezeichnen — ist es stets am klügsten, so nahe wie möglich an der Wahrheit zu bleiben. Mrs. Barnes brauchte nur zu sagen, daß Pamela eine Waise ist, in einem Privathaus aufgewachsen, und plötzlich allein und mittellos. Es könnte etwas merkwürdig klingen, aber Mrs. Forbes durfte nicht nachfragen.«

»Mrs. Forbes gab nichts preis. Sie stellte sich auf den Standpunkt, ich hätte kein Recht, in das Haus einzudringen. Ich wäre keine Verwandte bzw. kein Vormund und auch nicht in Vertretung eines solchen. Ich brachte etwas vor von einer Adoption Pamelas, aber sie hielt dagegen, daß mein Ersuchen zuallererst die Behörden überzeugen müßte.«

»Anscheinend ist es leichter, ein Königreich zu erwerben, als ein Kind zu adoptieren!«

»Natürlich habe ich nicht genug Einkommen und keine Unterstützung. Jedes Gericht würde zu dem Entscheid kommen, daß Pamela besser dort als bei mir aufgehoben ist. Aber, Miss Martin, da können wir sie nicht lassen! Wenn Sie das mitangesehen hätten, wie ihr Ausdruck sich änderte, als sie mich sah. Und sie sehnt sich zu Tode nach ihrem Hund. Das mag verrückt klingen, aber so etwas kommt bei vielen Menschen vor und besonders bei Kindern.«

»Was sollen wir bloß machen?« Janet klang verzweifelt.

Terry fragte sich laut: »Ich möchte gern wissen, was die Zeitungen aus dieser Sache machen würden.«

»Das können Sie nicht machen, es wäre nicht fair, weder Mr. Scott noch Pamela gegenüber.«

»Ach, bis dahin würde ich nicht gehen, obwohl ich mir vorstellen könnte, Mrs. Barnes würde mir versichern, es würde sie nicht kümmern. Aber was ist mit dem lieben Oliver? Er könnte nicht die Spur eines Skandals wagen, wenn er eine so bedeutende Stelle innehat.« Ihre Augen strahlten. »Das werde ich tun, ich werde Mrs. Barnes aufsuchen, und wenn ich sie nicht so bewegen kann, will ich sie fragen, ob sich das nicht nachteilig für ihren Sohn auswirken kann. Jeder hat seine Achillesferse, und ihr Sohn ist die ihre!«

7

Terry gehörte nicht zu den Leuten, die das Gras unter ihren Füßen wachsen lassen. Schon am nächsten Tag machte sie sich nach Great Baring auf, wo Mrs. Barnes wohnte, entschlossen, keine Absage hinzunehmen, obwohl sie nicht hätte sagen können, wie sie diese harte Nuß knacken sollte. Nicht einmal ein Mord würde mir helfen, sagte sie sich, denn er würde mich nur hinter Gitter bringen, und damit wäre Pamelas letzte Hoffnung verschwunden.

Mit der Überheblichkeit der Jugend rechnete sie nicht mit der Möglichkeit, daß Janet Martin vielleicht eine wirkungsvollere Rettungsaktion für das kleine Mädchen unternehmen könnte als sie selbst.

Mrs. Barnes' Haus lag in beträchtlicher Entfernung vom Bahnhof und ohne Busverbindung, aber Terry war gut zu Fuß, und der Tag war mild und sonnig zum Frühlingsbeginn. Das frische junge Laub an den Zweigen bewegte sich leicht wie Fähnchen im Wind, und die Erde war voller grüner Sprossen, die sich teilweise schon zu Knospen entfalteten. Auf dem Weg überlegte sich Terry wie gewöhnlich, ob sie lieber in der Stadt oder auf dem Lande wohnen wollte, und wie stets kam sie zu dem Ergebnis, wenn sie reich genug wäre, würde sie Frühling und Sommer auf dem Land zubringen, mit einem Auto natürlich, und den Rest des Jahres in der Stadt.

Als sie The Gables erreichte, das war der wenig originelle Name von Mrs. Barnes' Haus, arbeitete zu ihrer Überraschung dort ein Mann im Vorgarten. Er war ein schlanker, gewöhnlicher Mensch, bekleidet mit einem grauen Pullover und den schäbigsten Flanellhosen, die sie je gesehen hatte.

Sie wartete am Tor, ob er mit ihr sprechen würde, aber er schien sie gar nicht bemerkt zu haben. Ob das wohl der liebe Oliver sein kann, fragte sie sich voller Staunen. Der sollte eigentlich nicht etwas so Mühsames und Gewöhnliches wie Unkraut jäten tun.

Sie öffnete geräuschvoll das Tor, aber er nahm ihre Gegenwart immer noch nicht wahr. Daher ging sie ein paar Schritte näher und sagte mit deutlicher Stimme: »Ich möchte Sie nicht stören, aber ist Mrs. Barnes zu Hause?«

Der junge Mann richtete sich halbwegs auf, warf nur einen flüchtigen Blick auf sie und antwortete: »Nein, es tut mir leid, sie hat heute morgen im Büro angerufen, das hätte man Ihnen sagen müssen.«

»Büro?«

»Ja, kommen Sie denn nicht wegen der Stellung?«

»Nein, ich wußte nicht, daß da jemand gesucht wurde.«

»Doch, meine Mutter sucht eine Sekretärin, eine vielseitige!«

»Um in ihrer Freizeit im Garten Unkraut zu jäten?«

»Warum nicht? Natürlich, wenn Sie aus London kommen, können Sie davon nichts verstehen.«

»Im Gegenteil, ich bin ein Fachmann im Unkraut ziehen.«

»Meine Mutter wird das gern hören, Hitler hätte die Engländer nicht so hassen können, wie meine Mutter das Unkraut haßt. Sie hat beschlossen, es mit Stumpf und Stiel auszurotten, falls man das so sagen kann.«

Seine Art und Weise war ungewöhnlich aufreizend, im Film würde man es oxfordisch nennen.

»Wann erwarten Sie Ihre Mutter zurück?«

»Das kann ich nicht sagen, im Laufe des Tages.«

»Ich vermute, Sie sind Oliver«, sagte sie, und zum ersten Mal sah er sie richtig an.

»Sie scheinen mehr über mich zu wissen als ich über Sie, entschuldigen Sie, sollte ich das?«

»Nein, ich denke nicht. Ihre Mutter hätte mich nie erwähnt. Aber natürlich sprach sie viel von Ihnen.«

»Das tun sie eben, warum sollten sie nicht«, meinte er wohlgefällig. »Mütter, meine ich.«

»Tun was?« Sie ärgerte sich, daß er sie aus der Fassung bringen konnte.

»Über ihre Söhne sprechen. Aber wenn sie ein halbes Dutzend hätten, würden sie ihre Begeisterung dämpfen.«

»Und wie Sie das hassen würden!«

Oliver war erschrocken. Er legte die eklige Forke, die er benutzt hatte, weg und kam einen Schritt näher.

»Wie kleine Frauen sich mit Männern auskennen! Wenn sie uns besser verstehen würden, hätten sie nicht solche verschrobenen Ansichten über uns, und wir müßten es nicht ertragen, damit zu leben. Darüber haben Sie nie nachgedacht, möchte ich behaupten, Frauen tun das nicht, habe ich herausgefunden.«

»Ich dachte«, sagte Terry, »Sie wären im Geheimdienst?«

»Sind Sie eine Abgesandte von einer feindlichen Regierung, falls da noch welche übrig sein sollten? Ich bin noch nie einem Spion begegnet!«

»Das bin ich nicht, wenigstens nicht in dem Sinn, wie Sie ihn meinen.«

»Gibt es einen andern Sinn? Wie interessant. Fahren Sie fort. Sie wollen mir hoffentlich nicht weismachen, daß Sie bei uns die Gelegenheit erkunden wollen, um eventuell ihre Bande hierher zu führen, um die Wertsachen meiner Mutter zu entwenden.«

»Noch nie habe ich jemanden soviel Unsinn reden hören!«

»Wieder falsch! Aber ... Sie haben nicht erwähnt, wer Sie sind.«

»Mein Name ist Terry Lawrence, ich ...« Sie hielt inne, überrascht über den Ausdruckswechsel bei ihrem Gesprächspartner. Sein Interesse erstarb.

»In dem Fall weiß ich, wer Sie sind. Sie waren bei meinem Onkel angestellt.«

»Ja, ich war Pamelas Erzieherin.«

»Und wollen Sie eine Empfehlung von meiner Mutter? Sie hätten nur zu schreiben brauchen, wissen Sie ...«

»Die will ich nicht. Nicht im Traum hätte ich daran gedacht, sie darum zu bitten. Ich kam wegen Pamela.«

»Das kleine Mädchen? Ist sie krank oder so?«

Terry wurde unerwartet direkt: »Stecken Sie auch mit drin?«

»In was?«

»Wissen Sie, wo sie jetzt ist?«

»Nein, das tut mir leid, ist nicht meine Angelegenheit. Aber ich sehe nicht genau ...«

»Daß es meine ist? Nun, ich bin nicht einverstanden mit Ihnen. Mr. Scott erzog sie in einem gewissen Lebensstil, und er beabsichtigte, sie für ihre Zukunft zu versorgen.«

»Sagte er Ihnen das?«

»Eigentlich ja, wenn auch nicht mit diesen Worten, aber er hätte sie bestimmt nicht nach seinem Tod in ein Waisenhaus schicken lassen.«

»Wie wir wissen, ist er tot, und wir können ihn nicht fragen, was er für Absichten hatte. Aber er hätte genügend Möglichkeiten gehabt, um die notwendigen Schritte zu unternehmen. Was er nicht tat!«

»Das gerade ist es, er hat es getan.«

»Sie meinen?«

»Ich meine, er machte ein Testament, das, was jetzt niemand findet.«

»Und er erzählte Ihnen, wo es war?«

»Ich hätte nur gewünscht, daß er das gemacht hätte. All dieser Kummer rührt daher, daß niemand es finden kann!«

»Aber Sie sahen es?«

»Nein, aber ich kenne jemand, der es bezeugt hat.«

»Und den Inhalt kannte?«

»Nein, sie hat nur unterschrieben, und das beweist, daß es da war.«

»Und nun ist es nicht mehr vorhanden, ist das, was man daraus schließen muß, nicht deutlich genug?«

»Und ob!«

»Ja, nun«, er wollte sich wieder ans Unkraut jäten begeben, »ich weiß nicht, was man da noch tun kann!«

»Die naheliegendste Folgerung ist, daß das Testament vernichtet wurde!«

»Gewiß, und ein Testament, das vernichtet wurde, kann niemandem nutzen. Ich verstehe Ihr Mitgefühl für das kleine Mädchen, aber offen gestanden, ich begreife nicht, warum Sie hierher gekommen sind, um mit meiner Mutter zu sprechen.«

»Ihre Mutter könnte es sicher, sie hat sie schließlich in dieses Heim gebracht, wo sie eine Erziehung als späteres Dienstmädchen erhält.«

»Alles deutet darauf hin, daß das ausgezeichnete Berufe sind, wenn die Mädchen alt genug sind, um zu arbeiten. Haushaltshilfen, oder wie auch immer der neue Name dafür lautet, regieren das Haus.«

»Sicher nicht hier«, stellte Terry sarkastisch fest.

»Meine Mutter führt einen guten Degen«, stimmte Oliver ihr zu.

»Mr. Scott würde sich im Grabe umdrehen, wenn er wüßte, wo Pamela jetzt ist.«

»Wahrscheinlich kann er das nicht!«

»Sie fragten mich anfangs, warum ich gekommen bin. Ich will es Ihnen sagen. Weil ich verhindern will, daß Pamela dort bleibt. Aber bevor ich entsprechende Schritte unternehme, wollte ich mich vergewissern, ob Sie die Fakten kennen.«

»Das tun wir. Wir wissen, daß es kein Testament gibt. Das ist die erste wichtige Erkenntnis. Ich zweifle nicht daran, daß die Anwälte alle üblichen Erhebungen gemacht und auch noch die Wände nach Geheimfächern abgeklopft und die Stuhlpolster abgehoben haben. Meine liebe Miss Lawrence, seien Sie vernünftig und tadeln Sie meine Mutter nicht für die Sachlage!«

»Ich klage sie an, daß sie Pamela in ein Armenhaus gesteckt hat!«

»Was haben Sie erwartet, daß sie sie hierher mitbringt?«

»Zumindest hätte sie ein Heim für sie finden können, wo sie glücklich ist.«

»Ich verstehe, daß Sie an der Kleinen hängen. Wenn Sie es sich leisten könnten, würden Sie sie dann zu sich nehmen?«

»Ja, unter besseren Bedingungen würde ich das bestimmt machen.«

»Ich könnte mir vorstellen, das wäre eine Vollzeitbeschäftigung. Als Junggeselle kann ich allerdings nicht mitsprechen, aber ...«

»Ich könnte es gut schaffen ...« In der Tat, sie stellte es sich wunderbar vor, mit Pamela zusammen zu wohnen und Janet Martin als Haushälterin dazuzuholen. Auch die mußte das Heim hassen, in dem sie jetzt wohnte.

»Ich vermute, Sie wollen mir andeuten, Sie hätten nicht die Mittel!« Oliver war recht deutlich.

»Natürlich nicht! Alles Geld von Mr. Scott geht an Ihre Mutter.«

»Unter anderem«, stimmte Oliver zu.

»Und Sie, natürlich!«

»Sie können mir meinen reichen Onkel nicht vorwerfen. Was das Kind anbetrifft, ich habe es nie gesehen, und jetzt weiß ich wirklich nicht, warum ich für es verantwortlich gemacht werde. Onkel Philip hatte genug Möglichkeiten, für seine Zukunft zu sorgen, und die sicherste wäre die: Man sendet sein Testament zu einem Notar. Wenn er das nicht gemacht hat, ist es offensichtlich, es gab keins. Ob ja oder nein, man kann es jedenfalls nicht nachprüfen.«

»Doch, Miss Martin hat es unterschrieben.«

»Nun erzählen Sie mir doch keine Märchen. Wir sind doch beide erwachsene Menschen und leben in einer schlechten Welt. Sie müssen zugeben, das, was sie mir gerade erzählt haben, daß sie die Kleine gern zu sich nehmen würden, gehört auch dazu. Sie behaupten, die Dame hätte unterschrieben, aber wie soll ich wissen, daß Sie nicht mit ihr zusammen ein Süppchen kochen wollen. Lassen Sie uns vernünftig sein. Ich nehme nur den Standpunkt ein, von dem aus auch jedes Gericht urteilen würde, wenn Sie keine Beweismittel vorlegen können. Und ich bin sicher, Sie können es nicht.«

»Sie wollen damit sagen, Sie beabsichtigen nichts zu unternehmen?«

»Ich kann mir nicht vorstellen, was Sie von uns erwarten. Das Kind wird nicht schlecht behandelt, muß nicht hungern, ist weder geraubt noch entführt.«

»Das hatte ich nicht anders erwartet.«

»Wenn es so ist, hätten Sie sich ja die Mühe sparen können, hierherzukommen.«

»Ich wollte Ihnen eine letzte Gelegenheit geben, bevor ich etwas anderes unternehme.«

»An was dachten Sie denn?«

»Ich dachte, eine solche Geschichte würde sich gut zum Beispiel im Sunday Record machen.«

»Liebes Kind«, er sah sie voller Verwunderung an, »das ist kein Stück für ein Lyzeum. Sie sind zu melodramatisch. Als ob Sie ein Thema an den Record zu verkaufen hätten!«

»Wenn Sie das denken, kennen Sie den Record nicht. Für den ist es genau das gefundene Fressen.«

»Haben Sie schon mal was von Erpressung gehört?«

»Wenn in der Geschichte nichts Entehrendes für Sie ist, warum fürchten Sie dann Erpressung? Außerdem, welche Beweise haben Sie, daß ich irgendwelche Fäden spinne?«

»Mit meinen eigenen Waffen geschlagen, jedenfalls sollten Sie den Gedanken fallen lassen.«

Terry sah nach ihrer Uhr. »Wenn ich sofort gehe, kann ich noch einen Eilzug zur Stadt erreichen.«

»Die Herausgeber erwarten Sie zum Treffen«, erinnerte Oliver sie.

»Nun, das entscheidet sich erst. Leben Sie wohl. Es war lehrreich, Sie kennenzulernen.«

»Aus Ihrer Rede entnehme ich, daß wir uns nicht wiedersehen werden.«

»Bestimmt nicht«, meinte Terry kurz und bündig.

»Doch, Sie werden sehen, öfter ...«

Sie waren so in ihre Unterhaltung vertieft, daß sie weder das Türöffnen noch die Anwesenheit einer dritten Person bemerkt hatten, bis Mrs. Barnes' schrille Stimme ausrief: »Das ist ein unerwartetes Vergnügen, Miss Lawrence, wollten Sie zu mir?«

»Ja, aber Ihr Sohn hat mir deutlich zu verstehen gegeben, daß ich meine Zeit verschwendet habe. Ich hatte gehofft, Sie hätten Mr. Scotts Wünschen bezüglich Pamela Rechnung getragen, aber anscheinend soll sie in dem Waisenhaus bleiben.«

»Und Miss Lawrence ist gleichermaßen entschlossen, sie da rauszuholen, auch wenn einer von uns in der Folge mit Dreck bespritzt werden soll, aber schließlich kann man kein Omelett machen, ohne die Eier aufzuschlagen.«

»Und warum, dachten Sie, wäre ich für die Kleine verantwortlich?« fragte Mrs. Barnes kühl.

»Weil Sie wußten, daß Mr. Scott sie versorgen wollte, und ...« Sie zögerte.

»Versuchen Sie keine Spiegelfechtereien!« meinte Oliver leise.

»Nun, sei es denn! Wenn Ihre Mutter ihn nicht an dem Tag besucht hätte, würde Mr. Scott noch heute leben!«

Darauf herrschte einen Moment lang schreckliche Stille. Oliver besann sich zuerst auf sich selbst.

»Wenn die Geschichte, die Sie dem Record erzählen wollen, nicht besser begründet ist, sollten wir uns nicht davor fürchten müssen«, bemerkte er. »Immerhin, wenn Sie einen Verdacht haben, sollten Sie als verantwortungsvoller Bürger zur Polizei gehen.«

»Ich meinte nicht, was Sie denken«, stammelte Terry, erschrocken, daß sie zu weit gegangen war. »Ich meine, wenn er nicht aufgebracht gewesen wäre nach dem schweren Anfall in der vergangenen Nacht ...«

»Ich denke, es ist wirklich überflüssig, daß Sie uns mit diesen Erklärungen belästigen.« Mrs. Barnes war verdrossen. »Ich habe kein Interesse daran. Oliver, wenn Du Miss Lawrence weiter aufhältst, wird sie den Zug verpassen.«

»Das ist richtig, ich will Sie zum Bahnhof fahren!«

»Aber ich möchte Ihnen keine Umstände machen.«

»Das macht mir nichts aus. Wir würden es ungern sehen, wenn Sie Ihren Zug verpaßten.«

»Aber Ihr Treibstoff?«

»Wir haben eine Sondergenehmigung für Notfälle.«

Er öffnete das Tor für sie und wartete, daß sie durchging. Terry zögerte, dann wandte sie sich impulsiv an Mrs. Barnes: »Mit dem, was ich zuletzt gesagt habe, wollte ich keinen Verdacht aussprechen.«

»Es ist mir ganz gleich, Miss Lawrence, wie mein Sohn bereits sagte, kein Mensch nimmt so ein verantwortungsloses Geschwätz wirklich ernst.«

Mit rotem Kopf schritt Terry durch das Tor und stieg in den Wagen.

»Sie müssen meine Mutter nicht mißverstehen«, bemerkte Oliver, nachdem er sich ans Steuer gesetzt hatte. »Sie ist außerordentlich gewissenhaft und Sie müssen sich selbst eingestehen, daß Sie wegen des Kindes voreingenommen sind. Ich möchte nicht unfreundlich scheinen, würden Sie mir einen Gefallen tun?«

»Meinen Sie, Ihre Mutter wäre einverstanden?«

»Ich denke, ich kann sie überreden. Wirklich, sie ist vernünftig. Ich möchte Sie bitten, keine Schritte innerhalb der nächsten 48 Stunden zu unternehmen, damit ich Gelegenheit habe, inzwischen mit ihr zu sprechen. Gewiß ist das keine Angelegenheit, für die sie verantwortlich gewesen ist, und außerdem hat sie sicher das gemacht, was sie für das beste hielt. Aber vielleicht überlegt sie es sich noch einmal. Verzeihen Sie, versprechen kann ich nichts. Sie hat das letzte Wort. Vor einem Gericht würde ihr Wort sowieso mehr Gewicht haben, schon auf Grund ihres Alters und der Tatsache, daß sie verheiratet war. Nebenbei«, er warf ihr einen Blick von der Seite zu, »ich denke doch nicht, Sie wollten meine Mutter eines Mordes bezichtigen?«

»Natürlich nicht. Ich ...«

»Ich dachte schon fast, Ihre Leidenschaft könnte Sie dazu verleiten. Immerhin sollten Sie vorsichtiger sein. Ihre Lage in dieser Angelegenheit ist etwas zweifelhaft.«

»Das verstehe ich nicht.«

»Angenommen, sie würde Sie wegen Beleidigung verklagen. Gut, Ihre Absichten mögen weiß wie frischer Schnee sein, aber meinen Sie nicht, alle Welt würde glauben, Sie wollten einen Vorteil für sich selbst erringen? Man hätte auch sicher Grund anzunehmen, daß Sie selbst in einem Testament bedacht worden wären.«

»Ich brauche kein Geld, ich verdiene es mir.« Terry war beleidigt.

»Sie müssen nicht denken, daß die Erwachsenen an Märchen glauben«, erinnerte sie Oliver. »Es gibt nur wenige, die annehmen, daß es Leute gibt, die sich nicht ein bißchen was extra wünschen, wenn sie dazu die Gelegenheit haben. Ja, wir sind am Bahnhof, Sie kommen rechtzeitig.«

Er hielt an, und sie stieg aus.

»Ich kann nicht 'Leben Sie wohl' sagen, denn ich bin überzeugt, daß wir uns wiedersehen.«

Er fuhr in schnellerem Tempo heim als auf dem Hinweg.

Seine Mutter wartete bereits auf ihn.

»Wozu ist dieses Mädchen hierher gekommen?« fragte sie.

»Nur Nächstenliebe, wenn man ihr glauben darf. Doch das ist im Augenblick nicht von Bedeutung. Ganz offensichtlich eine neue Gefahr!«

»Wieso?«

»Es scheint sicher, daß es ein Testament gab, und irgendeine Frau namens Miss Martin ist bereit zu schwören, daß sie es unterzeichnet hat. Das wirft Sand ins Getriebe!«

»Wenn man kein Testament fand, gibt es keinen Beweis.«

»Nein, aber es wirft ein schlechtes Licht auf uns. Und das Mädchen ist fähig, zu einer drittklassigen Zeitung zu gehen und Unruhe zu stiften.«

»Und was genau willst Du vorschlagen?«

Oliver glaubte, Boadicea, die Königin der Briten, hätte ähnlich ausgesehen, als sie mit ihrem Streitwagen, der Sichel auf den Rädern auf die Reihen der Feinde zuschoß.

»Man sollte dem nicht zuviel Bedeutung beimessen. Sie hat versprochen, zwei Tage zu warten. Du solltest sie einladen. Siehst Du«, er sprach leise, »am besten ist man dran, wenn man ganz sicher geht.«

So kam es, daß Terry einen Tag später eine Einladung erhielt und sie annahm. Bevor sie hinging, dachte sie daran, Miss Martin anzurufen und ihr die Lage zu erklären, beinah hätte sie es getan; doch sie überlegte, daß die alte Dame etwas ungeschickt beim telefonieren war, und jemanden im Heim anzurufen ist etwas anderes als in seiner eigenen Wohnung. Dann wollte sie ihr schreiben und war nahe dran, hatte aber Bedenken, daß der Brief in die Hände der Oberin fiel, so unterließ sie auch das. Ferner wollte sie ihrer Wirtin eine Nachricht und Telefonnummer hinterlassen, wohin sie ginge. Aber diese, Mrs. Bridges, fürchtete sie, könnte es mißverstehen. So unterließ sie einfach alles.

Crook hätte ihr sagen können, daß von solch winzigen Entscheidungen oft die wesentlichen Dinge abhängen.

8

Janet Martin war aufs äußerste beunruhigt. Als Terry sie verlassen hatte, versprach sie beim Abschied, ihr in ein oder zwei Tagen zu schreiben, falls sie nicht selbst kommen konnte, damit sie erfahre, wie die Dinge stehen. Und hier solle sie inzwischen alles im Auge behalten. Das war Dienstag. Besser, sie erwartete nichts vor Freitag, obwohl sie eine winzige Hoffnung schon auf den Donnerstagnachmittag gesetzt hatte. Freitagnachmittag sagte sie sich, Mrs. Barnes war vielleicht nicht da, sie konnte nicht hingehen, Sonnabend tröstete sie sich damit, daß Terry am Sonntag einen Brief schreiben würde. Aber am Montag war sie vollständig aus dem Häuschen. Sie war überzeugt, Terry würde im Laufe des Tages selbst kommen, und daher wagte sie nicht auszugehen und blieb im Wohnzimmer in der Nähe des Fensters sitzen. Von da aus konnte sie das Tor übersehen. Um vier Uhr nachmittags mußte sie sich eingestehen, daß Terry bestimmt nicht mehr kommen würde, und setzte ihre Hoffnung auf die Fünf-Uhr-Post. Um halb sechs glaubte sie noch, der Briefträger hätte sich verspätet, aber um sechs Uhr wußte sie, vor dem andern Morgen war nichts mehr zu erwarten, und wenn dann keine Nachricht eintreffen würde, war irgendwas Schlimmes passiert, und sie mußte selbst etwas unternehmen. Ihre Schritte konnte sie sich noch nicht ausmalen.

Am Dienstag nahm sie all ihren Mut zusammen und ging zum Postamt, um die Nummer anzurufen, die Terry ihr gegeben hatte. Genau wie das Radio, das sie nie besessen hatte, war ihr auch das Telefon ein Buch mit sieben Siegeln. Außerdem erschien es ihr als Instrument des Teufels. Sie konnte nicht verstehen, wie man Schwingungen aus der Luft einfangen konnte, um damit die menschliche Stimme wiederzugeben. Aber die junge Dame im Postbüro war ungewöhnlich liebenswürdig, erklärte ihr, es wäre ein Gespräch mit Gebühren für vier Pence, und stellte sie augenblicklich durch.

Janet betrat die Zelle, die wie ein aufrecht stehender Sarg

aussah, ergriff den Hörer und rief aufgeregt »Hallo, hallo!« hinein.

Eine ziemlich harte Stimme fragte: »Was ist denn los?«

Janet erklärte, sie rufe von Elsham an und würde gern Miss Lawrence sprechen und ...

»Miss Lawrence ist nicht da«, unterbrach sie die Stimme.

Die alte Dame, die aus dem Konzept gebracht war, konnte nur wiederholen: »Nicht da?« Und dabei wurde sie sich bewußt, daß ihre bösen Vorahnungen sich bestätigt hatten.

»Aber sie gab mir doch diese Nummer.«

»Ich will damit nicht sagen, daß sie nicht hier wohnt. Sie ging am Freitag fort, um Freunde zu besuchen, und ist seither nicht wiedergekommen. Es kam nur eine Nachricht, daß sie krank geworden wäre und man möge ihre Sachen senden.«

»Sie dürfen sie nicht herausgeben«, schrie Janet, »sehen Sie nicht, daß das die letzte Spur von ihr verwischen würde!«

»Wer sind Sie denn?« fragte die Stimme.

»Ich bin eine Freundin und ich sorge mich, weil ich nichts von ihr gehört habe. Ich befürchte einen Unfall ...«

»Nicht die Art Unfall, die anständige Mädchen hätten«, sagte die unerbittliche Stimme, aber Janet verstand das alles nicht.

»Es ist schlimmer als Sie vermuten. Sehen Sie, es handelt sich um ein Kind ...«

»Das ist es also, ich wunderte mich schon über die Art und Weise, wie sie sich zuletzt benommen hat. Aber eines weiß ich gewiß, sie wird nie wieder einen Fuß in dieses Haus setzen, und sie sollte schleunigst ihre Sachen holen.«

»Sie ist in großer Gefahr«, flüsterte Janet.

»Daran hätte sie vorher denken sollen«, sagte die unsympathische Vermieterin. Und mit einem Klick wurde der Hörer aufgelegt.

Die arme Janet ging vollständig verwirrt davon. Sie konnte sich nichts ausdenken, was sie nun tun sollte. Sie hatte auch das Gefühl, sie hätte alles vollständig durcheinander gebracht. Pamela war noch immer im Waisenhaus und Terry verschwunden.

Leute, die gefühllos genug waren, ein junges Mädchen auf so häßliche Art zu beleidigen, würden sich auch nicht um die Sorgen einer unerwünschten alten Dame kümmern.

Auf dem Rückweg ins Heim durchfuhr sie ein weiterer Schrecken. Diese Teufel konnten Pamela auch entfernt haben. Sie hätte keine Ruhe gehabt, bevor sie sich überzeugt hatte, daß das Kind noch im Waisenhaus war. Sie sah auf ihre Uhr und stellte fest, daß sie sich beeilen mußte, um nicht zum Lunch zu spät zu kommen und sich somit erneut Miss Websters Mißfallen einzuhandeln. Zu dieser Stunde waren die Waisen schon von ihrem Ausgang zurück, so daß sie sie durch das eiserne Tor hindurch sehen konnte, wenn sie sich beeilte. »Und wenn nicht, mache ich es wie Terry, gehe hinein und frage. Sie können die Tür vor meiner Nase zuschlagen, aber irgendwie muß ich die Angelegenheit in Schwung bringen, und wenn es auch das letzte wäre, was ich in meinem Leben tun könnte.«

Es schien, als ob dies leicht so sein könnte.

Etwas atemlos erreichte sie Green Lane Hill, und als sie sich dem Haus näherte, wußte sie, daß ihr Instinkt — sie hätte das als ihren rettenden Engel bezeichnet — sie ausgerechnet an dem Tag zum Waisenhaus geführt hatte. Denn vor dem Haus stand ein kleiner dunkelblauer Wagen mit der Nummer ABC 1234. Eine Nummer, die leicht zu behalten war, daran erinnerte sie sich genau und wußte, die Besucherin konnte nur die großmächtige Mrs. Barnes sein.

Glücklicherweise, von ihrem derzeitigen Standpunkt aus gesehen, hatte das Nachbarhaus einen Bombenschaden erlitten und war noch nicht wieder bewohnt, so daß sie durch das Tor kriechen und sich hinter der Hecke verstecken konnte, die die beiden Vorgärten trennte. Sie war dicht und umfangreich, so daß keine Gefahr bestand, gesehen zu werden. Auch war Janet schmal, und es war unwahrscheinlich, daß Mrs. Barnes ausgerechnet an dieser Stelle hinüberschauen würde.

Längere Zeit war nichts zu bemerken. Es war ein kalter Tag, obwohl der Frühling heranbrach, und sie zitterte, besonders, als sie wieder auf ihre Uhr schaute. Selbst auf die Gefahr hin, zu spät zum Lunch zu kommen, hatte sie sich entschlossen zu bleiben, obwohl es sich unglücklich träfe, wenn Mrs. Barnes zum Lunch im Waisenhaus bleiben würde. Aber kurz vor Mittag öffnete sich die Tür und Mrs. Barnes und Mrs. Forbes kamen, in ein Gespräch vertieft, heraus.

Der halbrunde Weg brachte sie der Stelle, an der Janet versteckt war, sehr nahe, so daß sie hören konnte, was sie sagten. Sie waren beide groß und derb, mit frischem Teint und entschlossenen Gesichtern. Sie waren in bester Verfassung, und ihr Herz sank bei dem Gedanken, sie könnten sich gegen so schwache Geschöpfe wie Pamela und sie selbst verbünden. Sie war jetzt felsenfest davon überzeugt, daß sie Terry entführt hatten.

Mrs. Barnes nannte Mrs. Forbes Flossie und diese die andere Eleanor. Sie waren, um in der Gaunersprache zu reden, dick wie Diebesgesellen miteinander und sie sprachen über Pamela.

»Du schätzst das richtig ein, Flossie, ebenso wie ich, wir können keinen Skandal gebrauchen. Das Mädchen ...« Die Stimme wurde gesenkt, und obwohl Janet ihre armen alten Ohren spitzte, konnte sie das Ende des Satzes nicht mehr hören. »Das Kind kannst Du mir überlassen, Eleanor, das verspreche ich Dir. Ich sehe natürlich die Schwierigkeiten, doch sie sind nicht unüberwindbar. Sollte noch eine neue dazukommen, werden wir die auch in den Griff bekommen.«

Janet überlegte schaudernd, ob sie in die Reihe der neuen Schwierigkeiten eingestuft werden könnte.

Mrs. Forbes sprach weiter: »Da gibt es eine Stelle in der Bibel, Eleanor, über einen Mann, der nicht zur Schlacht geht, ehe er die Stärke seiner Feinde kennt. Ich glaube nicht, daß wir befürchten müssen, von unseren Gegnern besiegt zu werden. Immerhin ist die Hauptschwierigkeit überwunden.«

»Sei vorsichtig!« rügte Mrs. Barnes. Aber Mrs. Forbes meinte: »Glaubst Du, daß irgendjemand hinter der Mauer zuhört?«

Janet durchfuhr ein solcher Schreck, daß sie beinahe ohnmächtig geworden wäre. Sie war sicher, Mrs. Barnes hatte die andere in der Hand. Heimleiterin war wahrscheinlich eine angenehme Stellung, und in ihrem Alter konnte sie so leicht keine andere finden, die vergleichbar gut war. Da beide etwa gleichaltrig zu sein schienen, waren sie sicher schon seit Jahren befreundet, und möglicherweise war Mrs. Forbes auf diese Weise zu dem Posten gelangt. Soweit man es beweisen konnte, hatten sie nichts Gesetzwidriges getan, und ein Verdacht schaffte keine Tatsachen. Die Sache mit dem Testament und jetzt mit Terry war scheußlich, aber das konnte sie weder Mrs. Barnes noch ihrer Komplizin nachweisen, jedenfalls nicht jetzt, und es war fraglich, ob sie das jemals würde schaffen können.

Endlich stieg Mrs. Barnes in ihr Auto und fuhr langsam fort. Mrs. Forbes ging ins Haus, und die Tür schloß sich hinter ihr.

Janet stellte fest, daß sie rechtzeitig zum Essen zurück sein konnte, aber sie wollte noch ein paar Minuten warten, bis der Wagen außer Sicht war. Was auch immer geschehen sollte, sie wollte verhindern, daß die Heimleiterin an Doreen schrieb, die mit jeder Erniedrigung ihrer Tante einverstanden wäre, wenn man sie nur in Elsham behalten würde, bzw. fern von Winston. Nachdem sie Mrs. Barnes einen Vorsprung gegeben hatte, tauchte sie aus ihrem Versteck auf.

Zu ihrem Kummer mußte sie aber feststellen, daß der blaue Wagen seine Fahrt ein Stück weiter unterbrochen hatte und seine Fahrerin sich über die Haube beugte. Green Lane Hill war eine Sackgasse und es gab keinen anderen Weg, so daß Janet entschlossen ihren Weg fortsetzte, weder nach rechts noch nach links blickend, wie jemand, der den schönen Tag genießt. Als sie auf der Höhe des Wagens war, warf sie einen prüfenden Blick auf die Dame, um sich zu vergewissern, daß sie sie wiedererkennen würde. Sie hatte einen flüchtigen Blick über die Mauer geworfen, aber Mrs. Barnes trug einen jener Hüte mit wippendem Rand, so daß sie sie nicht deutlich sehen konnte. Sie murmelte und versuchte sich an dem Motor.

Janet fiel *Jael* ein, die einen Nagel in den Kopf eines schlafenden Mannes geschlagen hatte, der bei ihr Zuflucht gesucht hatte. Vielleicht war Mrs. Barnes aus dem gleichen Stall.

Sie lief weiter, ohne von ihrem Pfad um Haaresbreite abzuweichen, und glaubte, klug zu handeln. Eine alte Frau, unauffällig gekleidet, grauhaarig, schäbig und bescheiden war praktisch unsichtbar. Sie gratulierte sich selbst zu ihrem Scharfsinn, und in sorgenvollen Gedanken über Terry und Pamela entging ihr, daß der blaue Wagen, obwohl die Straße wenigstens eine halbe Meile geradeaus ging, nicht in Sicht kam. Und als sie noch einen letzten Blick zurückwarf, ehe sie nach rechts abbog, war er verschwunden.

Die Frau des Arztes gegenüber hatte die Hausarbeiten gemacht, die heutzutage alle verrichten müssen, weil es keine passenden Hausangestellten mehr gibt. Sie hatte Staub aus einem der oberen Fenster geschüttelt und dabei die komische alte Dame bemerkt, die hinter ein Gebüsch im Garten des Trümmerhauses gekrochen war. Was in aller Welt tut sie da, fragte sie sich, und dann erkannte sie die Frau wieder, die vor kurzem vorgegeben hatte, sich für ihre Blumen zu interessieren. Die Neugierde packte sie, aber sie war so vorsichtig, einen Vorhang vorzuziehen, um ihre Anwesenheit zu verbergen, falls die alte Dame hinsehen würde. Aber die Alte benahm sich so, als ob es überhaupt kein Haus gegenüber gäbe.

Als die Tür des Waisenhauses geöffnet wurde und die beiden Damen heraustraten, ging sie näher zur Mauer, und selbst ein Dummkopf mußte merken, daß sie lauschte. Als das Auto abfuhr, kam sie durch das Tor, nicht bedenkend, was für ein närrisches Bild sie bot, mit Zweigen im Haar und dem Hut verschoben, und trippelte danach mit ziemlichem Tempo die Straße entlang.

Mrs. Thompson fand es richtig, über die Straße zu gehen und Mrs. Forbes den Vorfall zu berichten. Während sie sprachen, kam der blaue Wagen zurück, eine große widerwärtige Frau entstieg ihm und schloß sich ihnen an. Sie schien nicht besonders interessiert an Mrs. Thompsons Geschichte.

Doch Mrs. Forbes meinte: »Neulich hat eine alte Dame von Beverley hier gespitzelt. Sie muß Hummeln im Kopf haben, allerdings die meisten Alten sind so. Jedenfalls versuchte sie, mit den Kindern zu reden.«

»Weißt Du den Namen?«

Mrs. Forbes glaubte, sie hieße Martin. »Ich werde mit Bella Webster ein Wörtchen zu reden haben«, versprach sie. »Sie muß dem wirklich Einhalt gebieten. Damals wollte sie ein Kind ausfragen und erschreckte es.«

Mrs. Thompson begann sich zu ärgern, daß sie sich mit zwei so aufgeregten Hühnern eingelassen hatte. Ihr Mann erklärte ihr immer, die Quintessenz von Diplomatie sei, 'schlafende Hunde nicht zu wecken', und sie nahm seine Ratschläge immer gern an. Nicht viel später sollte sie erfahren, was dieser Vorfall für eine Bedeutung gehabt hatte.

Janet eilte nach Hause, so schnell ihre alten Füße sie tragen konnten, trotzdem kam sie etwas zu spät zum Lunch, was jedoch niemand bemerkte, weil Mrs. Mount ihnen allen eine kostenlose Vorstellung gegeben hatte. Sie hatte auf die Oberin gedeutet und ausgerufen: »Du Närrin, heute Nacht wird dir deine Seele genommen!« Danach wurde sie in ein Zimmer eingesperrt, als Krankenlazarett bezeichnet, während die anderen alten Damen eilig in das Eßzimmer trippelten, weil Essen immer das wichtigste Ereignis des Tages war, und wenn jemand sich verspätete, konnte eine andere bereits die besten und größten Teile von dem, was es gerade gab, erhalten haben.

Janet Martin folgte schnell, ohne zu bemerken, daß ihre Portion heute nur aus Haut und Knochen bestand. Sie hörte nicht zu, was zu ihr gesprochen wurde, sie war noch immer nicht an Mahlzeiten in langen Reihen gewöhnt, und als das Mahl zu Ende war und die Oberin das Dankgebet gesprochen hatte, überlegte sie, daß sie heute unmöglich mit den anderen schläfrigen Damen den Nachmittag im Wohnzimmer verbringen konnte.

Sie zog also einen Korbstuhl auf die Veranda und sah sich nach einer leichten Lektüre um. In der Regel las sie niemals

Zeitungen, weil die kleinen Buchstaben ihren Augen wehtaten, aber heute hatte sie keine andere Wahl. Alle Sonntagsausgaben blieben bis zum Ende der Woche ausgelegt, und mehr, um sich zu verstecken als um eine Unterhaltung zu erwarten, nahm sie die oberste eines Stapels. Es war der Sunday Record, der eine sehr große Auflage hatte, denn er berichtete die geisterhaften, in allen Einzelheiten lebenswahren Geschichten von Verbrechen, geheimnisvollen Begebenheiten, Perversionen und allgemeinem Sumpf, allem, was den andern Sonntagszeitungen entging oder deren Lesern keiner Aufmerksamkeit wert war. Janet hatte sagen hören, wenn jemand vermißt war und die Angehörigen an den Record schrieben und ein Lichtbild beifügten, wurde wunderbarerweise die Spur des Vermißten aufgefunden, und natürlich bekam der Record die ganze Anerkennung.

Aus einem plötzlichen Einfall heraus blätterte sie alle Seiten um, halb hoffend, ein Bild von Terry zu finden, obwohl ihr ihr gesunder Menschenverstand sagte, daß eine junge Frau ohne Angehörige kaum die Aufmerksamkeit anderer erweckt, selbst dann nicht, wenn sie verschwindet. Leider war da nur ein Bild von Hilda Brownlow, 41 Jahre alt, fünf Fuß groß, bekleidet mit einem karierten Mantel und schief abgetretenen Schuhen. Sie blätterte weiter und las die Ansprache eines Laienpredigers unter der Rubrik »Das Wort für die Woche«, und an diesem Sonntag war das Motto »Laß Licht sein!« — »Laß Licht sein«, wiederholte Janet nachdenklich weiterblätternd, und auf einmal hatte sie einen so blendenden Einfall, eine Eingebung des Himmels.

Ein Mann mit Namen Cocky Dowd war gerade von der Anklage des Mordes freigesprochen worden. Der Record hatte seine Prozeßkosten übernommen, gegen die Exklusivrechte an seiner Lebensgeschichte. Nach dem Gerichtsverfahren, als er freigesprochen war, hatten diese Rechte keinen besonderen Wert mehr. Was der Record wünschte, war das letzte Wort eines Mannes, der Dienstag hängen würde. Ein Mann in dieser Lage ist sich selbst überlassen. Aber Mr. Dowd hatte sein Bestes getan — es gab auch rechte Zweifel, daß er den Mord tatsächlich begangen hatte — und es gab ein Bild von ihm unterschrieben mit: Wenn ich Mr. Crook nicht gehabt hätte, würde ich für einen Mord baumeln, den ich nicht begangen habe.

Janet las weiter, der Artikel handelte mehr von Mr. Crook als von Mr. Dowd. Er schien ein bemerkenswerter Mann zu sein. Fälle, bei denen weder Geld noch Hoffnung in Aussicht standen, würde kaum jemand sonst aufgreifen. Dunkle, vergeblich scheinende Fälle bestritt er. Kurz, er schien »die Antwort« auf das Gebet der alten Jungfer zu sein.

Es kam Janet Martin nicht in den Sinn, nachdem sie ihren Brief geschrieben und abgesandt hatte, daß sie etwas Ungewöhnliches und sogar Tollkühnes gemacht hatte. Sie hatte gezittert, um Licht gebetet, und das Licht war ihr gewährt worden. Sie hatte Feder und Tinte herbeigeholt und die Tatsachen genau erzählt. Sie nahm nicht an, daß jemand, zum Beispiel Mr. Crook, in bezug auf Terrys Verschwinden eher den Standpunkt der Vermieterin als ihren eigenen vertreten könnte. Sie dachte allein daran, daß sie eine Vertrauensperson brauchte und deren Rat. Es war ein sehr langer Brief, obwohl sie versuchte, nur das Wichtigste mitzuteilen. Aber Mr. Crook würde sich Terry und das Kind nicht vorstellen können, wenn sie nicht auf viele Einzelheiten einging. Sie schloß mit der Bitte, Mr. Crook möge nicht nach Beverley schreiben, weil sie sich nicht der Fragenflut aussetzen wollte — »und wie Sie sicher verstehen, die Heimleiterinnen sind wie das Federvieh, sie glucken alle zusammen.« Stattdessen legte sie ein Farbfoto von Ihrer Majestät bei, mit dem Buckingham Palast im Hintergrund, an sie selbst adressiert und mit einer Briefmarke versehen. Die sollte er ihr senden, falls er den Fall übernehmen würde. Sollte sie sie nicht erhalten, würde sie wissen, daß er in dieser Sache nicht weiter belästigt werden wollte.

Sie vermied es, den Brief in die abgehende Post zu geben, alle waren allzu neugierig und Briefe dieser Länge wurden selten von den alten Damen geschrieben. Von ihrem Gang zum Briefkasten kam sie mit einem Gefühl, das zwischen himmelhochjauchzend und zu Tode betrübt schwankte, zurück. Erst am nächsten Morgen beim Erwachen war sie bestürzt über das, was sie getan hatte. Ich habe den Verstand verloren. Warum habe ich mein Todesurteil unterschrieben?

Und als er ihren Brief las, war Mr. Crook gleicher Meinung.

9

Mr. Crook war es gewohnt, mit Briefen aus allen Ecken des Landes bombardiert zu werden, in denen er um Hilfe gebeten wurde. Ein großer Teil von ihnen kam von geistig Labilen, so daß er sich eine Technik angeeignet hatte, die es ihm ermöglichte, zwischen den Wahrhaftigen und den Übertreibern zu unterscheiden, und er unterteilte den Rest in das, was für ihn nützlich war, und das, was er nicht mit einer Kneifzange anfassen würde. Miss Martins Brief sah auf den ersten Blick wie ein wenig lohnendes Unternehmen aus. Aber Crook hatte, wie er es ausdrückte, in den vergangenen Monaten bis zum Hals in Blut gebadet, und daher versprach die Geschichte einer alten Jungfer und eines kleinen Mädchens eine Ruhepause.

»Da ist eine Frau, die ins Unterhaus gewählt werden müßte als Bearbeiterin privater Angelegenheiten«, bemerkte er und warf den Brief Bill Parsons zu. »Wir können das mit wenig Nachforschung herausbekommen, sag mir, was Du davon hältst.«

Bill las ausdruckslos alle elf Seiten und meinte: »Soll an die große Glocke gehängt werden, das ist meine Ansicht.«

»Natürlich könnte es so sein, aber auch das hat schon manchmal Glocken zum Klingen gebracht. Hast Du bemerkt, wie der Faden zusammengesponnen ist? Briefe von Verrückten sind nicht so. Keine Umschweife, keine Schreie um Mitternacht, kein weißes gequältes Gesicht, das aus dem Fenster blickt, keine finsteren Andeutungen von langsamem Hungertod. Warum erwähnt sie sogar, daß dieses Barnes-Weib das Gesetz auf ihrer Seite hat?«

»Was denkt sie, was Du bist, göttliche Gerechtigkeit oder Ähnliches?«

»Immerhin sollte es keine Mühe machen, herauszufinden, ob es ein Kind mit Namen Pamela Smith im Swan-Haus gab.«

»Oder überhaupt ein so benanntes Haus«, fügte Bill hinzu. »Immer vorausgesetzt, daß Du nicht zu einer Entführung veranlaßt wirst.«

»Ich würde einen Versuch wagen«, meinte Crook sorglos. »Gehst Du? Du könntest das zur Post bringen«, und warf ihm die Karte mit Ihrer Majestät vor dem Buckingham Palast zu. Sie war adressiert an eine Miss Martin, Beverley, Elsham in Sussex. In eine Ecke hatte Crook vier Buchstaben hingemalt: O.K.A.C.

»Denkst Du, sie versteht das?«

»Sie ist keine taube Nuß«, erwiderte Crook grob. »Und sage, was Du willst, ich freue mich fürs erste auf eine ruhige Arbeit. Mein Kreislauf ist nicht so, wie er sein sollte.«

Als Bill ihn später an diesen Ausspruch erinnerte, meinte er: »Na, wie konnte ich das wissen? Ich bin nicht Moses! Ich konnte wirklich nicht ahnen, wie sich das entwickeln würde.«

»Du hättest es können, denn alles, was Du annimmst, scheinen krumme Sachen zu sein!«

Crook wäre es schwergefallen zu erklären, warum es ihn offensichtlich immer zu undurchschaubaren Fällen trieb. Hier hatte er wirklich wenig für den Anfang. Nur die Geschichte der alten Dame, soweit man sie bestätigt finden konnte, und ihre Angst um die Sicherheit des Mädchens. Und Crook, genau wie Mrs. Bridges, hätte sich eine Menge Gründe ausdenken können, warum ein attraktives Mädchen, ohne Gründe anzugeben, verschwand. Aber er war es gewohnt, nach Silberstreifen am Himmel auszuschauen, und war überzeugt, seine alten Feinde, die Schwachköpfe, würden diesmal nicht sofort kommen, um das Ganze als Quatsch abzutun und den Fall abzublasen mit der Begründung, daß es von ihrem Standpunkt aus keiner sei.

Einfach genug war es, die Voraussetzungen von Janet Martins Geschichte zu beweisen: Nach Crooks Erkundung existierte ein Swan-Haus. Der Eigentümer, ein Mr. Scott, war vor wenigen Monaten gestorben und das Haus zum Verkauf angeboten worden. Ebenso hatte es dort ein kleines Mädchen und eine Reihe von Angestellten gegeben. All das hatte Crook schon vorausgesehen. Pamelas Schicksal allerdings konnte er zu diesem Zeitpunkt nicht beurteilen. Es mochte grausam sein, sie aus einem gepflegten Haus in eine solche Anstalt zu bringen, aber das Gesetz erlaubte eine Menge Grausamkeiten. Der Tod von Mr. Scott und das verlorene Testament waren allerdings eine andere Sache. Er überdachte all das, was er per Telefon erfahren hatte, und sprach darüber mit Bill. Janet Martins Brief war einleuchtend und voller Einzelheiten. Obgleich alles aus zweiter Hand war, war es von eindrucksvoller Klarheit.

»Ich denke, ich sollte eigentlich noch näher rangehen, oder besser, Du solltest! Diese Amateure glauben nie, daß es keine fehlerfreie Methode für Mord gibt. Sei so sorgfältig wie möglich, und trotzdem rutschst Du aus. Vielleicht könnte man auf 'schmutzige Arbeit' stoßen. Wie erfuhr Mrs. Barnes, daß Janet Martin das Testament mitunterzeichnet hatte?«

»Es wäre besser, wenn sie es beweisen könnte.«

»Du bist ein Zyniker, für diesen Beruf muß man Romantiker sein, wie ich. Jedenfalls mag ich Janet Martins 'Musik'! Ich denke, sie hat ihre Gaben mitbekommen.«

»Was also?«

»Du meinst, wie wir vorgehen sollen? Du solltest als erstes zu Dr. Macintosh gehen und versuchen, seine Meinung zu erfahren.«

»Was soll ich ihm denn sagen?«

»Das, was ich wissen will. Er hatte die Unverschämtheit, einen Totenschein auszuschreiben, der nichts aussagt, als 'alles in Butter'. Natürlich ist es für einen Arzt schlecht, in einen mysteriösen Todesfall verwickelt zu sein und das auch noch, wenn nichts zu beweisen ist. Dann soll er lieber den Mund halten. Aber falls er kein Narr ist, muß er gewußt haben, daß da ein seltsames Spiel getrieben wurde. Immerhin dürfte seine Geschichte nützlich sein, und er dürfte sie eher Dir als der Polizei erzählen.«

So kam es, daß abends um sieben Uhr ein schlanker Mann mit schönem gealterten Gesicht an Dr. Macintoshs Haus klopfte. Er humpelte leicht, trug Hut und schwarzen Mantel und hatte eine Aktentasche bei sich. Er hatte vorher telefonisch um eine Unterredung gebeten und dabei erklärt, daß er nicht als Patient käme. Er hatte den Telefonhörer nicht eher aufgelegt, bis er die mürrische Zusage für diese Verabredung erhalten hatte. Macintosh war groß und nervös, mit etwas hochmütigem Gesicht, einem stolzen Mund und einer spöttischen Art.

»Wenn Sie etwas verkaufen wollen ...«, begann er in drohendem Ton. Aber Bill verneinte, das wolle er nicht, zumindest nicht ihm. »Ich vertrete die Three Powers Versicherung«, fügte er nachlässig hinzu.

»Ich sagte bereits ...«

»Wie ich erfahren habe, behandelten Sie den verstorbenen Mr. Scott in Swan-Haus.«

Der Arzt hob die Brauen. »Wieso?«

»Mr. Scott war bei uns versichert, und die Familie macht einen Anspruch gegen uns geltend. Aber wie das meistens bei derartigen Verträgen ist, gibt es eine Klausel, daß bei Selbstmord nicht gezahlt wird.«

»Wer spricht denn von Selbstmord?« empörte sich der Arzt.

»Wir haben immer alle Möglichkeiten zu prüfen. In den meisten Fällen tritt das nicht ein, aber den von Mr. Scott könnte man als einen Grenzfall bezeichnen, und ich habe mich, im Interesse meiner Versicherung, zu vergewissern, daß die Voraussetzungen für die Auszahlung gegeben sind.«

»Ich weiß nicht, warum Sie von einem Grenzfall sprechen«, meinte der Arzt auffahrend.

»Ich denke, es gibt ein paar ungewöhnliche Vorkommnisse. Wir haben die Aussagen der Familie und daraus entnahmen wir, daß Mr. Scott starb, nachdem er eine Dosis einer neuen Medizin, die Sie ihm für den Fall einer schweren Herzattacke verschrieben hatten, zu sich genommen hat.«

»Und?«

»Die Flasche bekam er in der Nacht vor seinem Tod.«

»Nun machen Sie schon, Mann«, rief der Arzt ungeduldig aus, »worauf wollen Sie hinaus?«

»Dr. Macintosh«, sagte Bill, nicht im geringsten von der Aufregung des Arztes beeindruckt, »sind Sie sicher, daß Ihr Patient nur *die* genaue Menge eingenommen hat, die Sie ihm vorgeschrieben haben?«

Der Arzt war bestürzt ob der ungeschminkten Aufrichtigkeit. »Wollen Sie meinen Totenschein anzweifeln?«

»Der besagt, daß Mr. Scott an Herzversagen gestorben ist. Wenn wir wüßten, er wäre im Beisein aller Freunde vergiftet worden, würde das Gutachten das gleiche sein.«

»Klug! Was soll ich tun, das Andenken eines Toten besudeln?«

»Ich bin Angestellter meiner Gesellschaft, ich soll mich nur vergewissern, daß es nichts Ungewöhnliches bei Mr. Scotts Tod gab. Wenn Sie darauf bestehen, daß er einen Herzanfall hatte, die vorgeschriebene Dosis nahm und trotzdem starb, und Sie sicher sind, daß er keine Überdosis nahm, ist alles in Ordnung.«

Der Arzt sah ihn unwillig an. »Eine herzlosere Behauptung habe ich noch nie gehört. Wenn Sie mich geradeheraus fragen, ob Mr. Scott Selbstmord verübt hat, sage ich Ihnen, nein, ich bin überzeugt, daß er das nicht gemacht hat!«

»Das dachten wir uns. Wenn er sich in einem solchen Stadium befunden hätte, würde er die Flasche nicht auf den Kaminsims gestellt haben, wo sie später gefunden wurde.« Er grinste. »Unter uns gesagt, da fangen die Unklarheiten an. Wenn Mrs. Barnes ihm die Tropfen gab und sie auf den Kamin stellte, konnte er offensichtlich keine Überdosis einnehmen. Aber es fehlte mehr als eine Dosis in der Flasche, oder?«

»Wenn Sie schon mal einer nervösen Frau zugesehen hätten, die Tropfen abzählt, würden Sie verstehen, wie leicht sie welche auf den Teppich verschütten kann.«

Bills Brauen hoben sich. »Neuer Einfall, was? Niemand war im Raum, als er die Tropfen einnahm.«

»Verdammt, wissen Sie, was Sie da vermuten?«

»Es wäre nicht das erste Mal«, meinte Bill unbewegt. »Nun, wir sind nicht die Richter. Wir müssen nur unsere Aktionäre und unser Kapital schützen.«

»Immerhin würde ich an Ihrer Stelle vorsichtiger sein. Sie segeln hart am Wind.«

»Ich habe Sie doch nur gefragt, ob Sie zustimmen, daß Mr. Scott die Medizin nicht auf den Kaminsims stellen konnte, nachdem er den Anfall hatte.«

»Unmöglich«, stimmte der Arzt zu.

»Und mehr als eine Dosis fehlte?«

»Ich habe bereits erklärt, wie sowas passieren konnte.«

»Ja, aber ich denke, wenn man eine gerichtliche Untersuchung gemacht hätte, würde der Polizeichirurg erfahren haben, daß Mr. Scott eine Überdosis ...«

»Verdammt, wenn Sie sich nicht zurückhalten, machen Sie uns beide zu Mitschuldigen an der Tat«, warnte ihn der Arzt wütend. »Sie sind so alt wie ich, Sie wissen genau, wenn nichts bewiesen werden kann, ist es sinnlos, im Schmutz zu wühlen.«

»Ich würde es nicht für die Verwandten tun.«

»Das heißt?«

»Wenn sie auf ihren Ansprüchen bestehen, wird meine Seite Fragen stellen, und wenn die Erbin den Fall vor Gericht bringt ...«

»Sie wäre eine Närrin, wenn sie das tut«, knurrte der Arzt.

Bill stand auf. »Sie haben mir das gesagt, was ich wissen wollte. Nämlich, daß Mr. Scott keinen Selbstmord begangen hat. Das hoffte ich zu hören.«

»Hoffte? Für einen Versicherungsagenten ist das eine merkwürdige Aussage. Kommen Sie!« Er erhob sich und stand drohend vor dem keineswegs beunruhigten Bill. »Wer sind Sie wirklich? Von der Polizei?«

»Fragen Sie die Polizei und sehen Sie zu, wie sie lachen!«

»Für Sie mag es ein Spaß sein, für mich ist es eine ernste Sache. Ich habe nicht gern Hokuspokus in meiner Praxis.«

»Niemand würde Sie dafür tadeln. Aber Sie brauchen sich nicht aufzuregen. Alles, was Mrs. Barnes auszusagen hat, ist, daß sie die Menge abzählte, die ihr Bruder ihr angab.«

»Es steht auf der Flasche«, brummte der Arzt.

»Wenn er einen so bösen Anfall hatte, war sie zu erschrocken, um genau auf die Flasche zu sehen.«

»Ich weiß genau, was Sie denken«, versicherte ihm der Arzt, »aber Sie können mir glauben, Sie befinden sich in einer Sackgasse.«

Bill bedankte sich höflich und fuhr zurück, um Crook Bericht zu erstatten.

»So haben wir es von Anfang an gesehen. Natürlich war es eine einmalige Gelegenheit für sie. Ich vermute, sie gab ihm die genaue Dosis in Wasser und dann schlug sie ihm den Cognac vor. Oder sie hat ihm überhaupt alles im Cognac gegeben. Der übertönte den Geschmack, vorausgesetzt, das teuflische Zeug hatte überhaupt einen. Und das würde auch das zerbrochene Glas erklären. Das junge Mädchen vermutete, daß das Hausmädchen es zerbrochen hätte, als sie herumtaumelte, aber dafür gibt es keinen Hinweis. Und wenn ein zerbrochenes Glas gefunden wird, beseitigt man es natürlich sofort, während ein ganzes tagelang stehengelassen werden kann.«

»Sie dachte an alles, nicht wahr, und Dr. Macintosh meint, die Chancen, daß wir ihr etwas nachweisen können, stehen eins zu einer Million.«

»Spricht für sich selbst, hast Du nicht auch schon bemerkt, Bill, daß fast jeder Mörder über eine Kleinigkeit stolpert, die selbst ein Amateur bemerkt haben würde? Geht zu weit oder sowas Ähnliches, vermute ich. Oder sie sind zu stolz auf sich selbst, so daß sie sorglos werden. Des weiteren rechnen sie damit, daß Mord ein Wort in einer Zeitung ist, Seemannsgarn im Record. Nichts, was in einer Familie oder im gleichen Haus vorkommen könnte.«

»Und machte sie bereits einen Fehler?«

»Ja, sie ist wie alle Amateure, die auf sicher spielen wollen. Sie machte etwas, das beweist, Scott mußte bereits tot sein, als sie ihn verließ, bevor sie heimfuhr: Sie löschte das Licht aus!«

Bill durchdachte es schweigend. Crook malte es weiter aus. »Wir wissen, es war schon Abend und die Lichter an, sie nahm sich ja das Mädchen vor, weil die angeblich zuviel Licht im Schulraum verbrauchte, sie sagte, es wäre mehr, als Mr. Scott für sich in Anspruch nahm, damit ist erwiesen, daß in der Bibliothek die Lichter an waren. Wir wissen außerdem, daß er die Dunkelheit fürchtete. Und sie ging nochmals in den Raum, bevor sie fortging, und sprach mit ihm. Das sollte den Eindruck erwecken, daß er lebte und bei Bewußtsein war. Aber wenn dem so gewesen wäre, hätte sie nicht das Licht ausgedreht, und wenn sie das tat, hätte er sie zurückrufen oder nach jemand läuten können, um es wieder einschalten zu lassen, falls er seinen Stuhl nicht selbst bis zum Schalter bewegen konnte. Außerdem gab es auf seinem Tisch noch eine Leselampe, die er erreichen konnte. Daß er das nicht tat, beweist, er wollte kein Licht, und der einzige Grund, daß Mr. Scott kein Licht an einem Winterabend wünschte, war der, daß er bereits tot war oder dem Tode so nahe, daß er den Unterschied zwischen hell und dunkel nicht mehr wahrnahm. Du kannst mir glauben, Bill, sie hat es getan. Aber sie ist eine der Klugen. Nicht einmal Arthur Crook kann sie dafür baumeln lassen.«

10

In der Zwischenzeit entwickelte sich auf der anderen Seite Verschiedenes. Janet Martin wußte nicht, daß ihr geheimnisvoller Besuch am Waisenhaus bereits vor 24 Stunden entdeckt worden war. Das war aber noch nicht bis Beverley vorgedrungen, weil Mrs. Forbes schreckliche Zahnschmerzen hatte, und an nichts anderes mehr denken konnte. Janet brüstete sich innerlich ob ihres Scharfblicks und befand sich in Erwartung einer dramatischen Entwicklung, durch Mr. Crook veranlaßt, als der Blitz einschlug. Mrs. Barnes beabsichtigte, Pamela von Elsham fortzunehmen. Mrs. Forbes überbrachte diese Nachricht. Nach ihrem Besuch beim Zahnarzt traf sie Miss Webster im Rendezvous, und nachdem sie sich wegen der ausgestandenen Schmerzen hatte trösten lassen, meinte sie: »Ich muß etwas mit Dir besprechen, Bella. Die alte Dame bei Dir, wie heißt sie doch?«

»Miss Martin?«

»Martin.« Sie blickte finster. »Die ist es. Auf jeden Fall ist sie viel verrückter geworden, als sie schon war. Sie hat sich hinter der Mauer versteckt, um die Unterhaltungen im Haus zu belauschen. Unbedingt muß sie daran gehindert werden. Die Leute könnten darüber sprechen, Mrs. Thompson sah gestern, wie sie hinter einen Busch kroch, und berichtete mir nachher davon. Sie fand es sonderbar.«

»Das ist es«, stimmte Miss Webster zu. Sie konnte Mrs. Thompson nicht leiden und fand, sie hätte es für sich behalten können. »Aber alte Damen sind allemal etwas wunderlich.«

»Das ist alles richtig, Bella, aber diese ist mehr als unheimlich. Du weißt, wie alte Geschichten wieder auftauchen, besonders, wenn man darüber spricht. Wenn sie die verbreitet, über das Kind, das sie angeblich von London her kennt, Mary meine ich ...«

»Ich habe darüber nachgedacht, Flossie«, unterbrach Miss Webster sie, »es ist doch möglich, daß sie sie in London gesehen hat und ...«

Im Gegenzug unterbrach Mrs. Forbes sie. »Aber Mrs. Barnes hat mir erzählt, Mary wäre nie in London gewesen. Ich verlasse mich auf Dich, Bella. Für den Fall, daß Miss Martin wieder davon anfängt, sagst Du ihr das. Sie sollte nicht noch in ihren Vorstellungen ermutigt werden.«

»Sollte sie noch mehr Unruhe bringen, schreibe ich ihrer Nichte«, versprach Miss Webster. »Immerhin hatte ich nicht den Eindruck, daß sie eine Schraube locker hatte, und daher finde ich ihre Besessenheit besonders seltsam.«

»Auf jeden Fall kannst Du ihr berichten, daß Mary uns in ein bis zwei Tagen verläßt. Sie kann sich nicht einfügen, paßt sich einem Leben in der Gemeinschaft nicht an, noch versteht sie sich mit den anderen Kindern. Ich habe mit Mrs. Barnes darüber gesprochen, als sie mich gestern besuchte, und sie will sie aufs Land schicken, zu einer Frau, die Waisen betreut.«

»Nicht in ein anderes Heim?«

»Nein, Mrs. Barnes meint, so wäre es richtiger. Also, wenn Du sie zwei oder drei Tage festhältst, wird die Aufregung vorbei sein. Aber Du mußt unbedingt verhindern, daß sie herumredet. Denke an die alte Mrs. Trent, die bei Dir war.«

»Ich erinnere mich. Sie lief herum und erzählte allen, ich wäre bezahlt worden, um sie zu vergiften, weil sie eine wirklich reiche Frau wäre, und ihre Verwandten sie tot wünschten, um an ihr Geld zu kommen. Natürlich glaubt sowas niemand. Andererseits wächst die Geschichte wie ein Schneeball. Ich mußte zum Schluß ihre Leute bitten, sie mitzunehmen, und jetzt ist sie in einem Irrenhaus und erzählt immer noch die gleiche Geschichte.«

»Und wenn Deine alte Dame nicht zurückhaltender ist, wird sie sich eines Tages auch dort befinden. Sicher, das ist alles psychologisch. Sie werden sich darüber klar, daß sie am Ende angelangt, unwichtig sind, und daß sich niemand um sie kümmert. Ihre Reaktion darauf ist, Aufsehen zu erregen, ganz gleich in welcher Weise, und sie gehen herum und erfinden die verrücktesten Geschichten. Findest Du nicht auch, Bella?«

»Ich vermute so etwas. Aber manchmal würde ich doch gern wissen, Flossie, ob ihre phantastischen Geschichten nicht doch wahr sind!« Die entsetzte Miene von Mrs. Forbes brachte sie wieder zur Vernunft, und sie zahlte eilig beide Tassen Kaffee, raffte ihre Handschuhe auf und meinte, sie müsse nun gehen und Mrs. Forbes solle sich nicht weiter um Miss Martin kümmern.

Als sie heimkam, hatte sie das Gefühl, es sei kein zufälliges Zusammentreffen der Umstände, daß eine Frau mittleren Alters auf sie wartete, um sie inständig zu bitten, ihre alte Tante aufzunehmen. »Sie ist kein bißchen seelisch gestört«, meinte sie eifrig, »nur nicht mehr fähig, alle anfallenden Arbeiten allein zu machen.«

»Hat der Arzt sie untersucht? Ich brauche selbstverständlich eine Bescheinigung.«

Die Besucherin, ihr Name war Miss Shaw, riß die Augen voll ungläubigen Staunens auf: »Sie meinen, Sie haben einen Platz frei?« Sie konnte es nicht fassen.

»Ich kann noch nichts Endgültiges versprechen, aber vielleicht geht einer meiner Gäste in ein bis zwei Wochen, ich kann es noch nicht zusagen.« — Eigentlich sah es ihr gar nicht ähnlich, sich so schnell für besiegt zu erklären. Aber falls Mrs. Barnes die kleine Mary Smith tatsächlich wegbrachte, würden alle Probleme sich leichter lösen lassen, wenn Miss Martin anderswo untergebracht wäre. Da sie unsicher und aus ihrem Gleichgewicht gebracht war, trat sie der alten Dame recht mürrisch gegenüber.

»Ich bedaure, Ihnen etwas Unangenehmes sagen zu müssen«, wandte sie sich an die zitternde Janet. »Ich habe Sie mehr als einmal gewarnt, bei dem Waisenhaus herumzulungern, und jetzt habe ich erfahren müssen, daß Sie nicht im entferntesten davon abstehen. Sie sind gesehen worden, als Sie sich im Nachbargarten versteckten. Wirklich, ein tadelnswerter Vorgang!«

Janet war es inzwischen gewohnt, daß man zu ihr wie zu einer Schwachsinnigen sprach, und sie verteidigte sich geistreich. »Ich denke nicht, daß man das eine Übertretung nennen darf. Ich richtete keinen Schaden an, weil man da ja nichts mehr anrichten kann, ich pflückte keine Blumen, da sind keine, ich konnte keine Zweige knicken, sie sind alle tot. Und niemand im Haus! Wer hat Ihnen denn gesagt, ich sei dort gewesen?«

»Mrs. Forbes und Mrs. Barnes, eine der Vorsteherinnen der Heime, wissen, daß Sie dort waren. Es tut mir leid, Miss Martin, aber ich muß Ihre Nichte bitten, etwas anderes für Sie zu finden. Geschwätz kann ich einfach nicht dulden.«

Janet sagte nur: »Hat Mrs. Barnes das vorgeschlagen? Sie hätte allen Grund dazu!«

»Wirklich, Miss Martin, ich begreife Sie nicht.«

Und darauf Janet: »Weil Sie es vorziehen, mir nicht zu glauben. Es gehen dort fürchterliche Sachen vor, und meine Pflicht ist es, sie zu verhindern.«

»Nun reden Sie nicht solchen Unsinn, Miss Martin, was können Sie denn ausrichten?«

»Ich selbst gar nichts! Aber ich habe einen Privatdetektiv engagiert.« Miss Websters Sympathie erlosch augenblicklich. Es hatte keinen Zweck, die alte Dame war übergeschnappt. Arme Leute konnten keinen Privatdetektiv beschäftigen; wie sie gehört hatte, war das ein reichlich teurer Spaß. »Jetzt sind Sie wirklich verdreht, in jedem Fall kommt die Kleine von hier fort.«

Sie hatte Sorge oder Enttäuschung als Reaktion auf ihre Worte erwartet, aber nicht die nackte Angst, die sich im Gesicht der alten Dame abzeichnete.

»So ahnt *sie* etwas«, flüsterte sie.

»Sie, Miss Martin?«

»Mrs. Barnes, meine ich. Ich weiß es.«

»Was wissen Sie?« Wirklich, die Unterhaltung nahm phantastische Formen an.

»Nichts, was ich beweisen könnte. Aber erscheint es Ihnen

denn nicht auch seltsam, daß Mrs. Barnes das kleine Mädchen wegbringen will, sobald sie erfährt, daß ich in Elsham bin?«

»Unsinn«, wiederholte Miss Webster zum fünften Mal an diesem Tag. Gleichzeitig aber fragte sie sich, ob in dieser Situation alles mit rechten Dingen zuging. Aber um Himmels willen, keine Schwierigkeiten! Also entschied sie sich, zuerst an Doreen, dann an Miss Shaw zu schreiben und die um ein ärztliches Attest und zwei Referenzen zu bitten. Argwöhnisch, sie jemand anzuvertrauen, ging sie selbst mit beiden Briefen zur Post. Mitleid mit Janet Martin kämpfte in ihr mit der Überzeugung, daß den störenden Vorfällen ein Ende bereitet werden mußte.

Aber damit irrte sie sich sehr!

Mit der Nachmittagspost kam neuer Kummer für Janet. Miss Maynard, die stellvertretende Leiterin, brachte ihr einen Umschlag mit der höhnischen Bemerkung, sie müsse ihren Briefpartnern sagen, daß die Post kein Wohlfahrtsinstitut sei, sie befördere Briefe nicht umsonst. Janet saß in tiefer Niedergeschlagenheit da und beachtete zuerst diese Worte gar nicht, so daß Miss Maynard wie schon so oft die geistige Abwesenheit der Alten zum Bewußtsein kam.

»Ohne Briefmarken«, wiederholte sie, um ihre Rede verständlicher zu machen. Der Absender hatte einen Umschlag benutzt, der bereits an den Schatzmeister eines bekannten Kinderhilfswerkes gerichtet war, hatte die Adresse rot durchgestrichen und in demselben Rot Namen und Adresse von Miss Martin auf die Rückseite geschrieben. Es sah wie ein Witz aus, dennoch zitterte Janet, weil sie sich nicht vorstellen konnte, wer ihr einen solchen Streich spielen sollte.

»Mehr Leute kennen Tom Fool als Tom Fool ahnt! Sie sind wohl schon bekannt!«

Aber Janet, die nie in amerikanische Filme ging, sah sie nur verständnislos an. Daher machte sich Miss Maynard davon und wünschte sich, wie schon so oft, mal wieder unter normalen Menschen zu sein ...

Janet öffnete den Umschlag. Er enthielt keinen Brief, nur

etwas zerdrücktes Zeitungspapier, in das ein winziger Gegenstand eingewickelt war: Eine kleine silberne Streichholzschachtel!

Als Mr. Crook sein Büro am Vormittag erreichte, fand er ein Telegramm vor, das ihm Bill mit den Worten übergab: »Wenn Du das verstehst, sollte man Dich in den Rat der Vereinten Nationen wählen.«

Und so lautete das Telegramm: Höchst unerwartete Entwicklung. Muß Sie schnellstens sehen. Können Sie mich in Fulltons Teestube in Cheston um halb vier Uhr nachmittags treffen, will versuchen, einen abgelegenen Tisch zu bekommen und trage ein Petersiliensträußchen. Janet Martin.

»Mir ist alles sonnenklar und vielversprechend«, behauptete Crook. »Es ist meine Freundin aus dem Altersheim, und sie möchte mich heute Nachmittag zum Tee in Cheston treffen. Als Erkennungszeichen will sie ein Petersiliensträußchen tragen.«

»Ein Kabinettsminister hätte nichts Besseres beschließen können. Aber warum Petersilie?«

»Weil sie eine Frau ist, die nachdenkt und Phantasie hat, jedermann muß stolz sein, sie als Klientin zu haben. Sie weiß, daß um halb vier Uhr das Café berstend voll von alten Damen ist, die ihren Tee dort schlürfen. Die meisten tragen Veilchen. Und wie sollte ich sie wohl aus der Masse der Pensionäre herausfinden! Aber wenn sie Petersilie trägt, dürfte das nicht schwer sein. Wenn alle meine Klienten soviel Unternehmungsgeist hätten, wäre der Schatzkanzler ein reicherer Mann als er jetzt ist. Dank Arthur Crook.«

»Du fährst also?«

»Ich bin zwar kein Gentleman, aber ich lasse eine Dame ungern warten. Natürlich gehe ich dorthin. Wir können nur handeln wie — wie hieß doch der Mann in der Bibel, der übers Wasser schritt?«

»Agap!«

»Das ist er. Wie er haben wir es zu machen. Denn gegenwärtig haben wir noch nichts über Mrs. Barnes in der Hand. Wir verdächtigen sie zwar des Mordes und vielleicht des Mordes und der Entführung, ganz zu schweigen von der Vernichtung des Testaments mit der Absicht, ein kleines Mädchen um sein Erbe zu prellen.«

Und nach einer Pause: »Im ganzen genommen ein schöner Batzen! Ich frage mich, was in Elsham vorgegangen ist. Vielleicht wurde meinem alten Mädchen gedroht. Nach dem Motto: Halte deine Finger aus allem raus, wenn du sie behalten willst, und bleibe zu Haus, wenn du nicht sicher auf den Beinen bist ... Für sie wäre es besser gewesen«, fügte er gedankenvoll hinzu. Nach Cheston fuhr er mit seinem berüchtigten roten Auto, der 'Peitsche'. Seine Feinde beklagten sich, daß er sogar während des Krieges größere Zuteilungen an Kraftstoff bekommen hatte als die meisten seiner Kollegen und seit dem Ende des Krieges soviel wie ein Kabinettsminister. Cheston war allerdings nur wenig außerhalb des Stadtgebietes, und er erreichte es mit einem Flügelschlag. Zwar kannte er den Ort nicht, hatte ihn sich aber so vorgestellt. Nenne es Bramham oder Petton Hill oder Barbridge, und niemand wird einen Unterschied finden ... alles frisch, neu, trotz sechs Jahren Krieg, mit einer Menge schmucker kleiner Häuser und modernen Läden, meist Discountläden, Kettenläden, gelegentlich auch ein Hutladen oder Kunstladen und Teestuben, um die Eintönigkeit zu unterbrechen. An einem Glockenturm in der Hauptstraße gab es ein Schild, mit den Aufschriften »Damen« und »Herren«. Crook parkte den Wagen so, daß er ihn im Auge behalten konnte, und ging in die Teestube. Es war genau halb vier Uhr, und er war erschrocken über die Menge von Leuten, die offensichtlich nichts anderes zu tun hatten, als dort zu sitzen. Ein Durcheinander von Stimmen machte den Raum ebenso geräuschvoll wie eine Fabriketage und viele Sätze übertönten das Gemisch und kamen ihm zu Ohren.

»Wir haben die Vorzüge des Friedens zu genießen, doch das ist kein Grund, roh und unmäßig zu sein ...«

»Als er den Schuhlöffel sah, ging ihm ein Licht auf ...«

»... und natürlich die widerliche Schmierwirtschaft. Nun ja, in Rußland ...«

Die meisten Leute waren zu zweit, aber an einem kleinen Tisch, vom Fenster entfernt, erblickte Crook eine ziemlich zerbrechliche alte Dame, die offensichtlich versuchte, einen Stuhl freizuhalten, und das gegen den vereinten Ansturm von einem pickligen Jungen, einer säuerlich blickenden Frau mit langen Haarbüscheln und karierten Hosen und der Bedienung, die überlegte, wer ihr das meiste Trinkgeld geben würde. Das ist meine Lady, sagte sich Crook, der den kleinen Strauß an dem schäbigen Mantel erblickt hatte.

»Ich habe bereits gesagt, Sie können keine Stühle freihalten«, erklärte die Kellnerin unfreundlich. »Und überhaupt haben Sie Ihren Kaffee bereits ausgetrunken!«

»Nimm diesen Stuhl, Gerti, wir werden noch einen anderen heranrücken«, meinte der junge Mann.

»Mein Freund ...«, begann die unglückliche alte Dame, aber der Junge unterbrach sie: »Nix da, Schwester.« Als er sich umdrehte, sah er sich unmittelbar einem kleinen, aber sehr kräftigen Mann in braunem Anzug gegenüber. Der machte ein Gesicht, das einen Panzer in Furcht versetzt hätte. Der Junge wich so schnell zurück, daß er dem Mädchen auf die Füße trat.

»In Rußland«, meinte Crook freundlich, »würden sie Dich nicht mal zu Bratwurst verarbeiten wollen.« Er drückte ihn zur Seite und lächelte die alte Dame an. »Hier bin ich, Tantchen, und pünktlich!« Selbst die Bedienung, die immer den Kopf oben behielt und keine faulen Tricks duldete, wagte nichts gegen den Neuankömmling zu unternehmen und lief weg, um leere Teller abzuräumen.

Crook betrachtete seine neueste Kundin. Janet war eine höfliche alte Dame, und der Krieg hatte sie wie so viele gelehrt, ihre Gefühle zu verbergen. Aber Crook war eine genauso bittere Enttäuschung wie das Heim in Elsham. In ihrer Vorstellung von einem Privatdetektiv, wie auch Crook sein sollte, hatte sie an einen Hausarzt oder Notar gedacht, anständig, großstadtisch, beruhigend. Dieser handfeste Mensch mit der lauten Stimme, der jetzt seine gewöhnliche braune Schirmmütze in die Ecke warf und sich mit einem dumpfen Aufprall ihr gegenüber niederließ, so wie eine Bombe herunterkommt, war zuviel für sie. Sicher war, er hatte bestimmt kein Feingefühl für einen solchen Fall und würde nur alles vom Standpunkt des Geldes aus betrachten.

Mühelos las Crook Janets Gedanken aus ihrem Gesicht ab und bedachte sie mit seinem schönsten Alligatorlächeln.

»Nehmen Sie es sich nicht so zu Herzen, Tantchen. Ich weiß genau, was Sie fühlen, aber warten Sie einen Augenblick und denken Sie darüber nach, daß alles gut ausgeht, was Arthur Crook in die Hände nimmt. Angenommen, ich sähe wie eine Schneiderpuppe aus, wie Sie es erwartet haben, würde jeder im Umkreis von einer halben Meile seine Gasmaske nehmen und die Reitstiefel anziehen. Bei meiner Arbeit darf man nicht auffällig sein. Nimm Leute, die auf der Hut sind und damit rechnen, Spione in ihrer Mitte zu haben, aber wenn ich ankomme, sagen sie, wieder so ein Kerl, ein Buchmacher, der den Zaster aus der Tasche der Steuerzahler nimmt.« Er bemerkte die Verwunderung seiner Gefährtin. »Rennen und Wetten, das ist mein Aushängeschild. Und damit komme ich, wohin ich will, wie mit einem Dietrich. Stellen Sie sich vor«, meinte er, weil er merkte, sie wollte immer noch nicht sprechen, »ich sähe so aus, wie Sie es gern wollen, und ich würde mich an dem Ort herumtreiben, wo die Kleine ist, so würden sie ihre frommen Nasen argwöhnisch auf mich richten. Aber so werden sie mich nicht sehen, nicht bemerken jedenfalls.«

Die Bedienung schlenderte auf sie zu, und Crook meinte zweifelnd: »Was es auch immer ist, dasselbe nochmal?«

Aber sie wollte lieber eine Tasse Tee.

»Tee?« meinte schläfrig die Kellnerin. »Mit was dazu?«

»Alles, was dazu gehört, und eilig ist es nicht«, antwortete ihr Crook, was diese Maid so verblüffte, daß sie in wenigen Minuten mit einem voll beladenen Tablett zurückkehrte, wo eben Crook dabei war, die Kunst der Täuschung zu erklären, und das in einer Lautstärke, die einem durstigen Nilpferd Ehre gemacht hätte. »Es gibt zwei Arten von Tarnung, eine, die Vögel und andere Tiere kennen, haben Sie davon gehört? Ähnele Deiner Umgebung und halte den Atem an. Dann sieht niemand, daß du da bist. Ich frage Sie nun, wie könnte ich mich der Umwelt anpassen?« Er klopfte freundlich und vulgär auf seinen Bauch. »Dies ist die andere: So auffallend grell zu sein, für jeden erkennbar, daß niemand wirklich hinsieht.«

»Wie im *Gestohlenen Brief*«, meinte Janet, die ihre Sprache wiedergefunden hatte.

»Ich wette, der arme Teufel, der diese Geschichte schrieb, hat sie für alle Schreiber von Detektivgeschichten, die sie bisher benutzt haben, warmgehalten. Jedenfalls, das war gemeint, lassen Sie uns jetzt an die nächste Folge unserer Krimiserie gehen.«

Aber vorher wollte Janet noch etwas anderes zur Sprache bringen, das, wie sie glaubte, geklärt werden müsse. »Ich fände es unverzeihlich, nicht vorher zu sagen ... Ich glaube, ich habe Sie unter falschen Voraussetzungen hierher gebeten. Sehen Sie, als ich den Artikel in der Zeitung las, war ich so ratlos und besorgt um Miss Lawrence und natürlich, wenn es die Polizei gewesen wäre ... ich glaube, jetzt bin ich ganz durcheinander ... aber natürlich hätte ich fragen müssen ... hätte ich bedenken sollen ...«

»Wie wenig mich meine Gewerkschaft auch pro Tag annehmen läßt«, half Crook ihr, »vergessen Sie es, meine Dame. Ich bin einer von den Männern, die eine demokratische Regierung ins Gefängnis stecken würde, wenn sie damit eine Minute sparen könnte, das heißt, ich kann es mir erlauben, das zu tun, was mir gefällt — ich habe keine Anordnungen anzunehmen, die mir befohlen werden. Unverschämt, nicht? Aber was für ein Sinn liegt darin, einen Leckerbissen zu besitzen, wenn man ihn nicht selbst ab und an zu sich nehmen kann! Ich arbeite einfach nach der Devise, laß die Reichen für die Armen zahlen. Robin Hood machte es schließlich auch so.«

Er probierte den Tee, den sie ihm eingeschenkt hatte. Im selben Augenblick überlegte er, ob er wirklich so ein verdammter Narr war (wie Bill es prophezeit hatte), den man hierher gelockt hatte, um ihn zu vergiften. Immerhin schienen die Leute rundum alle dieses Zeug zu trinken und dabei zu überleben, jedenfalls war noch niemand zu Boden gegangen, so nahm er noch einen Schluck, ehe er die Tasse absetzte.

»Nun«, meinte er einladend, »schießen Sie los!«

Janet Martin nahm den Umschlag aus der Tasche und reichte ihn über den Tisch hinweg. »Dies kam heute morgen.«

»Also da gibt es tatsächlich noch mehr einfallsreiche Leute auf der Welt«, meinte Crook anerkennend. »Haben Sie eine Idee, von wem er kam?«

»Terry Lawrence! Begreifen Sie, daß die Lage sehr ernst ist?«

Crook nahm die winzige Streichholzschachtel in seine große Hand. »Blindekuhspiel?«

»Ich habe sie ihr zum Geburtstag geschenkt, und sie sagte zum Spaß, wenn sie je in Not wäre, würde sie sie mir zurückschicken. Und wie Sie sehen, tat sie es ohne eine Zeile.«

»Nicht gerade leicht, einen Brief mit dem Lippenstift zu schreiben.«

»Das ist es also? Ach Gott, ich hatte Angst, es wäre Blut.«

Crook sah den Umschlag recht genau an und nahm dann ein Vergrößerungsglas aus seiner Tasche. Aber auch sein wachsames Auge konnte den Poststempel nicht erkennen, es gab nur einen einzigen schmierigen Fleck. »Schade, diese Aufrufe sind zu Tausenden versandt worden. Aber dies zeigt uns wenigstens, daß sie noch lebt.«

Janet fuhr erschrocken zusammen. »Ich dachte niemals ...«

»Dachten Sie nicht, Schätzchen? Man weiß es nie. Gibt es sonst noch etwas zu berichten?«

»Mrs. Barnes will das kleine Mädchen fortbringen, und schlimm ist auch, daß sie Miss Webster dazu verleitet hat, an meine Nichte zu schreiben. Ich soll anderweitig untergebracht werden.«

»Ich dachte, Sie kennen Mrs. Barnes«, erwiderte Crook gelassen.

»Ich denke, sie läßt die Schmutzarbeit von Mrs. Forbes erledigen. Wenn nichts zu verbergen wäre, gäbe es schließlich keinen Grund, mich aus dem Weg haben zu wollen.«

Crook trommelte mit den Fingern auf den Tisch. »Wo lebt Ihre Nichte?«

»Es hätte keinen Zweck, von ihr Hilfe zu erwarten«, versicherte ihm Janet Martin. »Sie glaubt kein einziges Wort von dem, was ich ihr erzählt habe.«

»Ja, aber würden Sie zu ihr gehen, wenn Sie Elsham verlassen?«

»Nein, bestimmt nicht. Doreen wünscht bestimmt keine alte Tante auf ihrem Grund und Boden. Sie wird lieber ein anderes Heim suchen, eins für solche, die nicht ganz richtig im Kopf sind, oder zusehen, daß ich in ein Spital komme.«

»Kann sie das einfach machen, ich meine, können Sie nicht selbst über Ihr Geld verfügen?«

»Nur über die Zinsen. Meine Mutter bestimmte, daß das Kapital an Doreen gehen soll, wenn ich tot bin. Sie sehen, es hätte keinen Zweck, ihr vorzuschlagen, etwas von den Effekten zu verkaufen. Und außerdem ist sie der Testamentsvollstrecker. Und ich fürchte, mein Einkommen ist jetzt wirklich allzu klein!« Sie fügte das schamhaft hinzu.

»Jetzt müssen wir wirklich schnell arbeiten. Aber wenn das kleine Mädchen fortgebracht wird, ist es wenig sinnvoll, daß Sie in Elsham bleiben. Andererseits weiß ich nicht, wie das geschehen soll. Es gibt gesetzliche Vorschriften, wenn man Waisen umquartieren will, und die müßte Mrs. Barnes auch erfüllen. Formulare sind auszufüllen und dergleichen. Die Angestellte ist eine taube Nuß, das wissen Sie. Für Mrs. Barnes könnte das am Ende ein derber Schlag sein.«

»Ich glaube nicht, daß man in diesem Fall diese Überlegung anstellen muß, ich meine was Pamela betrifft. Ich denke, Mrs.

Barnes hat Mrs. Forbes in der Tasche, wie man so sagt, und ich erkläre Ihnen auch warum.« Sie lehnte sich herüber und sprach sehr leise.

»— Obwohl ich keinen Beweis habe, es ist gewissermaßen eine Eingebung, aber es würde vieles erklären.«

»Heiliger Sankt Florian«, rief Crook aus, »ich würde mich nicht wundern, wenn Sie in ein Minenfeld getreten wären! Ist das Leben nicht fesselnd? Nun, meine Liebe, schauen Sie nicht weiter so drein, als ob der böse Wolf hinter Ihnen her wäre. Sie sind jetzt nicht mehr allein, glauben Sie mir. Und es ist wahr, Einigkeit macht stark! Sie haben Arthur Crook zur Seite. Wer hat den Ausspruch gemacht 'Seine Stärke war die von Zehnen, weil sein Herz rein war'? Das paßt zu Ihnen. Wir beide zusammen können es entschieden mit einem Paar unehrenhafter Damen aufnehmen.« Er war so überzeugend, daß er nicht zu erklären brauchte, eine Panne sei vollständig ausgeschlossen.

Sie verließen das Fullerton und gingen zur 'Peitsche' hinüber.

»Seien Sie nicht ängstlich, es könne Ihnen etwas zustoßen.« Er öffnete die grellrote Tür. »Crook wird auf Sie achtgeben.«

»Mir ist wirklich ein Stein vom Herzen gefallen, daß ich mit Ihnen sprechen konnte«, bedankte sie sich, als sie einstieg. »Wollen Sie mich wirklich den ganzen Weg nach Elsham fahren?«

»Sie sind kostbar«, meinte Crook. »Ich möchte es auf nichts ankommen lassen. Und denken Sie dran, achten Sie auf Ihre Schritte, wenn Sie nicht unter meinen Augen sind!«

11

Während Janets Abwesenheit war Miss Webster nicht müßig gewesen. Sie hatte Doreen gebeten, am folgenden Tag zu kommen, und mit Dr. Weyland gesprochen, der die alten Damen betreute. Sie hatte ihm die Lage erklärt und ihn auch gebeten, am nächsten Tag zu kommen, damit eine wenig schöne Angelegenheit zu Ende gebracht werden könnte. Dann läutete sie und wollte Janet Martin zu sich bitten, erfuhr aber, daß sie nach dem Lunch ausgegangen und noch nicht zurückgekehrt sei. Es war schon Teezeit und es begann, dunkel zu werden. Das war etwas rätselhaft, denn Elsham hatte frühen Ladenschluß, allerdings nicht Cheston. Beide Städte wechselten sich mit den freien Tagen ab, so daß sie umschichtig davon profitieren konnten, weil die Verbraucher jeweils in die andere Stadt zum Einkauf gehen konnten. Janet Martin ging auch nie ins Kino und auch nicht in die Kirche wie Mrs. Mount, die dort meist ihre freie Zeit verbrachte. Die benahm sich allerdings so, daß Fremde stets glauben mußten, sie hätte Anfälle von Geistesentrücktheit. Einleuchtend schien es also, daß sich herausstellen könnte, Miss Martin habe sich davongeschlichen und triebe sich doch wieder am Waisenhaus herum. Ermüdet von diesen Problemen, rief sie daher Mrs. Forbes an, die ihr gleich erklärte, wie froh sie wäre, wenn Miss Webster die Mondsüchtige endlich los sein würde.

»Sie fällt uns wirklich zur Last! Aber Du kannst ihr sagen, daß Mrs. Barnes vor einer Stunde angerufen hat, daß sie nun über die Abreise des kleinen Mädchens Entscheidungen getroffen hat, so daß es für sie keinen Grund mehr gibt, bei uns herumzuhängen.«

»Sie wird auch keine Gelegenheit mehr dazu haben, ich habe ihr gekündigt«, meinte verdrießlich die erschöpfte Heimleiterin. »Entweder *Sie* geht oder *ich* komme ins Grab. Ich wollte Dich bitten, nachzusehen, ob sie sich eventuell wieder bei Euch versteckt hat.«

Mrs. Forbes sagte ihr das zu und rief auch kurz danach zurück, um ihr mitzuteilen, daß keine Spur der alten Dame zu erblicken sei. Um halb fünf klingelte das Telefon von neuem, und jemand wollte Miss Martin sprechen, es wäre dringend.

»Wer ist da?« fragte Miss Webster, die den Anruf entgegengenommen hatte.

»Hier spricht Miss Lawrence.« Die Stimme klang aufgeregt,

und sie schrieb sie irgend einer anderen aus der Reihe der hysterischen Freunde von Miss Martin zu.

»Tut mir leid, Sie können sie jetzt nicht sprechen, da sie ausgegangen ist.«

»Können Sie mir sagen, wann sie zurückkommt, es ist wirklich wichtig.« Es klang noch aufgeregter als anfangs.

»Sie sollte eigentlich schon lange zurück sein, aber ich fürchte, es geht ihr nicht so besonders gut.«

»Sicher geht es ihr gut genug, um ans Telefon zu kommen, wenn es ihr gut genug ging, auszugehen«, war die empörte Erwiderung. »Ich würde nicht drängen, aber es ist wirklich eine Sache von Leben und Tod!«

»Miss Martin scheint nicht die einzige zu sein, die das versichert«, war der grimmige Kommentar, dem aber nicht widersprochen wurde. »Kann ich etwas ausrichten?« fragte sie widerwillig.

»Nein, es ist ein privater Anruf. Ich versuche es später, ich hoffe, sie ist dann da.« Plötzlich veränderte sich ihre Stimme. »Denken Sie, ihr ist etwas zugestoßen?«

»Was sollte geschehen sein?«

»Ich bin unsicher, habe aber auch nicht gedacht, daß mir einmal etwas passieren könnte.« Dann wurde das Gespräch abgebrochen, als ob die Sprecherin am Weiterreden gehindert worden wäre. Miss Webster warf den Hörer auf und wandte sich wieder ihrer Korrespondenz zu.

Um dreiviertel fünf hielt ein kleiner roter Wagen für fünf Sekunden am Tor, um eine ältere Insassin aussteigen zu lassen, und schoß danach in Richtung London davon. Die Oberin, die seine geräuschvolle Ankunft gehört hatte, stand am Fenster und beobachtete Janet Martin, die ausgestiegen war und den Weg entlanglief. Sie erreichte den Eingang, als die Tür von innen geöffnet wurde.

»Da sind Sie ja, Miss Martin, wir wollten schon die Polizei rufen!«

»Ich glaube, Sie müssen extra bezahlen, wenn Sie sie ohne Grund rufen«, erwiderte Janet schlagfertig.

Wo sie auch gewesen ist, überlegte Miss Webster, es hat eine anregende Wirkung auf sie gehabt. »Sie haben niemand gesagt, daß Sie zum Tee ausgehen.«

»Ich hatte eine wichtige Verabredung in Cheston.«

»Sie sind allein nach Cheston gefahren?«

»Um eine Freundin zu treffen.«

»Und wer hat Sie zurückgebracht?«

Janet erklärte ihr, ein Herr wäre so freundlich gewesen, sie mitzunehmen, da es sowieso auf seinem Weg war und die Busse zu dieser Zeit so überfüllt seien, so daß sie es gern angenommen hätte.

»Von einem Fremden?« Miss Webster fand das anstößig.

»Ich hatte ihn bis heute noch nicht gesehen, falls Sie das meinen.«

»Aber sicher wissen Sie, daß solche Angebote gefährlich sein können.«

»Wenn man in Betracht zieht, daß ich weder jung noch reich bin, kann ich nicht einsehen, welche Gefahr in einem solchen Angebot liegen soll.«

»Wir sind gewarnt worden, daß unerwünschte Leute, meist Deserteure der Armee, sich auf den Straßen herumtreiben.«

»Dieser konnte kaum ein Deserteur sein, er war zu alt.«

»Die Älteren sind meist die gefährlichsten.«

»Jedenfalls hat er weder meinen Granatring noch meine Handtasche wegzunehmen versucht.«

Miss Webster war ärgerlich über soviel Leichtsinn. »Der Tee ist längst abgeräumt«, bemerkte sie, aber Janet nahm ihr diese Trumpfkarte aus der Hand mit der Feststellung, sie wolle keinen Tee, sie hätte ihn in Cheston eingenommen.

»Jemand hat für Sie angerufen, wollte aber keine Botschaft hinterlassen.«

»Mich angerufen?« Sie war erschrocken. »Hat sie einen Namen genannt?«

»Eine Miss Lawrence.«

»Lawrence!« Alle Zufriedenheit erstarb in ihrem Gesicht. »Sagte sie Ihnen, von wo aus sie anrief?«

»Nein, sie wollte später wieder anrufen, falls sie Zeit hätte.«

Falls sie Gelegenheit hat, ergänzte Janet für sich selbst. »Wissen Sie, ob es ein Orts- oder ein Ferngespräch war?«

Aber das konnte die Heimleiterin ihr wirklich nicht sagen, und so endete ihr Gespräch. Janet ging hinauf, um ihre Sachen abzulegen, aber eilig wieder hinunter und hielt sich untätig in der Halle auf. Sie sah nach dem Telefon, als ob sie es zwingen könnte zu läuten. Nach einer Viertelstunde meinte Miss Maynard, sie werde sich den Tod holen, wenn sie sich weiter in dem kalten Raum aufhalte. Das Telefon könne doch nicht fortlaufen. »Wenn Ihre Freundin wirklich will, wird sie schon noch einmal anrufen.«

Das glaubte Janet nicht. Ihr Herz in der Brust schlug heftig. Sie machte sich Vorwürfe, daß sie sich so lange aufgehalten hatte, um mit Mr. Crook zu reden, jedenfalls länger als nötig, während Terry irgendwo wartete und versuchte, Verbindung mit ihr aufzunehmen. Um sechs Uhr, als man im Gemeinschaftsraum die Nachrichten hören konnte, klingelte das Telefon, und sie eilte in die Halle, wo leider Miss Maynard ihr zuvorgekommen war.

»Wer?« fragte sie. »Ja, hier ist Elsham 5202. Ja, ich denke. Wer spricht? Was, sagten Sie Morris?«

»Es ist für mich«, seufzte Janet, »ich weiß, es ist für mich.« Miss Maynard schüttelte sie mit der Hand weg, als ob sie eine Wespe oder sonst ein lästiges Insekt wäre.

»Tut mir leid, ich habe nicht ganz verstanden«, sprach sie in die Muschel. Es gab eine Unterbrechung. »Ich denke, sie ist hier.« Sie gab vor, nach ihr zu sehen, obwohl Janet bereits versuchte, ihr den Hörer aus der Hand zu nehmen.

»Sind Sie es, Terry?« flüsterte sie. Sie hoffte, daß Miss Maynard weggehen würde.

»Ist da Miss Martin, spreche ich mit Miss Martin?«

»Ja, ach Terry, ich bin so voller Angst, und als ich heute morgen die kleine Streichholzschachtel erhielt ...«

»Ich kann nicht hören, als was war?«

»Ich bekam doch die kleine silberne Streichholzschachtel, ich erinnerte mich an unsere Übereinkunft.«

»So, kam sie an?«

»Ja, es war klug von Ihnen, die Anschrift in Lippenstift zu schreiben. Ich wußte das natürlich nicht, aber Mr. Crook ...«

»Wer ist Mr. Crook?«

»Er ist ein Privatdetektiv, ich las über ihn in einem Sonntagsblatt und er scheint die Antwort auf ein Gebet zu sein.« Sie versuchte, vertraulich zu sprechen, wunderte sich aber, warum in aller Welt Miss Maynard weiter stehenblieb.

»Und was tut er?«

»Ach Terry, er sucht Sie, und ich zeigte ihm die kleine Schachtel. Wo sind Sie, Terry?« Aber niemand antwortete. Die arme Janet rief weiter: »Terry, Terry!«

Es schien ihr eine Ewigkeit her zu sein, als Miss Maynard sich zu ihr wandte mit den Worten: »Ihre Freundin scheint aufgelegt zu haben.«

Da kam die Stimme zurück. »Ich hatte Angst, daß man mich hört. Sagen Sie alles über Mr. Crook, ich kann höchstens noch eine Minute sprechen. Es ist gefährlich. Und, worum ich Sie bitten möchte, unternehmen Sie nichts. Es dürfte gefährliche Folgen für mich haben, ebenso wie für Pamela. Aber natürlich, wenn Sie bereits mit ihm gesprochen haben ... Oder können Sie alles rückgängig machen? Weil ...«

»Sie verstehen nicht. Er hat mich davon überzeugt, daß wir unrecht haben, wenn wir glauben, Mrs. Barnes sei unbesiegbar. Bis das Spiel zu Ende ist, darf man das nicht annehmen. Wir beide sind keine geeigneten Gegner für sie, aber Mr. Crook ist es. Er sieht gewöhnlich aus, aber er flößt Vertrauen ein. Heute nachmittag habe ich ihn im Fullerton zum Tee getroffen, und ich habe ihm alles berichtet, was Sie mir erzählt haben, und ihm versprochen, in Verbindung mit ihm zu bleiben. Ich kann Ihnen nicht beschreiben, wie ich mich fühlte, als ich hörte, Sie hätten in meiner Abwesenheit angerufen. Ich war so verzweifelt, aber jetzt ...«

Sie sprach nicht weiter, denn am anderen Ende der Leitung

schrie jemand, und die zornige Stimme eines Mannes war zu hören. »Sie Närrin, was tun Sie, ich habe Sie gewarnt!« Und dann wurde der Hörer wütend zurückgeworfen und Janet mit der toten Leitung alleingelassen. Sie rief: »Terry, Terry, was ist geschehen?« Sie hätte bis zum Ende des Tages dort gesessen, so betäubt und zerschmettert war sie von dem, was sich ereignet hatte.

Aber Miss Maynard nahm ihr den Hörer aus der Hand. »Sie sind unterbrochen worden, oder Ihre Freundin hat aufgelegt. Sie müssen nicht so erschrocken aussehen. Jeder würde denken, Sie sind von Sinnen.«

Janet überließ ihr den Hörer völlig abwesend. Einen Augenblick später fragte sie: »Gibt es einen Weg, herauszufinden, woher der Anruf kam, ich meine, die Nummer zu erfahren?«

»Nein!« Miss Maynard hatte genug von dem Unsinn. »Tatsache ist, Sie sehen Gespenster! Was Sie brauchen, ist ein Schlafmittel und dann ab ins Bett. Es ist schaurig ...«

Janet fand ihre Sprache wieder. »Bitte sprechen Sie nicht so zu mir, als ob ich eine alte Gans wäre. Eines Tages werden Sie verstehen, daß ich im Recht war, als ich vor etwas Scheußlichem warnte. Falls Sie sicher sind, daß man den Anrufer nicht feststellen kann ...«

»Ganz sicher. Nun kommen Sie schon, Sie können nicht den ganzen Abend in der Halle bleiben.«

»Sie verstehen mich nicht, es war Terry, und jemand hat sie gehindert weiterzusprechen. Wenn wir uns nicht beeilen, gibt es einen weiteren Toten. Sie wollte nach dem Hörer greifen.

»Wen wollen Sie anrufen?«

»Einen Freund.«

Miss Maynard schüttelte den Kopf. »Wir haben hier wirklich mehr zu tun, als uns um Hirngespinste zu kümmern, und falls Sie ins Irrenhaus kommen möchten, schlagen Sie jedenfalls den richtigen Weg ein. Sie gehen jetzt ins Wohnzimmer und wärmen sich auf.«

Unbesonnen legte sie die Hand auf den Arm der alten Dame.

»Ich bin warm, ich muß nur noch sofort einen anderen Anruf machen.«

»Ihre Nichte können Sie nicht von hier aus anrufen, sie wäre entsetzt wegen der Verschwendung. Und in jedem Fall ist sie schnell genug hier. Morgen schon. Sie hat ein Telegramm geschickt.«

Einen Augenblick lang war Janets Aufmerksamkeit geteilt. »Wieso?«

»Die Oberin will einiges über Sie mit ihr besprechen.«

»Warum sagen Sie nicht gerade heraus, daß sie mich loswerden will? Sie müssen mich für einen Dummkopf halten, aber Sie können mir wirklich glauben, daß ich den Zusammenhang kenne. Was es noch viel notwendiger macht, daß ich jetzt telefoniere. Es ist ein Ferngespräch und ich will es selbst bezahlen.«

»Es tut mir leid, das Telefon wird jetzt benötigt, und wenn es frei ist, wird das Abendessen serviert.«

»Das Abendessen geht mich nichts an. Es ist ein wichtiges Gespräch. Ich weiß natürlich nicht, wofür die Oberin das Telefon so dringend braucht, den ganzen Nachmittag war es frei, und was es auch ist, es hat sicher noch fünf Minuten Zeit. Mehr brauche ich nicht.«

»Das Telefon«, beharrte Miss Maynard, »wird für die Verwaltung gebraucht und für ankommende Gespräche. Wir können nicht einer allein die Benutzung überlassen.« Grob schob sie die alte Dame fort. Und die ging widerstrebend ins Wohnzimmer, setzte sich dicht an die Tür und lauschte. Sie wußte, wann der Apparat in Betrieb war, weil beim Abnehmen ein einmaliger Klingelton zu hören war, doch nichts tat sich, so daß sie erkannte, Miss Maynard hatte sie nur daran hindern wollen, ihr Gespräch zu führen. Sie wartete geduldig bis nach dem Abendessen, um dann, als sie die Luft rein wähnte, sich nochmals in die Halle zu stehlen.

Aber sobald sie den Hörer abgenommen hatte, erschien Miss Webster.

»Nun, wen wollen Sie noch zu so später Stunde anrufen?«

»Ich muß Mr. Crook erreichen, ich benutze das Telefon nur drei bis vier Minuten.«

»Und wer ist Mr. Cook?«

Janet wollte sie schon verbessern, entschied sich aber, den Irrtum auf sich beruhen zu lassen. Es war schließlich gleichgültig, nenne Crook Schafshirte oder Küchenjunge, er bleibt dieselbe Person.

»Er ist der, der mich freundlicherweise heimbrachte.« Lieber nichts von einem Privatdetektiv erwähnen. Falls sie ihr glaubten, würden sie ihr nicht gestatten zu telefonieren, um nicht in eine unangenehme Sache verwickelt zu werden; glaubten sie es aber nicht, so stempelte man sie nur als verrückt ab. »Ich muß dringend eine Verbindung haben«, fügte sie verzweifelt hinzu, »er wollte unbedingt von mir wissen ...«

Wirklich, das alte Ding ist völlig aus dem Häuschen, dachte Miss Webster bei sich. Man muß es bedauern, daß sie nicht sterben, ehe sie dieses Stadium erreicht haben. Und zu ihr gewandt: »Er muß sein Büro längst verlassen haben, Sie würden ihn nicht erreichen.«

»Er sagte mir, er wäre bis um zehn Uhr da, er hat dort noch eine Besprechung.«

Man konnte Miss Webster nicht tadeln, daß sie das nicht glaubte, zehn Uhr abends ist wirklich eine unpassende Zeit für geschäftliche Gespräche.

»Wenn er so beschäftigt ist, will er nicht unterbrochen werden, das ist doch klar. Sie müssen wirklich vernünftig sein, Miss Martin.« Nein, es gab keinen Zweifel, die alte Dame hatte einen ganzen Bienenschwarm unter ihrer Haube herumschwirren. Es war schon gut, daß Doreen am nächsten Tag kommen würde. Ein Altersheim kam in Verruf, wenn solche Dachschäden Außenstehenden bekannt wurden. Was innerhalb des Hauses geschah, spielte keine Rolle, aber wenn diese alten Weiber der Außenwelt ihre spinnerten Ideen offenbarten, war es an der Zeit, einzuschreiten.

Und wie konnte sie auch wissen, gequält, wie der Tag sie gemacht hatte, daß die alte Dame wie ein Trojaner um ihr Leben kämpfte, und wenn sie, Miss Webster, nicht so gehandelt hätte, alles einen anderen Weg gegangen wäre ... Janet Martin wäre vielleicht noch weitere zehn Jahre ein Problem für Doreen geblieben. — Und da sie anders war, als Doreen mit ihrer vortrefflichen Lebensauffassung, die mit einem amerikanischen Schlager beschrieben werden konnte: »So wie es ist, ist es immer am besten, wer denkt da schon an gestern ...«, wurde es für Miss Webster in der Zukunft unendlich schwer, sich selbst das Geschehene zu verzeihen.

Entmutigt, jedenfalls für den Augenblick, gab Janet ihren Plan, telefonieren zu wollen, auf. Vielleicht, dachte sie, kann ich während der Neun-Uhr-Nachrichten eine Möglichkeit finden, unbemerkt in die Halle zu schleichen. Dann hören alle so angestrengt zu, als ob noch Krieg ist, allerdings, in den verschiedensten Formen war er es ja noch in der halben Welt. Vergebliche Hoffnung! Die Vorgesetzten in Gestalt von Miss Webster oder Miss Maynard hatten ihre Augen auf sie gerichtet. Sie konnte kaum unbeobachtet ins Badezimmer gehen, um ihre Zähne zu putzen. Ihr letzter Gedanke, als sie sich ihre Decke bis zur Nasenspitze hochzog, war: Morgen früh verschwinde ich als erstes. Ich weiß noch nicht wie, aber ich muß ganz unbedingt Mr. Crook benachrichtigen. Zwecklos, auf das Haustelefon zu hoffen. Und dabei hätte es auch keine Möglichkeit gegeben, irgend etwas geheimzuhalten. Wenn sie auch eine dumme Alte war, so töricht war sie jedenfalls nicht, um nicht zu bemerken, für wie verrückt man sie hielt.

Der nächste Tag brach herein, frostig, und bald würde es Regen geben. Beim Frühstück bemerkte sie, daß der Ausblick leider nicht vielversprechend war, und daher keine der alten Damen vor dem Lunch einen Ausgang wagen würde. Miss Webster empfahl ihnen auch nur eine oder zwei Runden durch den Garten, wenn sie unbedingt etwas frische Luft schnappen müßten. »Das genügt, um neue Energien aufzuladen«, fügte sie humorvoll hinzu. »Wir wollen nicht, daß jemand sich eine Erkältung holt.«

Sie hatte eine klare helle Stimme, die für die Alten wie die

Jungen gut vernehmbar war. »Jedermann im Haus würde sich bloß anstecken. Lady Instone hat uns freundlicherweise einige ziemlich neue *Picture Posts* und *Punches* gebracht, damit können Sie sich bestens unterhalten.«

Mrs. Mount schuf einen neuen Zwischenfall, denn sie rief laut aus: »Wenn ich ein Seehund wäre, hätte ich auch einen Ball!« Sie war unterhaltsamer als ein *Punch* und machte den Seehund so phantastisch nach, daß alle gut gelaunt wurden und darüber ihren Verdruß über das Ausgehverbot in Stadt oder Kirche vergaßen. Nur Janet war außer sich. Unnützerweise versuchte sie ein paar Mal, sich der Haustür zu nähern, aber als wäre sie ein Ball, der von einem Kind aus Langeweile in die falsche Richtung geworfen wird, so sichtete sie jedes Mal eine der Aufseherinnen. Hoffnungslos ging sie endlich in ihr Zimmer, und selbst hier begegnete ihr Miss Webster im Flur.

»Rücken Sie bloß nicht wieder aus. Sie wissen ja, daß Miss Blake jederzeit hier sein kann, Sie sollten sie nicht verpassen.«

»Ich würde mir nichts draus machen«, meinte Janet ziemlich verzweifelt. Denn der Name Doreen war für sie gleichbedeutend mit Verdruß. Das war schon immer so gewesen, selbst bevor sie nach Beverley gekommen war. Irgendeine Eigenschaft von Doreen machte das Leben unsicher. Kein anderer Gedanke beherrschte sie, als mit Mr. Crook Fühlung aufzunehmen.

»Immerhin wäre es recht undankbar, nicht an Ort und Stelle zu sein, wenn sie kommt. Schon in Anbetracht der langen Reise, die sie unternimmt, um Sie zu sehen.« Geduldig übersah Miss Webster ihr Benehmen. »Wollten Sie etwas aus ihrem Zimmer?«

Janet wollte unbedingt ihren Hut, aber sie sagte vorsichtshalber, sie hätte das Gefühl, etwas Schnupfen zu bekommen, und wollte ein frisches Taschentuch holen. Sie entstammte der Generation, die Lügen mißbilligen, daher ging sie zu ihrem Fach und nahm eins heraus und dann noch schnell ihren Hut aus der Schachtel auf dem Regal.

»Sie brauchen keinen Hut im Haus.« Miss Webster hatte sie vom Gang aus beobachtet.

»Ich will ihn nicht aufsetzen, ich dachte, es ist eine gute Gelegenheit, ihn zu bürsten und das Band neu zu befestigen.«

»Ich sehe nicht, daß es nötig wäre, und da wir Miss Blake erwarten ...«

Janet hatte diese Antwort erwartet und legte daher den Hut gehorsam auf das Bett. »Vielleicht haben Sie recht, Doreen sollte es auch nicht als Wink auffassen, daß ich einen neuen brauche.«

Wenn der Hut auf dem Bett blieb, wo er von jedem durch die offene Tür gesehen werden konnte, würde auch jeder annehmen, daß sie sich im Haus aufhielt. Nichts konnte sie veranlassen, ohne Hut auf die Straße zu gehen, und jedermann wußte das. Aber Mrs. Mount bewahrte das, was sie ihren Gartenhut nannte, in der Halle auf. Er sah aus wie ein runterhängender Reifrock und war mit roten Rosen garniert. Sie hatte eine Idee, wie sie listig aus dem Haus verschwinden konnte, indem sie den Gartenhut trug. Mit diesem Trick würde sie, falls man sie sah, für seine Besitzerin gehalten werden, zumal die beiden Alten sich etwas ähnelten und die gleiche Art von Kleidung trugen. Eigentlich ähnelten sich sowieso die meisten Heiminsassen.

Als sie die Treppe hinunterkam, saß Miss Maynard wichtigtuerisch am Telefon, um Co-op anzurufen. Sie murmelte etwas vor sich hin, daß der Kohlenhändler und der Fischhändler auch noch angerufen werden müßten. Janet lief vorbei und meinte zu ihr: »Ich will gerade den Vögeln ihr Frühstück bringen.« Sie hatte es sich zur Gewohnheit gemacht, Brotrinden, die für die Zähne der Damen zu hart waren, zu sammeln und auf der Veranda zu zerkrümeln. Dort hing auch der Hut am Haken. Mrs. Mount würde um diese Zeit bestimmt in irgendeiner Ecke sitzen und aus ihrem kleinen roten Buch Ansprachen halten. Die anderen hatten sicher ihre eigenen Interessen wahrzunehmen. Daher nahm sie seelenruhig den Hut und spazierte in den Garten, so unauffällig, wie sie es tun konnte. Ihren Geldbeutel hatte sie vorsorglich eingesteckt. Hin und her wanderte sie im vorderen Garten und kam jedesmal dem Tor etwas näher.

Bevor sie es endgültig erreicht hatte, kam ein großer schwarzer Wagen ganz leise wie auf einem Zauberteppich dahergefahren und hielt genau am Heim an. Der Fahrer, ein junger Mann mit dunklem Haar und einem Gesicht, das man keineswegs wohlgestaltet nennen konnte, stieg aus, sah die Straße hinauf und hinunter und kam zum Tor. Ausgezeichnet, dachte Janet, er will etwas über eine Tante oder Großmutter erfahren, und solange er mit Miss Webster spricht, kann ich entwischen. Der Mann kam aber nicht näher ans Tor. Er sah zu ihr hinüber und rief sie leise zu sich. Er hat die falsche Straße genommen und will den Weg erfragen, das war zwar enttäuschend, gab ihr aber einen Grund, näher ans Tor heranzugehen.

»Ich weiß nicht, ob Sie mir helfen können«, meinte der Fremde, so wie sie es vermutet hatte, »wohnt hier Miss Martin?«

Sie sah ihn voller Entzücken an. »Ich bin Miss Martin.«

Er machte schnell das Tor auf. »Rasch«, sagte er, »ich komme von Mr. Crook. Ich bin extra gekommen ...«

Sie flog wie ein Vogel hinaus. Sie hatte absolut keinen Verdacht. Sie hatte an die Vorsehung appelliert, und hier nahm die Vorsehung ihren Lauf. Während sie sprechen, will ich antworten, und ich werde sie hören, bevor sie mich rufen, versprach der Prophet, und Janet wiederholte das. Wie ein Schatten schlüpfte sie hinaus, stieg neben den Fahrer ein, und der Wagen fuhr so leise davon, wie er gekommen war. Niemand sah es, außer Miss Maynard, die zufällig zum Fenster hinaussah, als der auffallende Hut durch das Tor verschwand. Es war ein Flurfenster, so daß sie nicht weit genug über die Hecke blicken konnte, um Miss Martin zu erkennen. Ebenso wenig sah sie den Wagen oder dessen Fahrer. Mrs. Mount hatte die Angewohnheit, zu allen Tagesstunden in die Kirche zu laufen, aber man konnte sicher sein, daß sie rechtzeitig zu den Mahlzeiten zurückkam, denn die waren der Glanzpunkt ihres Tages. Daher zog sie den Vorhang zurecht, ging hinauf, sah in Janets Zimmer und den Hut auf dem Bett und zog den Schluß, der beabsichtigt war.

Danach dachte niemand mehr an Janet Martin bis zu dem Zeitpunkt, an dem keiner mehr überhaupt an etwas anderes denken konnte.

12

Janet freute sich riesig. Als das Auto abfuhr, sagte sie dankbar: »Das ist wirklich ein Wunder. Den ganzen Abend und heute seit dem Frühstück habe ich versucht, Mr. Crook anzurufen, aber Sie würden es nicht glauben, wieviel Schwierigkeiten sie mir in den Weg gelegt haben.«

»Doch nicht am Telefon?« fragte ihr Begleiter. »Nebenbei, mein Name ist Watson.«

»Wie bei Sherlock Holmes«, begeisterte sich Janet Martin. »Oder ist es nur ein Pseudonym?«

Mr. Watson lachte, und sie sprachen ein oder zwei Minuten über Sherlock Holmes, und dann kamen sie auf das Wesentliche zu sprechen. Sie erzählte ihrem Begleiter, daß Terry sie abends angerufen hätte, und er fragte sofort, ob sie keine Adresse angegeben hätte.

»Na, dann war es wahrscheinlich ein Ortsgespräch?«

»Auch das kann ich Ihnen nicht sagen«, bekannte Janet. »Unglücklicherweise kam der erste Anruf, als ich mit Mr. Crook aus war, und beim zweiten erlaubte man mir nicht, den Anruf gleich zu beantworten. Obwohl ich es versuchte, konnte ich nicht entnehmen, woher er kam. Ich fragte, ob man das nicht feststellen könnte ...«

»Das müßte möglich sein«, meinte Mr. Watson nachdenklich. Mal sehen, welche Nummer haben Sie?«

»Elsham 5202.«

»Und die Zeit?«

»Der zweite kam etwa um sechs Uhr, wenigstens kurz nach dem Beginn der Nachrichten, der erste war früher, aber ich weiß absolut nicht, wann.«

»Ich muß mal sehen, was sich machen läßt.«

»Wenn Sie sie nur finden könnten.« Ihre Stimme zitterte. »Ich bin sicher, Terry ist in schrecklicher Gefahr. Und das kleine Mädchen auch. Sie kommt fort von Elsham, und wenn sie verschwunden ist, habe ich keine Spur mehr von ihr. Mrs. Barnes möchte ich wirklich nichts Schlechtes nachsagen. Aber sie sieht so unerbittlich aus, und sie hat sich völlig gefühllos ihrem Bruder gegenüber verhalten.«

»Ich denke, Sie können alle Einzelheiten Mr. Crook überlassen. Nebenbei, er meinte, Sie hätten es ausgezeichnet gemacht.«

»Ja, wirklich? Ich habe doch gar nichts getan. Das ist ja das Schreckliche an der Sache, man kann überhaupt nichts tun.«

»Lassen Sie das nicht Mr. Crook hören«, warnte er sie, »sicher ist er bereits auf dem Kriegspfad. Sie werden bestimmt bald von ihm hören. Ich bin als sein Abgesandter hier, um noch die eine oder andere Einzelheit in der Geschichte, die Sie ihm gestern erzählt haben, zu klären. Sie verstehen sicher, daß in einem solchen Fall alles wichtig ist. Vielleicht erzählen Sie mir zuerst, was Sie ihm gestern alles berichtet haben.«

Und Janet gab eine sorgfältige Schilderung. »Die kleine Schachtel kann ich Ihnen natürlich nicht zeigen, die hat Mr. Crook, aber sie bedeutet, daß alles sehr verzweifelt aussieht. Terry ist von allen Freunden ferngehalten und hat nicht einmal Feder oder Bleistift zur Verfügung. Es war einfallsreich von ihr, sich auf diese Weise mit mir in Verbindung zu setzen, und ich darf sie einfach nicht ihrem Schicksal überlassen. Mehr als *ein* Leben hängt davon ab, ob wir ihr helfen können.«

»Sehr wahr«, stimmte Watson zu. »Seien Sie versichert, wir lassen kein Gras unter unseren Füßen wachsen.«

»Bestimmt nicht, das Wichtigste ist, Beweise für unseren

Verdacht zu bekommen. Ohne die kann selbst Mr. Crook nichts ausrichten.«

»Kennen Sie nicht seine Lieblingstheorie: Ein guter Anwalt braucht Beweise, wie ein Laden Packpapier. Das ist ja dank unseres Handelsministeriums jetzt wieder vorhanden. Wenn Beweise notwendig sind, werden sie erbracht, Mr. Crook hat diesen Ruf. Er ist das Gewissen seines Standes.«

Er war recht höflich, sogar ehrerbietig, ganz anders als Crook. Er war, was man alte Schule nennen würde und was Crook niemals getroffen hätte in einem Chanson oder als Klienten. Leute, die ihn nicht mochten, meinten, es wäre etwas Zweideutiges in der Art, wie ein Außenseiter, wie er einer war, solche Menschen für sich einnehmen konnte, die ihm dann bei seiner Arbeit halfen. Crooks Devise lautet: Man muß, um bei Verbrechensbekämpfung erfolgreich zu sein, Anziehungkraft besitzen. Charme oder Tugend, eins von beidem ist wichtig. Ich, behauptete er von sich, habe Tugend. Nicht jeder kann alles haben.

Plötzlich sagte Watson: »Ich möchte Sie nicht erschrecken, aber Sie sollten sich etwas überlegen, nämlich, daß Sie selbst eine Gefahr für jemand sind. Für einen, der bereits bewiesen hat, daß er keine Skrupel kennt. Sie kennen den Spruch: Ein bißchen Kenntnis ist eine gefährliche Sache.« Er zitierte falsch, aber auch das gehörte zur alten Schule. »Nachdem Sie etwas wissen, sind sie nur für die Zeit sicher, solange man weiß, daß Sie Ihr Wissen noch niemandem mitgeteilt haben. Wer weiß von Ihrem gestrigen Zusammensein mit Mr. Crook?«

»Terry, der sagte ich es am Telefon. Niemand sonst, bis auf ...«

»Bis auf wen?«

»Miss Maynard war die ganze Zeit, die ich sprach, neben dem Telefon. Ich glaube, sie war nicht besonders aufmerksam, und alle drei zusammengenommen, Miss Webster, Miss Maynard und meine Nichte Doreen, behandeln mich sowieso wie eine Geisteskranke. Miss Webster sprach sogar von Mr. Cook!«

»Und Sie erzählten einer von ihnen von Miss Lawrence?«

»Sie würden mich in eine Irrenanstalt sperren, wenn ich das versucht hätte. Glauben Sie, Mrs. Barnes wird das auch versuchen?«

»Das ist bloß eine Vermutung, Sie sollten daran denken. Jedenfalls macht man alle Anstrengungen, um Sie von Elsham wegzubringen. Wie ich schon vorhin sagte, ich möchte Sie nicht beunruhigen, aber der Erfolg eines Verbrechens hängt weitgehend davon ab, wie man den Sprung auf sein Opfer ansetzt. Als Sie gestern den Anruf bekamen, wie konnten Sie wissen, daß er von Miss Lawrence kam?«

»Sie sagte es mir.«

»Natürlich, aber wenn sie es Ihnen nicht gesagt hätte, würden Sie dann ihre Stimme erkannt haben?«

Janet sah betrübt aus. »Ich bin nicht absolut sicher, Sie wissen, wie das Telefon Stimmen entstellt.«

»Sicherlich, Ihre Teilnehmerin hätte damit rechnen können. Denken Sie bitte eine Minute nach, bevor Sie antworten. Sagte sie irgendwas, das nur sie wissen konnte, wer erwähnte die kleine silberne Schachtel zuerst?«

»Ich glaube, ich war es. Ich teilte ihr mit, daß ich sie erhalten hätte, und sie erklärte mir, sie hätte nur eine Minute Zeit, und ich erwähnte Mr. Crook und mein Treffen mit ihm.«

»Genau! Vorausgesetzt, der oder die Unbekannte hatte den Gedanken, Sie würden genau so reagieren, was würde er tun? Sich mit Ihnen in Verbindung setzen und warten, wie Sie ihre Karten auf den Tisch legen. Und das haben Sie ja auch getan.«

Janet durchdachte das schweigend und voller Entsetzen. Dann erklärte sie: »Somit wäre Terry ja in einer noch schrecklicheren Lage, weil die, die sie entführt haben und gefangen halten, nun wissen, daß man ihnen selbst auf der Spur ist. Wäre sie frei, da bin ich ganz sicher, hätte sie sich schon längst mit mir in Verbindung gesetzt. Das könnte ihre Entführer zu übereilten Handlungen zwingen.«

»Aber das wird Crook eine Chance geben.« Mr. Watson versuchte sie damit zu beruhigen.

»Auch er könnte in Gefahr sein.«

Mr. Watson lachte. Sie konnte ihren Augen und Ohren nicht trauen. Darüber konnte man doch nicht lachen. »Nein, ich bin nicht brutal«, sagte er kurz danach. »Aber Crook würde Ihnen sicher empfehlen, sich über ihn keine Gedanken zu machen. Er hat ein interessantes Leben und er genießt es. Und außerdem ist er diese Art Spiele gewohnt, Sie aber nicht.«

Janet hatte augenblicklich die Vision von einem Leben, das sie bisher nie bedacht hatte. Dolche blitzen auf, Speere werden geschleudert, Tod und Gefahr lauern an allen Ecken und Enden auf Unschuldige, alte Frauen werden zu Mörderinnen, tragen Handgranaten in ihren Einkaufstaschen, und jeder Tag kann Dein letzter sein. Zwar kann jeder Tag Dein letzter sein, aber das ist schließlich nichts, was diesem Traumgebäude entspricht. Wenn Du Dir diese Art Leben vorstellst, denkst Du an Eisenfresser und Piraten, tollkühne Verbrecher, Männer in hohen Stiefeln und leuchtend gefärbten Westen und schwarzen Masken. Und keinesfalls an Männer mit roten Gesichtern und einer Sprache, die Du mit einem Messer schneiden kannst.

»Ich kann nur hoffen, er ist vorsichtig.«

»Das wird er sein. Bisher ist ihm noch nie etwas zugestoßen.«

»Es hängt soviel von ihm ab. Um Himmels willen, glauben Sie wirklich, da könnte mich am Telefon jemand irregeführt haben?«

»Es ist nur eine Vermutung, und ich habe die Stimme ja auch nicht gehört. Aber es scheint mir merkwürdig genug, wenn es Miss Lawrence gewesen sein sollte, daß sie nichts davon gesagt hat, wo sie ist.«

»Vielleicht weiß sie es nicht. Man könnte sie in einem Wagen entführt und irgendwo eingeschlossen haben.«

»Aber erinnern Sie sich doch, sie benutzte ein Telefon. Sie muß Geld eingeworfen haben. Und nach Ihrer Erzählung war sie in einem Haus, so hätte sie doch ihre Nummer angeben können. Verzeihen Sie, das sind alles nur Überlegungen, aber sollten Sie einen weiteren Anruf erhalten, so lassen Sie sich die Nummer geben, bevor Sie Ihre Informationen preisgeben.«

»Das werde ich«, versprach Janet entschlossen. »Und falls ich einen weiteren Anruf bekomme, werde ich selbstverständlich Mr. Crook anrufen, was auch immer für Hindernisse in meinen Weg gelegt werden.«

Die arme alte Dame sah ziemlich mitgenommen aus, so daß Mr. Watson darauf bestand, an einem Café zu halten und sie zu einer Tasse Kaffee einzuladen. Es regnete jetzt in Strömen und bestätigte Miss Websters Prognose und ihre Warnung, daß alte Damen bei diesem Wetter am besten zu Hause aufgehoben wären. Janet, die vergessen hatte, daß sie den Hut einer anderen aufgesetzt hatte, hielt ihn fest und eilte in den Raum. Der Kaffee, den Mr. Watson von der Selbstbedienungsbar geholt hatte, denn er hatte darauf bestanden, sie zu bedienen, war heiß, erfrischend und süß, und er holte ihr auch noch von einem anderen Stand den Kuchen, den sie am liebsten hatte. Er selbst wollte nichts essen, fragte aber, ob es sie störe, wenn er rauche, was sie verneinte. Er zündete sich eine wohlriechende türkische Zigarette an, ein krasser Gegensatz zu den aus Abfällen hergestellten der ersten Nachkriegsjahre.

Miss Martin sollte versprechen, Crook sofort ihre neue Anschrift mitzuteilen. Er sprach ihr auch gut zu, sich keine weiteren Sorgen zu machen. Crook sei doch schon am Zuge und nicht einmal Winston Churchill könne ihn stoppen, wenn er etwas schier Unmögliches vollbringen wolle. Es sähe ihm ähnlich, wenn er schon morgen nach Beverley käme.

»Ich vermute, Sie werden noch dort sein, wenn er kommt«, und mit diesen Worten drückte er die Zigarette im Aschbecher aus.

»In dieser Situation möchte ich gar nicht fortgehen, aber ich bin leider in einem Alter, in dem die eigenen Wünsche kein Gewicht mehr haben.«

Als sie sich schon dem Heim näherten, bat sie ihn, sie doch

schon an der Ecke abzusetzen. »Ich brauche nur eine Minute, um ins Haus zu gehen, und habe somit kaum Zeit, richtig naß zu werden. Ich hasse zwar Umschweife, aber zweifelsohne schauen sie schon nach mir aus, denn meine Nichte müßte bereits eingetroffen sein. Es macht mich immer verlegen, bei der kleinsten Bewegung überprüft zu werden, das mag unvernünftig sein, aber ich bin einfach nicht daran gewöhnt. Ich kann mir nicht helfen, aber ich bin der Überzeugung, Miss Webster und Miss Maynard hätten schon während des Krieges Dienst machen sollen, sie hätten dann den Kampf um die Freiheit kennengelernt und wären demokratischer, als sie jetzt sind. Ich habe als Brandwächter geholfen, eigentlich taten das alle, einmal sogar eine Bombe rechtzeitig entdeckt, die auf ein öffentliches Gebäude gefallen war, und dadurch konnte es gelöscht werden. Ich meine, beiden fehlt die Erfahrung, die man macht, wenn man zwangsweise in Räumen eingeschlossen ist.«

Mr. Watson meinte, er verstehe das alles recht gut, und hielt gemäß ihrem Wunsch den Wagen an der Ecke an. Janet stieg aus, dankte ihm überschwenglich für seine Mühe und für die wunderbare Fahrt mit dem schönen Wagen — ein Hochgenuß, darin zu fahren. Da sie keinen abwertenden Vergleich anstellen wollte, fügte sie schnell hinzu, Mr. Crooks offener Wagen sei ebenfalls wunderbar mit seiner prächtigen Farbe und dem einfallsreichen Namen 'Peitsche'. Lustig! Und Mr. Watson möge sie Mr. Crook in Erinnerung bringen, dann stapfte sie atemlos davon, so daß er ihr nur noch versichern konnte, sie wäre hilfreicher gewesen, als sie glaube. Sie trennten sich zu gegenseitiger Zufriedenheit, sie ging, immer noch mit ihrem Phantasiehut, durch das Tor des Altenheims, und Mr. Watson fuhr zurück, um seinen Bericht zu erstatten.

13

Als Janet durch das Gartentor huschte, begann das Spektakel. Zur gleichen Zeit wurde die Haustür geöffnet und ein Sturm menschlicher Entrüstung brach los. Er war ausgelöst durch Mrs. Mount, die inzwischen bemerkt hatte, daß ihr unvergleichlicher Hut verschwunden war, und die nun auf die Ankommende losfuhr, um ihn ihr runterzureißen, wenn möglich mitsamt den Haaren, so sehr war sie in Wut geraten.

»Verdorben«, schrie sie, als sie das scheußliche aufgeweichte Etwas in ihrer Hand betrachtete. »Mein schöner Hut in den Regen gekommen! Den kann ich überhaupt nicht mehr tragen.«

»Ich ... es ...«, stotterte Janet, zu Tode erschrocken, denn erst jetzt kam es ihr zum Bewußtsein, daß sie unverzeihlich gehandelt hatte: Einfach einer anderen den Hut wegnehmen, ohne sie um Erlaubnis zu fragen. Alles nur in eigenem Interesse und für andere sogar noch unverständlich. Sie mußte sich zugestehen, daß sie selbst wütend wäre, steckte sie in Mrs. Mounts Schuhen. Aber sie hatte auch gar keine Gelegenheit, sich zu entschuldigen, denn Mrs. Mount goß die Schale ihres Zornes wie der Engel der Offenbarung über sie aus.

»Sie Dieb«, brach es aus ihr heraus, »haben Sie nie die Bibel gelesen? Wissen Sie überhaupt, was mit Frauen wie Ihnen geschieht? Haben Sie nie von Pech und Schwefel gehört und der Hölle, wo das Feuer nie ausgeht?«

Während Ihrer Anklage schüttelte sie immer den verunstalteten Hut vor dem Gesicht der armen Janet herum. Und solange die beiden im Vorraum standen, kamen die anderen Insassen die Stufen herauf oder aus der Tür des Wohnzimmers, je nach Temperament verzaubert oder entsetzt ob der Szene. Janet schämte sich insbesondere deshalb, weil ihre erste Reaktion ein Schock war, daß sie ein solches Monstrum überhaupt aufgesetzt hatte.

»Ich muß verrückt gewesen sein ...« Mrs. Mount nahm den Ball auf und schrie verächtlich: »Verrückt, bestimmt! Und wissen Sie, was jetzt passiert? Sie werden Sie einsperren. Deswegen ist auch der Arzt hier. In diesem Haus darf es niemand wie Sie geben, wir anderen sind anständige Leute!«

Zu diesem Zeitpunkt erschien Miss Webster, eigentlich etwas spät, und faßte Mrs. Mount am Arm. »Wir können keinen Krach gebrauchen, das wissen Sie doch sicher. Haben Sie denn alle beide den Verstand verloren?«

Mrs. Mount wütete. »Sie hatte kein Recht, den Hut zu nehmen. Er gehört mir, und sie hat mich nicht darum gebeten.«

»Es war ein Versehen.«

»Versehen«, kreischte Mrs. Mount, »wie kann sie aus Versehen meinen Hut nehmen anstelle des Samtpfannkuchens, den sie gewöhnlich aufsetzt?«

»Jedenfalls wollen wir hier keine Szene haben. Miss Martin, Ihre Nichte ist schon länger hier, ich vermute, Sie haben vergessen, daß sie kommen wollte. Und wenn Sie den Hut von Mrs. Mount wohlüberlegt genommen haben, dann ist das schlimm und außerdem hinterlistig.«

Die arme Janet versuchte, sich an der Sicherheit aufzurichten, die Mr. Watson ihr gegeben hatte, doch erfolglos. Sie hatten beide recht. Sie hatte schlecht und unverzeihlich gehandelt. Es war unmöglich, und Doreen würde furchtbar ärgerlich sein.

Zu denken, Doreen wäre ärgerlich geworden, war ein Wunder an Untertreibung. Sie war in einer solchen Wut, die manche zwar königlich nennen, aber in Janets Augen benahm sie sich eher wie ein Fischweib. Sie hatte ja eigentlich Grund für ihr Mißfallen. Es war schlimm genug gewesen, daß man sie schon wieder nach Elsham holte, kaum, daß sie zu Hause angekommen war. Und bei so kurzfristiger Benachrichtigung mußte sie sich auch noch mit einem Zimmer im Anbau ihres Clubs begnügen, das eine halbe Meile vom Bad entfernt lag und kein Zimmertelefon hatte. Das Badewasser war kalt gewesen, das Frühstück dürftig, und außerdem hatte sie noch den Zug verpaßt, ohne ihr Verschulden natürlich, den sie eigentlich nehmen wollte. Da sie später als beabsichtigt eintraf, hatte sie sich auch noch den Luxus eines Taxis leisten müssen, um dann, als sie Elsham erreichte, feststellen zu dürfen, daß ihre Tante verschwunden war.

Sie meinte, das wäre Grund genug, um aus der Haut zu fahren, was sie mit soviel Aufwand machte, daß die Schau für die Insassen von Beverley, die Leiterinnen eingeschlossen, dem Gerichtshof des Kardinals zu gleichen schien, als man feststellte, daß der Ring seiner Eminenz gestohlen war. Alle liefen hierhin und dorthin, um Janet überall zu suchen, als ob sie jenes biblische Silberstück sei. Sie wurden so hysterisch, daß sie unter Teppichen und in leeren Blumentöpfen suchten, ob da vielleicht etwas wiedergefunden werden könne, vergebens. Inzwischen war Miss Maynard wieder eingefallen, daß sie jenen Hut am Fenster vorbeigleiten gesehen hatte, und gleichzeitig stellte sie fest, daß Mrs. Mount inzwischen in einer Ecke des Wohnzimmers saß und in ihrem roten Buch über Andachtsübungen las.

Miss Maynard gab ihre Beobachtungen an Miss Webster weiter. Die war zu dem Ergebnis gekommen, Miss Martin habe alle Mitbewohnerinnen angesteckt. Und so würde es nicht bloß den Ärger mit Miss Blake geben, sondern, zum Teufel nochmal, den mit Mrs. Mount, wann auch immer sie entdeckte, was passiert war.

»Aber da Sie ja gewiß wußten, daß ich komme, hätten Sie sie im Auge behalten können.« Doreen, die nun mit Bestimmtheit wußte, daß Miss Webster ihre Tante nicht länger im Haus behalten wollte, verschwendete keinen unnötigen Takt mehr. »Wohin, um Gottes willen, kann sie denn gegangen sein?«

»Ich fürchte, sie ist recht wunderlich geworden. Gestern verschwand sie, ohne uns zu unterrichten, und wurde von einem Fremden im Auto zurückgebracht. Ich kann einfach keine Verantwortung mehr für sie übernehmen. Sie hat auch bereits Leute aus dem Ort belästigt, ist ihnen nachgegangen, hat sie sogar aus einem Versteck heraus ausspioniert und bringt die tollsten Geschichten in Umlauf.«

»Na, da muß ich aber wirklich sagen, sie leidet an Gehirnerweichung«, war Doreens brutale Antwort. »Lieber Himmel, warum können diese Alten nicht sterben, wenn sie weder sich noch anderen etwas nützen.«

Sie hatte keine Ahnung, wie schnell Janet Martin ihr diesmal gehorchen würde.

Doreen hatte kaum damit geendet, die unglückliche Miss Webster herunterzumachen, als der Arzt eintraf. An dieser Arbeit hatte er wenig Freude. Nach seiner Erfahrung wurden die meisten alten Leute etwas schwachsinnig, so daß sie am besten in einem entsprechenden Heim untergebracht waren, wenn es keine zuständigen Verwandten gab. Nach dem, was ihm Miss Webster berichtet hatte, war er darauf vorbereitet, eine Bescheinigung auszustellen, die Janets Geisteszustand feststellte, und ohne Schwierigkeit würde er auch noch die zweite Unterschrift des am gleichen Ort niedergelassenen Arztes erhalten. Im letzten Fall, der ihm bekannt war, hatte man Geistesschwäche mit Gewalttätigkeit in Verbindung gebracht. Das konnte ein Trugschluß sein. Er stimmte in seinem Innersten mit Doreen überein, es war schlimm, daß man die unnützen Alten nicht einfach beseitigen konnte, anstatt sie die Erde bevölkern zu lassen und Platz, Nahrung und Betreuung an sie zu verschwenden, die man besser Jüngeren zuwenden konnte.

Als er das Haus erreicht hatte, war er ärgerlich gewesen, die Patientin nicht vorzufinden und statt ihrer ein offenherziges und geschwätziges Weib, offenbar ihre Nichte, wie er richtig vermutete. Er konnte absolut nicht verstehen, warum sie nicht für die Tante sorgen konnte. Es erschien ihm lächerlich, wenn man sie darüber reden hörte, sie wolle ihr eigenes Leben leben. Sie hatte weder Mann noch Kinder, so daß eine alte Tante zu versorgen eine selbstverständliche Aufgabe für sie hätte sein müssen. Sie sprach allerlei Unsinn über ihre Arbeit, aber seiner Meinung nach waren solche Kleinkram-Kunstläden, wie sie einen besaß, nur gut für den Inhaber und heizten ansonsten bloß die Inflation an.

Er wollte gerade sagen, daß er nicht länger bleiben konnte — er hatte auch nicht die Absicht, seine Hände bei diesem Geschäft schmutzig zu machen —, als der Höllenlärm in der Halle losging. Miss Martin war demnach zurückgekommen, und Miss Webster entfernte sich, um dem Krach ein Ende zu bereiten. Doreen nahm die Gelegenheit wahr, um ihm zu sagen, ihre Tante wäre anscheinend für das Heim nicht mehr tragbar. Er konnte sie nicht leiden und erwiderte: »Eines Tages wird die nächste Generation das auch von uns sagen.«

Dann nahmen Durcheinander und Lärm ein Ende, Miss Maynard führte die unwillige Mrs. Mount fort und Miss Webster kam mit Janet Martin herein.

»Das ist Dr. Weyland, er wollte Sie sehen.«

Janet fiel ihr schnell ins Wort. »Mir geht es ausgezeichnet, bis auf eine Erkältung, die ich im letzten Monat hatte. Dagegen haben Ärzte ja wohl kein Mittel.« Ihre Sprache hatte mehr Schärfe als sonst, denn sie sah voraus, daß sie eine Menge Unannehmlichkeiten zu erwarten hatte, besonders nach dem Krach mit Mrs. Mount. In dem kurzen Augenblick, da sie im Regen gestanden hatte, als ihr der Hut vom Kopf gerissen wurde, war ihr Haar triefend naß geworden. Es hing ihr unordentlich über Ohren und Nacken.

»Wenn Sie erkältet sind, sollten Sie nicht bei diesem Wetter ausgehen«, meinte der Arzt recht gleichgültig. Er hatte kein Interesse an alten Leuten. Er entschied sich aber immer für taktvolles Benehmen, wobei er so wenig beteiligt war, wie etwa Janet Martin, wenn sie sich die Handschuhe überstreifte, um zum Postamt zu gehen.

»Ich bin gefahren«, sagte sie, und Miss Webster fragte: »Schon wieder?«

Doreen wollte wissen, mit wem, und der Arzt machte einen Scherz und meinte: »Wie wir sehen, bringen Ihre jungen Männer Sie immer wieder heil nach Haus. Wir glaubten schon, Sie wären entführt worden.«

Janet fand, daß sie allesamt recht albern waren, und wunderte sich, daß sie jemals Angst vor ihnen gehabt hatte. Das konnte auch daher kommen, daß sie ihnen bisher allein gegenüber gestanden hatte, während sie jetzt Mr. Crook und den netten Mr. Watson auf ihrer Seite hatte. Daher bemerkte sie nur, daß der Regen aufgehört hätte, und ob Doreen sie zum Lunch ausführen wolle.

Dr. Weyland entgegnete ihr, beide Damen wären besorgt um sie und wollten, daß sie untersucht würde, um sich zu vergewissern, daß nichts Ernstliches vorliege.

»Was sollte vorliegen?«

»Die beste Maschine braucht manchmal Öl. Vielleicht ist auch ein kleiner Wechsel gut.«

»Ich möchte hier nicht fortgehen, falls Sie das meinen«, warf Janet ein, und der Arzt lachte und sagte: »Kein begehrtes Zeugnis, was, Miss Webster? Immerhin kann es nicht schaden, wenn ich Sie untersuche. Vielleicht veranlasse ich die Oberin, Sie mit Huhn und Champagner aufzupäppeln.«

Janet verspürte eine große Abneigung gegen ihn. Sie fühlte sich wie eine Schwachsinnige behandelt. Wenn er gewußt hätte, wie genau sie in ihm zu lesen verstand, wäre er wohl um einiges vorsichtiger gewesen. Er nahm sie mit sich in einen abgelegenen Raum, horchte und befühlte und beklopfte sie, und fragte sie allerlei, was sie ihm halb träumerisch beantwortete, weil nichts, was er sagte oder tat, etwas ändern konnte. Sie war in ein Komplott eingeschlossen, von dem er nichts wußte, und ihre Zukunft konnte ebenso von Hoffnungen wie von Gefahr bestimmt sein. Als er sie aufzog, daß sie von jungen Männern aufgelesen werde, erwiderte sie kühl: »Mr. Crook ist kein junger Mann, und ich höre auch das Wort 'auflesen' ungern. Ich habe Besprechungen und eine verantwortungsvolle Aufgabe«, und damit unterbrach sie sich und wünschte, sie hätte sich nicht die Zunge verbrannt. Er sah sie ziemlich unheimlich an, auch deshalb wollte sie keine weiteren Erklärungen abgeben.

»Eine Angelegenheit von Leben und Tod«, meinte der Arzt in der gleichen spöttischen Art.

»Ja«, gestand sie. »Das ist tatsächlich wahr.«

»Warum nicht die Polizei verständigen?« Er beobachtete sie sorgfältiger, als sie ahnte.

»Das wäre vielleicht verhängnisvoll. Mr. Crook meint, man kann immer sehen, ob die Polizei dagewesen ist, sie sind den Dingen nicht gewachsen und hinterlassen ihre Spuren.«

Der Arzt lachte herzlich. »Er scheint ein Witzbold zu sein, Ihr Mr. Crook.« Er versuchte, sie weiter auszuhorchen, aber sie verschloß sich plötzlich. Sie wünschte, sie hätte seinen Namen überhaupt nicht genannt. Auch merkte sie, daß der Arzt über sie lachte. Sicher würde er diese Unterhaltung an Doreen und Miss Webster weitergeben.

»Er schnüffelt ein bißchen herum, ja«, fuhr Dr. Weyland fort. »Was will er untersuchen? Mord?« Er war überrascht über den Ausdruck, den ihr Gesicht annahm, überrascht und etwas erschrocken, aber er war nicht argwöhnisch. Wenn alte Leute sich etwas in den Kopf gesetzt haben, kann man sie davon ebensowenig abbringen, wie man einen Krebs loswird, der sich am großen Zeh festgebissen hat.

»Ich möchte lieber nicht so etwas vermuten, bestimmt nicht, kein Mord.«

Sie zitterte wie Espenlaub, und Weyland war jetzt überzeugt, daß sie total übergeschnappt war, und wie sich das auswirken würde, war schwer vorauszusagen. Erst der Höllenlärm und jetzt fand sie keine Worte mehr. Er bewunderte Miss Webster und glaubte, daß sie in diesem Beruf ihre Fähigkeiten verschwendete. Natürlich wollte er ihr helfen. Kreaturen mit Wahnvorstellungen sollten nicht länger in ihrem Heim bleiben müssen. Sie war lange genug verständnisvoll mit Janet Martin umgegangen. Er bestätigte ihr, daß er ebenfalls gegen Mord sei, und nun aber wäre er mit seiner Untersuchung fertig und wolle ihr beim Ankleiden helfen. Sie lehnte das mit Bestimmtheit ab, da sie sich ja das ganze Leben lang selbst angezogen hätte und das jetzt auch noch könnte. Der Arzt ging in den Nebenraum, wo Miss Webster und Doreen auf das Ergebnis seiner Untersuchung warteten. Er schloß die Tür sorgfältig und ging auf sie zu.

»Dumm und verrückt.« Damit beantwortete er die unausgesprochene Frage. »Sie leidet an Verfolgungswahn, schnattert über Mord, der nicht zugelassen werden darf. Mit wem war sie nun wirklich heute morgen aus?«

»Ich habe nicht die geringste Vorstellung«, bekannte Miss Webster. »Wie ich bereits erwähnte, kam sie gestern mit einem Fremden zurück und wünschte, unbedingt mit jemand namens Cook zu telefonieren ...«

»Merkwürdig, sie hat auch zu mir von Cook oder Crook gesprochen.«

»Sie hat so eine Vorstellung von einem Kind im Waisenhaus, das von einem Geheimnis umgeben ist. Deswegen behauptet sie, einen Privatdetektiv beauftragt zu haben. Dazu kommt noch die Schnapsidee, den Hut von Mrs. Mount aufzusetzen. Wäre sie richtig im Kopf, würde sie das niemals machen.«

»Keine Frage«, meinte der Arzt zustimmend, »denn wenn sie anfangen, über Mord zu faseln, ist es Zeit einzuschreiten, ehe sie möglicherweise selbst einen begehen. Nein, da gibt es nichts zu bedenken. Ich muß noch mit Thompson sprechen, aber ich versichere Ihnen, es gibt keine weiteren Schwierigkeiten mehr.«

»Vermutet Sie etwas?«

»Ich habe sie darauf aufmerksam gemacht, daß sie ihr Herz schonen soll. Sie ist nicht ernsthaft krank, aber mit 74 kann es nicht mehr so arbeiten wie mit 17. Immerhin sollte man in dem Alter vorsichtig sein.«

Damit verabschiedete er sich, und man konnte merken, er nahm so wenig Anteil an der Angelegenheit wie ein Hausmädchen, das eine Wanze zertritt.

Janet Martin trat kurze Zeit danach ein, ordentlich wie immer. »Was sagte er?«

»Nur, daß Sie vorsichtig sein müssen und es hier für Sie nicht ruhig genug ist«, meinte Miss Webster. »Eigentlich wollte Miss Blake Sie ja zum Lunch ausführen, aber unter diesen Umständen, und nachdem Sie bei diesem Wetter schon draußen waren ...«

»Ich muß unbedingt in die Stadt zurück«, unterbrach sie Doreen. »Wir sind so im Druck mit unserer Arbeit, und meine Partnerin Agatha ist schwer erkältet. Wenn es nicht um unser täglich Brot gehen würde, müßte sie im Bett bleiben, aber wenn man für seinen Unterhalt arbeitet, kann man es sich nicht leisten, krank zu sein. Ich erreiche noch den Nachmittagszug, so daß ich zu einem späten Abendessen zu Hause bin. Agatha kann mich vom Bahnhof abholen. Gott sei Dank haben wir die Treibstoffzuteilung bekommen.«

»Bei einer so schrecklichen Erkältung dürfte sie eigentlich nicht so spät ausgehen, oder?«

»Sie wird sich gut anziehen. Auch ist unser Klima gesünder.«

»Das habe ich auch schon gehört, aber jedesmal, ich weiß nicht wieso, wenn ich in der Gegend einen Urlaub machen wollte, kam irgendwas dazwischen.«

Doreen warf einen schnellen Blick auf die Oberin. Das war genau die Art Unterhaltung, die sie vermeiden wollte. Glücklicherweise begann die Glocke für das Essen zu läuten, und alle strebten zum Speisesaal. Die Oberin lud Doreen ein, zum Essen dazubleiben, aber die lehnte ab, ihre Zugverbindung ...

Mit ihrer klaren Stimme fragte Janet: »Ich verstehe überhaupt nicht, warum Du diese weite Reise unternommen hast, Doreen. Miss Webster hätte Dir doch den Bericht des Arztes zusenden können. Ich habe das Gefühl, daß Ihr mir was verschweigt.«

»Du mußt die Leute nicht falsch verdächtigen, Tante Janet, das gibt ihnen zu denken.«

Janet sah Doreen fest an, die küßte sie flüchtig und ging schnell fort. Irgendwie fühlte sie sich wie Judas Zacharias. Als Doreen gegangen war, wandte sich Janet höflich an die Oberin, um sie zu fragen, ob der Arzt vielleicht etwas mehr gesagt hätte, als ihr von Doreen berichtet wurde. Denn den Patienten sagt man ja gewöhnlich nicht alles.

»Sie sollen Ihr Herz in acht nehmen und sich nicht aufregen.«

»Ich verstehe, aber in Wirklichkeit meint er, ich solle die Untersuchung aufgeben, die ich begonnen habe. Aber Sie müssen doch verstehen, daß das meine Pflicht ist, wie unangenehm und gefahrvoll sie auch sein mag.«

Miss Webster betrachtete sie mit einer Art von trauriger Genugtuung. Dr. Weyland hatte recht. Es war zweifelsfrei, daß sie übergeschnappt war.

Als Janet in ihr Zimmer gegangen war, um sich für das Mittagessen fertigzumachen, mußte sie zu ihrem Schrecken feststellen, daß Mrs. Mount auf ihrem Bett saß und emsig damit beschäftigt war, ihren einzigen Hut zu zerschneiden. Er war aus schwarzem Samt, und eine glänzende Spange war sein einziger Schmuck. Mit einer winzigen Schere schnitt sie an ihm herum und stach in ihn hinein, ohne Janets Anwesenheit zu bemerken, denn sie hob nicht mal den Kopf, sondern murmelte nur ununterbrochen vor sich hin.

Erst als Janets Herz aufgehört hatte, heftig zu schlagen, konnte sie aussprechen: »Mein ist die Rache, spricht der Herr.« Dann lachte sie auf und meinte: »Aber Gott hilft denen, die sich selbst helfen.« Sie verließ schnell das Zimmer, erschrocken und empört. Da steckt soviel Bosheit, soviel Wut hinter dieser sinnlosen Zerstörung, soviel verstohlene Gotteslästerung!

In der Halle stand Miss Webster, die mit Miss Maynard sprach und sich zu ihr wandte: »Sie sollten längst beim Essen sein, Mrs. Mount wird sonst ihre Portion mitaufessen, wenn Sie sich nicht ranhalten.«

»Nein, das wird sie bestimmt nicht, sie ist nicht hier unten, sie ...«

Einen Augenblick lang glaubte Miss Webster schon, eine weitere Mordgeschichte aufgetischt zu bekommen.

Aber dann fuhr Janet fort: »Sie sitzt oben auf ihrem Bett und zerschneidet meinen Hut.«

Miss Webster war so erlöst, daß sie laut auflachte.

»Es ist aber nicht lustig«, begehrte Janet auf. Aber in ihrer Stimme war weder Entrüstung noch Groll.

Miss Webster war sofort umgestimmt. »Nein, das ist in der Tat nicht lustig. Es war unhöflich von mir, zu lachen. Wenn Mrs. Mount wirklich Ihren Hut zerstört hat, müssen Sie einen neuen haben.«

»Doreen wird das nicht gefallen.«

»Nun sollten Sie aber essen gehen!«

Aber erst nach einigen Minuten war die Arme fähig, sich den anderen gegenüberzusetzen, so daß, als sie reinkam, Mrs. Mount bereits am Tisch saß und wie gewöhnlich gereizt sprach, doch nicht zorniger als sonst. Sie erzählte ihrer Nachbarin den Traum der letzten Nacht, einen vom Tod.

»Meine Träume werden immer wahr«, sagte sie geheimnisvoll. »Der Tod kommt bestimmt hierher, denken Sie an meine Worte!«

»Umgekehrt«, widersprach die Nachbarin, »vom Tod träumen bedeutet eine Geburt.«

Mrs. Mount lachte gackernd. »Was, hier, Miss Fay? Niemals! Leicht zu merken, daß Sie eine alte Jungfer sind.«

Inzwischen hatte Miss Maynard den Raum betreten und unterbrach den Streit mit der Mitteilung, daß der Vikar von St. Jude im Verlauf des folgenden Monats einen Verkauf von Handarbeiten und Selbstgebasteltem veranstalten würde. Der Ertrag sollte der Heidenbekehrung dienen. Mrs. Ormerod sorgte für neue Aufregung, weil sie laut beanstandete, daß niemals ein Verkauf zugunsten von Christen stattfinden würde. »Nur immer für die Unbekehrten und für Mädchen, die vom rechten Wege abgekommen sind! Als ich jung verheiratet war, nahm mein Mann mich einmal zu Pastor Bernhard Vaughan mit. Der war damals in Mode, eine ausgezeichnete Erscheinung, noch, als ob es heute wäre, sehe ich ihn auf der Kanzel stehen. 'Gebt mir den Mann oder die Frau, die gesündigt haben!' Zu meinem Mann sagte ich auf dem Heimweg: So etwas bedeutet einfach mehr. An der Tugend ist niemand interessiert, bevor sie verloren gegangen ist.«

Mrs. Mount hatte sich so weit vorgebeugt, daß sie ihr spitzes Kinn beinahe in die Graupensuppe tunkte. »Es steht alles in der Bibel, Mrs. Ormerod«, versicherte sie ihr. »Wirklich schlimm, daß die Leute soviel Zeit damit zubringen, Zeitungen voll von leerem Stroh zu lesen, und nicht das Wort Gottes: Es ist mehr Freude im Himmel über einen reuigen Sünder als über neunundneunzig Gerechte, die keine Buße nötig haben!«

Miss Maynard, die Erfahrung darin hatte, wie leicht Gespräche über Religion zu Streitereien führen können, wechselte schnell das Thema. Und Mrs. Mount war ohnehin abgelenkt durch die Tatsache, daß niemand außer ihr sich mehr von der restlichen Torte bedienen wollte. Nach dem Essen trennten sich die Damen wie gewöhnlich, und Janet war recht froh, daß man ihr vorschlug, sich etwas in ihrem Zimmer auszuruhen, weil sie so müde aussah. Sie war auch zu Tode erschöpft, hatte nichts gegessen und fühlte sich, wie sie sich selbst eingestand, wie ausgehöhlt. Sie erklärte Miss Maynard noch, daß sie in der kommenden Nacht nicht mit Mrs. Mount zusammen schlafen wolle, da sie sich vor ihr fürchtete. Diese berichtete ihr aber, sie habe bereits mit ihr gesprochen, sie bereue die Geschichte mit dem Hut und wolle sich auch später dafür entschuldigen. Janet aber hoffte insgeheim, sie so bald nicht zu sehen, sie hätte das unerträglich gefunden nach all den Ereignissen des Tages. Nach ihrer Angst um Terry, der völlig unerwarteten erfreulichen Ausfahrt, dem schrecklichen Auftritt mit Mrs. Mount, der Untersuchung durch den Arzt und dem Verdacht, daß etwas Unerfreuliches für ihre Zukunft geplant sei, wünschte sie sich nichts sehnlicher, als zu schlafen, endlos, in dunkle Fluten zu versinken, alle Schwierigkeiten der Gegenwart zu vergessen und aufzuwachen, um all dieses gelöst vorzufinden. Dabei hatte sie ein Gefühl der Sicherheit, weil sie sich um Terry und Pamela keine Sorgen mehr zu machen brauchte, denn Crook und Watson würden auf sie aufpassen.

Es kam ihr überhaupt nicht in den Sinn, daß ihre beiden Wohltäter nicht auf einer Seite kämpften.

14

Es war schrecklich enttäuschend, denn bald mußte sie feststellen, daß sie trotz einer Wärmflasche überhaupt nicht einschlafen konnte. Das wunderbare schläfrige Gefühl, das sich nach der Lunchzeit eingestellt hatte, war verschwunden, und sie fühlte sich ruhelos und voller Angst, für die sie keinen Grund sah. Sie bemühte sich vergebens, in ein Geheimnis einzudringen, sie wußte, daß sie von feindlichen Einflüssen bedroht war, und wälzte sich hin und her. Kaum hatte sie sich beruhigt, als die Tür vorsichtig geöffnet wurde. Sie war verzweifelt, daß sie nicht in Ruhe gelassen wurde, und glaubte, eine der Oberinnen wollte sich überzeugen, daß es ihr gut ginge. Es ist ein Fehler, wenn Frauen zuviel Pflichtgefühl haben, wie Gift und Messer bringt es die Leute vorzeitig ins Grab, dachte sie bei sich. In diesem Fall allerdings war es keine der Oberinnen, sondern die alte Mrs. Mount. Bei ihrem Anblick wollte Janet schon flüchten, aber die legte den Finger an die Lippen.

»Machen Sie keinen Lärm, Sie wissen doch, wie es hier ist, die reinste Inquisition! Erinnern Sie sich? Überall heimliche Augen. Man kann über Heinrich den Siebten sagen, was man will, aber er tat recht daran, die römische Knechtschaft zu brechen.« Sie kam näher. »Sie Ärmste, Sie sehen so müde aus!«

»Ich versuchte gerade einzuschlafen«, gestand Janet, die die dürren zuckenden Hände bemerkte.

»Gut so, das beste für Sie. Ich kam nur, um Ihnen zu sagen, wie leid mir die Sache mit dem Hut tut. So wie ich es jetzt sehe, war es denkbar unchristlich. Zuerst handelte ich wie ‘Auge um Auge, Zahn um Zahn’. Aber nachdem ich noch einmal in meinem Evangelienbuch nachgelesen hatte, ich bewahre es hier auf« — sie schlug sich auf ihre magere Brust — »fand ich die Stelle: Es ist gesagt, seid nicht zornig und versündigt Euch nicht, laßt die Sonne nicht über Eurem Zorn untergehen!«

Janet war verwirrt und verstand nichts. Heute sei doch keine Sonne, meinte sie etwas kindisch.

»Meine Liebe, ich glaube, Sie brauchen ein Aspirin.«

Tatsächlich hatte Janet den gleichen Gedanken gehabt, aber unglücklicherweise waren ihre Aspirin ihr ausgegangen.

»Ich will Ihnen welche geben«, erbot sich Mrs. Mount eifrig.

»Aber Sie nehmen doch selbst nie welche, Sie sprechen immer von Drogen ...«

»Nein, ich habe keine, aber ich weiß, wo *sie* welche aufbewahrt.« Sie meinte natürlich Miss Webster.

»Aber das können Sie nicht ...« Aber sie wurde unterbrochen, sie solle sich keine Sorgen machen, man solle vor niemandem Furcht haben, wie es in der Bibel heißt, aber ebenso müsse man barmherzig sein, so jedenfalls wird der Text fortgesetzt. »Ich weiß, daß sie eine ganze Flasche mit Aspirin im Medikamentenschrank aufbewahrt.«

»Aber da erreichen Sie nichts, Mrs. Mount, der ist abgeschlossen, und Miss Webster trägt den Schlüssel an ihrer Halskette.«

Mrs. Mount fing schrecklich laut an zu lachen. »Die denken, wir sind hier alle dämlich, wir wissen überhaupt nichts und wenn wir einmal etwas wußten, haben wir es verlernt. Dieses Schloß ist ein Kinderspiel. Jeder, der bis drei zählen kann, vermag es mit etwas Draht zu öffnen. Sie dürfen nicht so erschrocken aussehen und mir möglichst noch sagen, sie wollen dann lieber kein Aspirin, wenn Sie es doch insgeheim gern haben möchten. Jetzt darf ich Miss Webster nicht stören, aber das ist für mich kein Grund, daß Sie kein Aspirin bekommen sollten.« Triumphierend marschierte sie aus dem Raum und ließ die zitternde Janet allein. Wenige Minuten später kehrte sie zurück mit zwei weißen Tabletten in der offenen Hand. »Ich habe nicht die ganze Flasche gebracht, so wird sie es nicht erfahren, und jetzt hole ich Ihnen ein Glas Wasser.« Sie beobachtete, wie Janet die Tabletten in den Mund nahm und mit Wasser hinunterspülte. »Manche Leute können sie trocken schlucken, aber ich finde, sie sind so bitter.«

Janet bedankte sich bewegt und meinte dazu, sie könne nun wirklich schlafen. Mrs. Mount sah auf sie herunter. Die Betten waren ziemlich niedrig, so daß sie riesig wirkte, aufgetürmt über Janets kleiner Gestalt. Plötzlich öffnete sie ihren Mund und sang mit einer erstaunlich zarten und süßen Stimme: »Still, meine Liebe, lieg ruhig und schlummere, selige Engel hüten Dein Bett, Segen des Himmels ohne Zahl fällt auf Dein Haupt ... Sie wissen, Miss Martin, ich habe recht, Sie werden lange, lange schlafen.«

Um vier Uhr fand das statt, was Mrs. Trent ein Kaffeestündchen nannte. Alle sehnten sich nach dieser Mahlzeit, denn sie unterbrach die Eintönigkeit der langen Nachmittage. Denn da es früh dunkel wurde und zudem recht kalt war, konnte man zu dieser Jahreszeit schwerlich einen Spaziergang machen. Für die meisten wäre auch der nur ein müdes Daherschleichen gewesen. Sie waren auch bereits morgens in den Läden gewesen, und der größere Teil von ihnen war entweder zu blind oder zu taub und meist zu arm, um in ein Kino zu gehen. Viele mochten auch die laufenden Programme nicht, sie entsprachen nicht mehr ihren Vorstellungen, und vor allem bedeutete Kino, auf den Nachmittagstee zu verzichten. Um das zu übertrumpfen, hätte Hollywood schon mit einem ganzen Sternenhimmel aufwarten müssen.

Daher versammelten sich alle kurz vor vier Uhr im Wohnzimmer, wohin dann auch pünktlich die vollen heißen Teekannen, die Milch und die Platten mit Brot und Butter hereingebracht wurden. Die Glücklicheren unter ihnen hatten dazu irgendeine Leckerei, von ihren Angehörigen mitgebracht, Honig oder Fruchtgelee, jedenfalls etwas, das Abwechslung bot und ihnen außerdem ein Gefühl der Überlegenheit gegenüber denen bot, die das entbehren mußten. Ohne dieses Gefühl scheint man im Leben ganz allgemein nicht auszukommen.

Außer Miss Martin waren alle pünktlich. Miss Maynard, die ihr Fehlen sofort bemerkte, fürchtete, sie wäre schon wieder fortgelaufen. Aber Mrs. Mount versicherte ihr, die Arme hätte sich hingelegt, es wäre ihr anzusehen gewesen, daß sie völlig übermüdet gewesen sei, und sie wollte gern bis zum Abendessen schlafen. Miss Maynard fand die Anteilnahme von Mrs. Mount verdächtig, und als alle mit Tee versorgt waren, ging sie hinauf in Janets Zimmer. Sie sah, daß sie fest eingeschlafen war, und entschied sich, sie nicht zu wecken. Das arme Ding hatte so wenig, worauf sie sich in Zukunft freuen konnte, so daß sie ruhig mal Tee außerhalb der Zeit bekommen konnte, falls sie zwischenzeitlich aufwachen würde.

Aber sie wollte überhaupt nicht aufwachen. Jede halbe Stunde sah Miss Maynard nach ihr, aber sie schlief weiter. Als sie erwog, das näher zu untersuchen, läutete das Telefon, und sie mußte das Gespräch entgegennehmen, da Miss Webster ihren freien Nachmittag hatte. Sie nahm sich vor, Miss Martin bis zum Abendessen schlafen zu lassen, und flüsterte das auch Mrs. Mount zu, als sie ihr auf der Treppe begegnete, und die nickte zustimmend, ja, das hätte die Arme auch gewollt, einen langen, tiefen Schlaf.

Der Anruf war von Miss Shaw gekommen, deren Tante in der folgenden Woche Janets Platz einnehmen sollte, um die Freude oder den Kummer zu haben, Mrs. Mounts Zimmergenossin zu werden. Aber Miss Maynard machte Ausflüchte, erklärte, das müsse von Miss Webster erst noch bestätigt werden, ehe man es als bindend betrachten könne. Daher war es schon nach sieben Uhr, als sie wieder nach Janet sah, die sich überhaupt nicht bewegt hatte. Sie durchquerte den Raum bis zum Bett und sagte munter: »Zeit zum Aufstehen!«

Und als sich die alte Dame nicht regte, legte sie eine Hand auf ihre Schulter. »Es ist Essenszeit.« Sie schüttelte sie vorsichtig. Aber keine Antwort erfolgte, wenn man nicht das sanfte Fallen des Kopfes als solche betrachten wollte. Sie fand das verdächtig, schob eine Hand in Janets Kleidung, um ihr Herz zu fühlen, und hörte nichts. Die Lider öffneten sich, als sie den Körper leicht bewegte, und da gab es keinen Zweifel, was geschehen war.

Vielleicht ist es am besten so, die arme Alte hatte nichts

mehr vom Leben zu erwarten, so ihr erster Gedanke. Nachdem sie die Tür leise geschlossen hatte, als ob sie die Schläferin jetzt noch stören könnte, ging sie hinunter und traf auf Miss Webster, die glücklicherweise gerade zurückgekommen war.

In einer Einrichtung wie Beverley kann man nichts geheimhalten. Die alten Damen wissen instinktiv, wenn Neue erwartet werden und Alte dahingehen. Es mußte in der Luft liegen, und kaum, daß sie die beiden Heimleiterinnen zusammen sprechen sahen, ahnten sie, irgendwas hatte sich ereignet. Alle waren im Wohnzimmer, um auf das Abendessen zu warten. Sie hatten sich herausgeputzt, eine Schleife oder Blume im Haar, Spangenschuhe angezogen, nicht gerade das, was Crook soup-and-fish nennen würde. Sie gehörten einer anderen Generation an, die es noch selbstverständlich gefunden hatte, sich zum Abendessen umzuziehen. Wenn sie soweit nicht gingen, so hatten sie doch eine kleine Veränderung an ihrer Kleidung vorgenommen, auch wenn das Abendessen nur aus harten Eiern, Toast und Tee und etwas Käse als Nachtisch bestand.

Ein aufgeregtes Raunen war durch das Haus gegangen, Türen wurden einen Spaltbreit geöffnet, und neugierige Augen und Ohren suchten etwas zu erfahren. Ein oder zwei, kühner als die anderen, begaben sich in den oberen Flur und auf die Treppe und veranlaßten die beiden Heimleiterinnen dazu, sich in das Zimmer der Oberin zurückzuziehen und die Tür zu schließen. Auch Miss Webster fand, daß dies Ereignis ein Segen für alle wäre.

Niemals in ihrem Leben hatte sie sich so geirrt.

Während Miss Maynard die Damen zum Abendessen führte, griff Miss Webster zum Telefon und erfuhr, daß Dr. Weyland ausgegangen war und niemand genau wußte, wann er zurück sein würde. Sie zögerte. In Notfällen konnte man einen zweiten Arzt anrufen, aber da Janet Martin bestimmt keine ärztliche Hilfe mehr brauchte, sie hatte sich inzwischen selbst davon überzeugt, schien es unnötig, ihn noch mit hineinzuziehen.

Ein Glück, daß Dr. Weyland sie am Vormittag untersucht hatte. Eine Leichenschau schadete einem Heim, auch wenn das Ergebnis vorherzusehen war, wie in diesem Fall. Ärgerlich war nur, daß sie den Leichnam nicht fortbringen lassen konnte, ehe sie mit dem Arzt gesprochen hatte, und doch war es erforderlich, daß er so schnell wie möglich ins Leichenhaus kam. Zwischen all diesen konfusen alten Leuten war es äußerst schwierig, eine Tote im Haus zu behalten. Es war niederdrückend für sie und ermahnte sie an ihr eignes, unausweichliches und vielleicht bald zu erwartendes Ende. Aber unternehmen konnte sie nichts.

Sie ging daher in den Speiseraum, um die Versammelten zu bitten, sich möglichst ruhig zu verhalten, da es Miss Martin schlecht ginge und der Arzt später kommen würde. Sie ordnete auch eine andere Unterbringung für Mrs. Mount an, noch ein Grund, die Tote möglichst schnell fortzubringen. Sie beantwortete die verschiedenen an sie gerichteten Fragen ausweichend.

»Sie möchte lange ruhen«, meinte sie, und Mrs. Mount nickte und verkündete: »So schenkt der Herr seinen Lieben den Schlaf.«

Aber trotz der Ermahnung konnte man die Alten an diesem Abend nicht ruhighalten. Sie flüsterten und liefen auf und ab, und eine versuchte sogar, in Janets Zimmer einzudringen, mußte aber feststellen, daß der Raum verschlossen war. Wilde Vermutungen wurden angestellt. Miss Martin wäre tot, ermordet, sie hätte die Pest, alle hätten sie bereits und würden sterben. Gemeinsam stimmten sie in einem Punkt überein: Von vornherein war es klar gewesen, daß irgend etwas mit ihr nicht normal war, und sie erinnerten sich daran, wie sie es sich gegenseitig vorhergesagt hatten. Der trübe Abend wurde jedenfalls von den Ereignissen überstrahlt.

Der Arzt rief um neun Uhr an, er war müde und enttäuscht. Er hatte um das Leben eines Jungen gekämpft und verloren, daher fand er es vernunftwidrig von Miss Webster, von ihm Interesse an Miss Martins Dahinscheiden zu erwarten. »Starb im Schlaf?« fragte er, »glücklich, so zu enden. Der junge Bursche heute ...« Er brach ab. »Ich will den Totenschein morgen früh schicken«, versprach er. »Ich sagte Ihnen ja, das Herz war schwach. Sie hat sich übernommen, denke ich, da kann man nichts machen. Es ist nur Glück im Unglück.«

Aber wie Crook später bemerken würde, es war die Art Unglück, die Wölfe verursachen, die sich als Lämmer verkleiden, um in die Herde zu drängen.

Er hörte von dem Todesfall, als er am nächsten Morgen im Heim anrief und Miss Martin zu sprechen wünschte. Miss Webster nahm den Anruf entgegen und erklärte ihm, die alte Dame wäre zu krank, um ans Telefon zu gehen. »Die Wahrheit ist«, sagte sie, da ihr eingefallen war, daß es Unglück bringt, um den Tod ein Geheimnis zu machen, »sie starb ganz plötzlich in der letzten Nacht, ganz friedlich.«

»Woran starb sie?« fragte Crook so kampflustig, daß sie ihn fragte, wer er sei.

»Ich bin ihr juristischer Ratgeber. Ich habe sie erst kürzlich gesehen, und da ging es ihr recht gut.«

»Leute mit schwachem Herzen sterben oft plötzlich, insbesondere, wenn sie schon alt sind.« Aber sie war so erschrocken wie nur möglich. Wie konnte eine völlig verarmte alte Dame, die von ihrer Nichte unterhalten wurde, einen Anwalt nötig haben und ihn sich leisten? Und warum hatten sie bisher nichts von ihm gehört? Es war ein Unterschied, über jemanden zu verfügen, der nur das Hemd auf dem Leibe besaß, als über einen, der einen gesetzlichen Vertreter zur Seite hatte, der im Hintergrund wartet.

»Vielleicht hat ihr jemand noch einen freundschaftlichen Stoß versetzt.« Crooks Stimme brachte sie zur Gegenwart zurück. »Was sagt der Arzt?«

»Ich erwähnte es bereits, Herzversagen. Ich halte es für das beste, Sie setzen sich mit ihrer Nichte, Miss Blake, in Verbindung.«

»Keinesfalls!« gestand Crook aus vollem Herzen. »Das verlassene Kind kann sich in die Höhle des Löwen begeben, aber ich bin kein verlassenes Kind.«

»Aber Mr. Crook ...« Plötzlich hielt sie inne und stark, wie sie von Natur aus war, wäre sie trotzdem beinahe ohnmächtig geworden. Etwas in ihrem Kopf war plötzlich eingerastet. Leichtsinnig hatte sie von einem Mr. Cook gesprochen und erkannte erst jetzt ihren Fehler. Janet Martin hatte in vollem Ernst von ihrem Anwalt gesprochen, der Nachforschungen über das Kind im Waisenhaus anstellen sollte. Mehr noch, sie war keineswegs irrsinnig gewesen, wie alle angenommen hatten. Das war die bittere Wahrheit. Und ihr plötzlicher Tod war keine Erlösung aus einer unerfreulichen Lage. — Sie hatte den Mann, mit dem sie sprach, nie gesehen, aber sie hörte an seiner Stimme, daß er ein Ruhestörer war, ein Rebell. Dabei wußte sie zu diesem Zeitpunkt noch nicht, wieviel Kummer er ihr noch verschaffen würde.

»Wie heißt der Arzt?« Crook sprach so laut, daß es im Apparat klirrte. »Und wann sah er sie zuletzt?«

»Dr. Weyland. Und er sah sie gestern vormittag, als sie von ihrem Ausgang zurückkam.«

»Spaziergang? In diesem Dauerregen? Sind Sie sicher, sie starb nicht an Lungenentzündung?«

Plötzlich erinnerte sich Miss Webster an Janet Martins Erklärung: »Ich bin gefahren«, und sie sagte es ihm. »Sie war nicht naß. Sie war mit jemand aus im Wagen.«

»Wessen Wagen?«

»Ich weiß es wirklich nicht. Sie ging ziemlich geheimnisvoll und verstohlen vor. Tatsache ist, sie hatte erst kürzlich die Gewohnheit angenommen, sich von Fremden mitnehmen zu lassen. Ich habe sie gewarnt, dabei käme nichts Gutes raus, aber sie blieb halsstarrig, wie viele alte Leute, die jahrelang allein gelebt haben und niemals einen Rat anzunehmen brauchten. Das war nicht das erste Mal. Vorgestern kam sie mit einem Mann zurück, den sie nie vorher gesehen hatte.«

»Mit mir«, sagte Crook kurz und bündig. »Aber gestern war ich es nicht.«

»Die Umstände waren sehr geheimnisvoll, ich kann mir nicht helfen, es steckt irgendein Plan dahinter. Und ihr Telefonanruf ...«

»Behalten Sie es für sich, bis ich eintreffe. Ich sehe Sie bald. Nebenbei, es ist noch nichts arrangiert für eine Verbrennung, hoffe ich.«

»Ich warte auf die Anordnungen der Nichte. Es ist recht mühsam für Miss Blake, sie wird kaum zu Hause angekommen sein.«

»Schlimm«, stimmte Crook zu, »aber wen der Herr liebt, den züchtigt er. Und ich kenne diese Nichte.«

»Sie hat nie erwähnt...«, begann Miss Webster. Entrüstung mischte sich in die Furcht, die bereits in ihr vorherrschte. Anscheinend gab es in der Familie noch mehr Betrügerisches, jetzt auch noch Doreen. Aber Crook unterbrach sie: »Warum sollte sie das? Ich kenne sie, sie aber mich nicht. Nagelprobe? Ja?« Er legte auf.

Bill jedoch, der kurz danach zu ihm kam, war entsetzt über seinen Gesichtsausdruck. In der Regel nahm Crook seine Aufträge an wie ein Ladeninhaber, der die Wünsche seiner Kunden über den Ladentisch hinweg annimmt. Wir haben zu gefallen, pflegte er zu sagen, auch wenn er sein Leben dabei aufs Spiel setzte, wenn es nötig war. Und ohne es an die große Glocke zu hängen, weil das einfach zu seiner Arbeit gehörte. Er konnte ziemlich unbarmherzig sein. Männer, die sich gegen ihn stellten, hatten es zu kosten bekommen. Er gestand es sich selten ein, aber er war auch gefühlvoll, und beides, Gefühl und Berufsstolz, waren aufs äußerste verletzt, als er erfahren mußte, daß Janet Martin eine Beute der anderen Seite geworden war, und das, nachdem er ihr versichert hatte, er würde auf sie aufpassen. Denn auf keinen Fall glaubte er an einen natürlichen Tod. Man konnte in Betracht ziehen, daß es ihr eigener Fehler war, sich in die Klauen der anderen zu begeben. Sicherlich war sie mit einem Fremden fortgegangen, obwohl er sie gewarnt hatte, sich jeden ihrer Schritte genau zu überlegen, aber das änderte nichts an der Lage. Sein Motto war: Crook kriegt seinen Mann immer, mit dem Zusatz, keiner darf seinen Schützlingen zu Leibe kommen. Bill wollte jetzt nicht gern in den Schuhen derjenigen stecken, die Janet Martin aus dem Wege geräumt hatten.

So wie die Dinge zur Zeit standen, konnte noch niemand wissen, wie diese ungewöhnliche Geschichte enträtselt werden sollte.

15

Crook brachte noch viel mehr Unruhe, als Miss Webster befürchtet hatte. Als sie anfangs seine Erscheinung beobachtete, ging es ihr nicht anders als Janet Martin, die den Witz und die Güte unter der Oberfläche seiner etwas rüpelhaften Art erst nicht bemerkt hatte. Doreen war in der letzten Nacht doch nicht nach Hause gefahren, glücklicherweise, wie Miss Webster feststellte. Als sie in ihren Club gekommen war, hatte sie jemanden getroffen, von der sie annahm, sie könne ihr nützlich sein, so daß sie Agatha angerufen hatte, um ihr ihre Ankunft erst für den nächsten Tag anzukündigen. So konnte Miss Webster ihr den Tod ihrer Tante mitteilen.

»Wer, um Himmels willen, ist diese Person Crook?« fragte sie bei ihrer Ankunft. Und Miss Webster mußte sie daran erinnern, daß ihre Tante davon gesprochen hatte, in Verbindung mit der geheimnisumwitterten Angelegenheit, die die kleine Waise betraf, einen Privatdetektiv zu beauftragen.

»Und wer, stellte sie sich vor, sollte ihn bezahlen?«

»Ich bin die Angelegenheit gar nicht mit ihr durchgegangen, weil ich sie nicht ernst genommen habe.«

»Und Sie sagen, dieser Crook ist ein Anwalt? Merkwürdige Art von Anwalt!« Doreen rümpfte die Nase. »Und Sie sagen, er kommt?«

»Ja, er glaubt, es ist etwas beim Tode Ihrer Tante nicht mit rechten Dingen zugegangen.«

»Wenn er denkt, er kann sein Geschäftchen dabei machen, ist er auf dem Holzweg. Und die besonderen Umstände, sowas Lächerliches habe ich noch nie gehört. Und dabei ist es sowieso in diesem Fall die ideale Lösung. Ich hätte es ungern gesehen, wenn sie in ein Irrenhaus gekommen wäre. Das erhofft man doch wirklich nicht für seine Verwandten, dazu sind wir auch heutzutage viel zu demokratisch. Was für eine Nummer hat dieser Crook? Ich will ihn gleich anrufen und abbestellen. Und ihm natürlich gleich mitteilen, daß er auf seine Gebühren pfeifen kann. Man soll nicht über ein Vermögen sprechen, wenn keins vorhanden ist. Meine Tante steckte auf meinen Rat hin ihr Geld in eine Lebensrente.«

Miss Webster mußte eingestehen, daß sie sich keine Nummer hatte geben lassen, und außerdem glaubte sie nicht, daß Mr. Crook sich durch ein Telefonat von seinen Absichten abbringen ließe.

»Ich werde ihm schon zeigen, wo die Tür ist«, versprach Doreen voller Grimm.

Aber da sagte sie etwas, ohne Text und Musik zu kennen.

Crook kam wenig später, brachte sein lautes Vehikel am Tor zum Stehen und lief den Pfad entlang, als wäre er Lord Bullion, der Schatzkanzler: 'Die Erde gehört mir, geht mir aus dem Weg!' Sobald er im Zimmer der Oberin war und bevor er seine braune Schirmmütze abgesetzt hatte, platzte er heraus: »Das ist mir eine schöne Fischsuppe! Passen Sie nur alle beide auf, daß Sie sich nicht verbrühen!« Später, als Doreen heimkam und ihrer Freundin davon berichtete, konnte sie nicht genug betonen, wie er ihr als der Gewöhnlichste aller Gewöhnlichen vorgekommen war.

»Ich verstehe nicht, wie meine Tante mit Ihnen in Verbindung getreten ist.« Doreen sprach in einer betont förmlichen Art. Die veranlaßte nervöse Kunden, etwas zu kaufen, was sie gar nicht vorgehabt hatten, und zu einem Preis, den sie sich eigentlich gar nicht leisten konnten. Nur, Doreen hatte nichts, was Crook kaufen wollte, so daß die Wirkung bei ihm ausblieb. »Es muß Ihnen doch bewußt gewesen sein, daß sie nicht klar im Kopf war und nicht mal fähig, ihre eigenen Angelegenheiten zu führen.«

»Wenn sie so war, sollte der Himmel uns noch ein paar mehr ihrer Art senden«, entgegnete Crook aufrichtig. »Was Anwälte mehr als alles in der Welt hassen, ist der begabte Amateur, der Dummkopf, der alles zu wissen glaubt. Sie dagegen kam aus dem Grund zu mir, weil sie selbst nicht damit fertig wurde, und wenn mehr ihrem Beispiel folgen würden ...« Doch dann hielt er inne, weil ihm einfiel, zu welchem Ergebnis ihr Besuch bei ihm geführt hatte.

Doreen beachtete den Wechsel in seiner Stimmung nicht, weil sie selbst zuviel zu reden hatte. »Natürlich weiß ich nicht, was sie Ihnen erzählt hat, aber wenn sie Sie glauben ließ, sie wäre in der Lage, einen Anwalt oder Privatdetektiv zu bezahlen, führte sie Sie an der Nase herum.«

»Lassen Sie das beiseite«, meinte Crook, »Sie wissen, was man sagt, man kann nicht Gott und dem Mammon gleichzeitig dienen.«

»Und wem«, fragte Doreen törichterweise, »dienen Sie zur Zeit?«

»Sehen Sie, meine Dame, Sie haben es doch gerade herausgefunden. Geld ist es nicht. Erinnern Sie sich noch an Sherlock Holmes? Zieh das Unmögliche ab, die Antwort liegt in dem, was übrigbleibt.«

Doreen entschied sich, darüber hinwegzugehen. »Jedenfalls, meine Tante ist tot, Herzversagen ...«

»Sie können jeden Tod als Herzversagen bezeichnen«, entgegnete Crook. »So hat sich auch Dr. Macintosh ausgedrückt. Wie kam es? Sie war am Tag vorher in ausgezeichneter Form.«

»Sie war eine alte Dame«, meinte Miss Webster, »und hatte sich sehr aufgeregt.«

»Belebend wie ein Cognac«, meinte Crook. »Aber Herzen versagen nicht so schnell, besonders dann nicht, wenn sie aus purem Gold gemacht sind. Was ist mit dem kleinen Mädchen?«

»Kleinen Mädchen?«

»Erzählte sie Ihnen etwa nichts davon?« meinte Crook mitleidsvoll. »Die Kleine aus dem Waisenhaus.«

»Die Kleine aus dem Waisenhaus? Das war auch so eine Wahnvorstellung, die sie hegte.«

»Wir sind hier nicht im Papageienhaus«, verwies Crook sie. »Oder bilden Sie sich ein, ein Echo zu sein? Ja, es gab noch eine junge Dame, die auch an diesem Kind interessiert war, und zwar etwas zuviel, so daß jemand das nicht mochte, und sie verschwand, und keiner weiß, was mit ihr los ist, und plötzlich stirbt Miss Martin an Herzversagen ... Ich bin sicher nicht gelehrt, aber man brachte mir doch bei, daß zwei und zwei vier sind.«

»Ich habe nie was von einer jungen Dame gehört«, beharrte Doreen. »Miss Lawrence«, erklärte Crook, hilfreich lächelnd.

Miss Webster erwachte pötzlich zum Leben. »Ha, das war das Mädchen, das in der Nacht anrief.«

»Welche Nacht?«

»Die Nacht, nachdem sie von Cheston zurückkam, wo sie mit einer Freundin zum Tee war.«

»Mit mir«, meinte Crook bescheiden.

»Der erste Anruf kam, als sie noch unterwegs war, die Anruferin wollte ganz dringend mit ihr in Verbindung treten, und um sechs Uhr kam wieder ein Anruf.« Miss Websters Unbehagen war ihr deutlich anzumerken. »Ich muß gestehen, sie war sehr erregt.«

»Warum hat sie mich nicht angerufen?« Crook fragte das stirnrunzelnd.

»Sie wollte es, aber das Telefon war besetzt, und nachher war es zu spät ...«

»Ganz richtig«, meinte Crook schwermütig. »Von allen schrecklichen Worten, die gesagt oder geschrieben werden, ist das schlimmste: Es war zu spät! Wenn sie mich erreicht hätte, lebte sie noch.«

»Das ist ja verrückt«, widersprach Doreen, »Sie sprechen, als sei sie ermordet worden.«

»Wollen Sie eine Wette abschließen, daß sie nicht ermordet wurde?«

Doreen erstarrte. »Wenn das ein Witz sein soll, Mr. Crook ...«

»Sie können sich ja mal ermorden lassen, um auszuprobieren, ob das ein Witz ist. Nebenbei, wo ist die alte Dame?«

»Wir warten auf den Wagen«, erklärte ihm die Oberin. »Sie verstehen, daß man in einem Altersheim keine Leichen dabehalten kann. Miss Blake versteht das auch, nicht wahr?«

»Natürlich!«

»Ich bin zufrieden, daß jeder das tut, ich aber fühle mich wie ein Student im Nebel. Gut, gehen wir nach oben?«

»Ich sehe keine Notwendigkeit«, sagte Doreen.

»Wo ist Ihr Telefon?« fragte Crook Miss Webster.

»In der Halle, aber ...«

»Die Polizei hat es nicht gern, wenn sie zu spät benachrichtigt wird.«

»Die Polizei?«

»Finden Sie etwas an mir, das Sie glauben macht, ich sei kein gesetzestreuer Bürger?« fragte Crook kriegerisch.

»Das verstehe ich nicht.«

»Die Pflicht eines jeden guten Bürgers ist es, der Polizei zu helfen, und zwar zu allen Zeiten. Und wenn bereits erwähnter Bürger vermutet, daß es Schmutz auf der Fahrbahn gibt, kann er zumindest mit seinem Fernglas hingehen und es nachprüfen. Aber, wenn Sie nicht wollen, daß ich nach der Dame sehe, muß ich der Polizei mitteilen, daß ich Zweifel bezüglich der Todesursache habe.«

»Sie können das nicht tun«, wiederholte Doreen.

»Fragen Sie die Heimleiterin. Es ist Pflicht und Vorrecht jedes Bürgers, einen Verdacht bei der Polizei vorzubringen und um Nachforschungen zu bitten, wenn er vermutet, daß ein Tod keine natürliche Ursache hat. Wäre hübsch für die Verbrecher, wenn er das nicht könnte. Man denke an all die Opfer, die man bequem in ihrem Bett sterben ließ, Crippen, Wainwright ...« Er spulte eine Reihe von Namen ab.

»Aber wer sollte einer alten Dame wie meiner Tante etwas antun?«

»Sie sagen mir, mit wem sie gestern aus war, und ich gebe Ihnen die Antwort.«

Er ging nach oben und stand vor dem, was einmal Janet Martin gewesen war, mit einem Gewicht, so leicht wie ein Vögelchen. Sie war für die Beisetzung zurechtgemacht, die Augen geschlossen und die Hände gefaltet. Crook beugte sich über sie, und mit überraschender Sanftheit öffnete er ein Augenlid. Noch niedergebeugt fragte er: »Hat der Arzt sie gesehen?«

»Ich sagte Ihnen doch schon, er sah sie gestern vormittag und stellte fest, daß ihr Herz schwach war. Und nach all der Aufregung und dem Regen ... Ich muß allerdings zugeben, sie war kaum naß.«

»Totenschein?«

»Dr. Weyland hat ihn gerade geschickt.«

»Ohne sie gesehen zu haben?«

»Das ist ganz in Ordnung. Er hat sie wenige Stunden vorher untersucht.«

»Das ist es sicher, vielleicht hat Mr. X sogar damit gerechnet. Aber ich will gehen. Sie werden den Arzt bald sehen, vorausgesetzt, Sie haben die Tote nicht vorher ins Leichenhaus gebracht.«

Er ging ohne weitere Auslassungen und ließ die beiden Frauen verwirrt und erschreckt zurück. Miss Webster war verständlicherweise um den Ruf ihres Hauses besorgt, und Doreen stellte sich mißvergnügt vor, was die Leute sagen würden, wenn die ganze Geschichte ans Tageslicht kam. Wie typisch für Tante Janet, in eine Verbrechensgeschichte verwickelt zu sein. Nur eine Verwandte konnte so etwas Taktloses tun.

Auf dem Weg zu Dr. Weyland kamen Crook Zweifel, ob die beiden Damen den Arzt anrufen würden, um ihm mitzuteilen, was ihn erwartete. Nicht, daß ihn das bekümmert hätte. Es würde dem Kerl nicht gut bekommen, wenn es bekannt würde, daß er einen Totenschein ausgestellt hatte, ohne sich die Leiche anzusehen. Wenn es nötig werden sollte, nahm er sich vor, würde er die Polizei benachrichtigen. So schnell geht das Leben nicht zu Ende, und er war sicher, es sei kein natürlicher Tod.

Dr. Weyland war abwesend, als Crook das Haus erreichte, und wurde nicht vor einer Stunde zurückerwartet, aber die Haushälterin teilte ihm mit, der Arzt wäre im Cottage-Krankenhaus, so daß er sich ohne zu zögern auf den Weg dahin begab. Er erklärte, einer der Patienten von Dr. Weyland befinde sich in der Endphase und er wäre der nächste Anverwandte. Er bewies wieder einmal seine Überzeugungskraft, denn innerhalb von fünf Minuten befand er sich Dr. Weyland gegenüber. Gegen den verspürte er sofort eine heftige Abneigung. Genau der richtige Typ, der Janet ermordet sein ließ, um seelenruhig eine Bescheinigung eines natürlichen Todes auszustellen, dachte er parteiisch.

»Nun, lieber Mann«, sagte Dr. Weyland, als er Crook erblickte, dessen Abneigung er in vollem Maße erwiderte, »wer sind Sie, man sagte mir ...«

»Es geht um Janet Martin«, erklärte Crook ohne Umschweife. »Ich hörte, Sie haben einen Totenschein hingesandt.«

»Was zum Teufel hat das mit Ihnen zu tun?«

»Immerhin dachte ich, Sie hätten um der Sicherheit willen sich die Tote vorher ansehen müssen.«

»Wenn ich Unverschämtheiten hören will ...« Aber Crook unterbrach ihn. »Immer noch besser als eine Rüge vom Untersuchungsrichter.« Seine Stimme hatte sich geändert, war hochtrabend und anklagend geworden. »Und ich fühle mich verpflichtet, auszusprechen, daß ich mich im vollen Einverständnis mit dem Gesetz befinde, das einen Arzt verurteilt, der einen Totenschein ausschreibt, ohne zuerst den Toten gesehen zu haben. Ich denke, danach werden Sie wohl keine der Damen mehr zu sehen bekommen.« Er war zum normalen Ton zurückgekehrt.

»Sehen Sie, ich weiß immer noch nicht, wer Sie sind.«

»Miss Martins gesetzlicher Ratgeber. Crook ist mein Name, Arthur Crook.«

Weylands Ausdruck hatte sich geändert. »Ich habe von Ihnen gehört.«

»Ehrenhaftes! Da bin ich sicher.«

»Sie schalten sich in die polizeilichen Ermittlungen ein?«

»Sagen wir mal, wir beschäftigen uns beide mit Verbrechen, dann sind Sie der Wahrheit näher, nur ist die Polizei erst auf dem Plan, wenn ein Verbrechen vollführt worden ist, und ich arbeite lieber an den Anfängen. Das ist der eigentliche Unterschied zwischen uns. Außerdem haben sich die an die Gesetze zu halten, wogegen, wenn sich bei mir die Parteien Auge in Auge gegenüberstehen, kann es zum einen Ohr hinein und zum anderen hinausgehen.«

»Gehn wir«, sagte Weyland hastig. »Nein, warten Sie eine Minute, ich muß noch kurz mit der Oberschwester sprechen.« Der erklärte er, er müsse an ein Sterbebett, und danach fuhr er mit Crook in der 'Peitsche' zurück.

»Also noch einmal, was soll das heißen? Warum bezweifeln Sie ein normales Herzversagen? Die alten Damen haben das allzu oft und sind glücklich, wenn es so mit ihnen zu Ende geht.«

»Manchmal ist es allerdings auch Glück für die andern.«

»Nicht in diesem Fall, sie hatte keinen Pfennig, und sie war außerdem noch etwas von Sinnen. Ich hatte eine Überweisung in eine Heilanstalt empfohlen.«

»Auf wessen Veranlassung?«

»Miss Webster, natürlich. Miss Martin hatte sich ständig beim Waisenhaus herumgetrieben und Garn gesponnen ...«

»Um dort ein kleines Mädchen zu entdecken? Ich weiß das. Sie hat bei mir dieselben Fäden abgespult, aber die Wirkung war eine andere als bei Miss Webster. Bevor ich die alte Dame für irre erklärte, habe ich Nachforschungen angestellt, und ich fand ziemlich schnell heraus, was andere gern geheimhalten wollten. Kennen Sie Mrs. Forbes?«

»Ich bin nicht in dem Haus beschäftigt, das macht Thompson. Aber ich kenne sie, ja.«

Einem eingebildeteren Menschen hätte es imponiert, wie sehr die Haltung des Arztes sich geändert hatte. Jetzt war er sehr höflich, fast ehrerbietig.

»Ich müßte gelegentlich mit ihr sprechen«, meinte Crook, als sie in Beverley anhielten. »Aber zuerst ... Hoffen wir, sie haben die übrige Schafherde aus der Sache herausgehalten.«

Doreen erwartete sie, halb kampflustig, halb eingeschüchtert. »Ich hoffe, Sie werden nicht denken, Sie sind auf Grund eines närrischen Einfalls hierher gebracht worden, Dr. Weyland.«

Der Arzt sah sie an, als hätte er sie nie im Leben vorher gesehen. »Das ist meine einzige Hoffnung«, fiel er ihr ins Wort, schob sie zur Seite und ging hinauf, wo Janet Martin in ihrem ewigen Schlaf lag. Crook bot sich nicht an, ihn zu begleiten, aber Miss Webster ging ihm nach und war entsetzt, als er nach einer kurzen Pause zu ihr sagte: »Es tut mir leid, Sie müssen den Totenschein zerreißen, Miss Webster. Das ist eine unerwartete Entdeckung. Dieser Crook hat recht, hier liegt ein Verbrechen vor.«

»Aber was könnte passiert sein?«

»Sie haben ihr kein Morphiumpräparat gegeben?« Er hob den Kopf und sah sie scharf an.

»Bestimmt nicht.«

»Ich habe das auch nicht vermutet, aber daran ist sie gestorben. Könnte man annehmen, daß sie einen anderen Arzt aufgesucht hat?«

»Nein, da bin ich mir sicher.«

»Ich glaube auch nicht daran. Halten Sie Morphium im Haus?«

Miss Webster überlegte und erklärte ziemlich betroffen: »Es gibt einen Rest aus den Kriegsvorschriften für den Fall von Luftangriffen. Wie Sie ja wissen, hatten wir keine und somit auch keine Verwendung dafür. Ab und zu verlangt eine der Heiminsassen mal ein Sechstel zur Beruhigung, aber das kommt kaum mal vor. Der Bestand ist praktisch noch vollständig.«

»Könnten Sie das bitte überprüfen?«

»Aber Doktor, Sie können doch nicht annehmen ...«

»Jedenfalls, Frau Oberin, hat diese alte Dame Morphium oder etwas Ähnliches erhalten. Wenn es nicht aus Ihrem Bestand gekommen ist, müssen wir nachforschen, wie es ihr von außerhalb gegeben worden ist. Sie selbst hatte natürlich nichts, oder?«

»Sie hat mit mir davon gesprochen, daß sie außer Aspirin nie etwas eingenommen hat. Sie hätte auch gar nichts aufbewahren können, ohne daß es entdeckt worden wäre. Hier gibt es wenig Freiraum, das sehen Sie. Da einige der alten Damen recht schlampig sind, halten wir auch ihre Sachen in Ordnung. Nein, das ist fraglos unmöglich.«

»Und wo heben Sie Ihre Bestände auf?«

»Im Medizinschrank in meinem Zimmer.«

»Sicher verschlossen?«

»Ja, und den Schlüssel trage ich Tag und Nacht bei mir.« Sie zeigte ihm eine goldene Halskette, daran war der Schlüssel befestigt.

»Besser, Sie überprüfen es trotzdem«, riet der Arzt, und sie verließen die arme Tote, um in das Zimmer der Oberin zu gehen. Der Schlüssel ließ sich ganz leicht ins Schloß stecken, aber sehr schwer drehen.

»Manchmal ist er etwas schwer beweglich«, erklärte die Oberin. Als die Tür geöffnet war, nahm sie eine kleine Flasche aus dem Fach. Sie schwieg so lange, daß der Arzt besorgt wurde. »Ich verstehe es nicht, niemand konnte an dieses Schränkchen, und doch ...«

»Doch was?«

Voller Verzweiflung wandte sie sich ihm zu. »Ich öffnete es, um einige Aspirin rauszuholen für eine der alten Damen, ungefähr vor drei Tagen. Natürlich kann man sie nicht hindern, sich selbst etwas zu kaufen, trotzdem halte ich meins verschlossen, denn man kann auch mit zuviel Aspirin Schaden anrichten. Ich kaufe sie immer in der 100er Packung, aber zufällig hatte mein Apotheker nur kleine Packungen da, als ich sie zuletzt bestellte, und Sie sehen, die Morphium- und die Aspirinflasche haben dieselbe Größe.«

»Und nun?« fragte der Arzt verständnislos.

»Jemand ist drangewesen. Ich habe das Morphium seit Monaten nicht angefaßt, aber es ist der falsche Korken drauf.«

»Der falsche Korken?«

»Ja, Aspirin hat einen kleinen weißen mit dem Namen der Apotheke, Ainslie. Das Morphium ist namenlos. Aber jetzt sind die beiden vertauscht. Daran erkennen Sie, daß jemand sich an beiden Flaschen zu schaffen gemacht hat, und in Eile oder Unkenntnis hat er sie falsch verschlossen. Aber vor drei Tagen waren sie noch in Ordnung.«

»Das ist höllisch ernst«, erklärte der Arzt, als ob sie diese Tatsache nicht längst erkannt hätte. »Sind Sie todsicher, daß sie den Schlüssel nicht mal irgendwo liegengelassen haben, wenn auch nur für ein paar Minuten?«

»Ich versicherte Ihnen bereits, das ist außer Frage.«

»Dann hat vielleicht jemand einen Zweitschlüssel?«

»Es ist ein Spezialschloß«, erwiderte die Oberin, völlig niedergeschlagen. Sie sah bereits ihren Ruin vor sich.

»Na, ich denke, der Untersuchungsrichter wird eine solche Geschichte nicht gern hören. Aber wir müssen den Tatsachen ins Auge sehen. Hatte irgend jemand einen Haß auf die Tote?«

»Mrs. Mount hat ihr eine fürchterliche Szene gemacht, gerade an dem Tag, an dem sie gestorben ist, aber eigentlich bedeutet das überhaupt nichts. Alle beruhigen sich immer schnell wieder.«

»Diese scheint es aber nicht getan zu haben«, kommentierte der Arzt grimmig.

»Unmöglich, daß sie an das Morphium herankam!«

Aber auch hier irrte die Oberin.

Inzwischen hatte Crook keine Zeit verloren. Er hatte sofort herausgefunden, daß er ein Objekt besonderer Neugierde für die Bewohnerinnen von Beverley war. Und wie er manchmal bemerkte, war 'Blümchen begießen' nur ein schlechtes Beispiel für ihn. Als die vierte sich bereits entschuldigt hatte, daß sie in das Zimmer der Oberin gekommen war, und mit einem Blick voll von raffinierter Überraschung, einen Fremden anstelle der Oberin dort vorzufinden, ihren Rückzug antrat, entschied er sich zur Angriffstaktik und sagte sich: Die Nächste wird nicht lange ausbleiben.

»Kommen Sie rein und warten Sie hier, ja doch, bestimmt! Nebenbei gesagt, Sie könnten mir helfen. Sicher waren Sie eine Freundin von Miss Martin?«

»Die Arme! Ich teilte das Zimmer mit ihr. Viele Nächte lang waren wir wach und tauschten Erinnerungen aus. Und ich habe sie als letzte lebend gesehen, bevor sie in ihren ewigen Schlaf fiel.«

»Dann sind Sie gerade die, nach der ich Ausschau halte. Ist es nicht kalt? Dann setzen Sie sich doch ans Feuer. Vermutlich sagte sie nichts?«

»Nur, daß sie für lange, lange Zeit schlafen wollte. Ich sang ihr ein Wiegenlied.«

Selbst Crook war verblüfft, doch dann erinnerte er sich: Fledermaushaus, so hatte Janet Martin es genannt und recht behalten. So war Beverley!

»Hat sie nicht mehr gesagt?«

»Sie hatte etwas auf dem Herzen, sie war nicht wie sonst. Nahm meinen Hut und ging hinaus mit ihm in den Regen.«

»Aber sie fuhr mit dem Auto, so kann er nicht beschädigt worden sein«, half Crook ihr aus.

»Niemand nimmt mich im Auto mit«, murmelte Mrs. Mount. »Ich war zornig, als ich den Hut sah, denn sie mußte wissen, daß es nicht ihrer war. Ich kochte.«

»Sowas nennt man privaten Unternehmergeist: Erst nehmen, dann fragen! Das ist das Geheimnis des Britischen Imperiums.«

»Nachher habe ich mich entschuldigt, ich hatte mich vergessen.«

»War verdammt nett von Ihnen.«

»Und sie war so ruhelos, so bot ich an, ihr ein paar Aspirin zu holen.«

»Hatte sie keine eigenen?«

»Weder sie noch ich, aber ich wußte, daß die Oberin welche im Arzneischrank aufbewahrte.«

»Sie überredeten sie, welche auszuteilen?«

»Ich wollte ihr nicht lästig fallen.« Sie schüttelte ihren alten Kopf. »Können Sie ein Geheimnis bewahren?« Ohne auf die Antwort zu warten, beugte sie sich näher zu ihm. »Ich weiß, wie man den Schrank öffnet.«

»Wirklich, beim Heiligen Georg, hier sind Sie fehl am Platze, das kann man sehen!«

»Natürlich weiß die Oberin nichts davon. Niemand weiß etwas davon, außer Miss Martin, und sie kann nichts mehr weitersagen. Als ich noch eine eigene Wohnung besaß, hatte ich auch ein Dienstmädchen. Sie war im Gefängnis gewesen, ich meine das Mädchen, wegen Diebstahls, und sie brachte mir bei, wie man Schlösser ganz einfach mit einem Draht öffnet. Es ist kinderleicht, wenn man weiß, wie.«

»Und so öffneten Sie den Schrank, gestern?«

Sie gluckste. »Ich wollte unbedingt der Armen das Aspirin geben, und es war sowieso schon ein solches Durcheinander. Und es ging wirklich leicht. Immerhin machte ich beinah einen großen Fehler.«

»Wieso das?« Crook spitzte seine Ohren.

»Ja wissen Sie, ich öffnete die falsche Flasche, sie sahen ziemlich gleich aus, kleine weiße Tabletten, aber glücklicherweise sah ich es rechtzeitig: 'Gift' war auf der Flasche vermerkt. So stellte ich sie sofort zurück, und was glauben Sie, was drin war?«

»Morphium«, sagte Crook.

»Wie konnten Sie das erraten?«

»Weil daran Miss Martin starb, oder ich bin ein Chinese.«

Mrs. Mount erstarrte. »Nein, nein, ich habe es ihr wirklich nicht gegeben.«

»Ich habe auch nicht gesagt, Sie taten es, sondern sie starb daran.«

Er sprach ohne große Erregung, aber innerlich ging er desto mehr in die Knie. Hier war sein schöner Fall, und vor seinen Augen zerbrach er in Stücke. Aber unmittelbar danach, geübt wie er war, überall nach Silberstreifen am Horizont zu suchen, stellte er bei sich fest, daß sich auch diese unerwartete Wendung als vorteilhaft erweisen konnte. Er hatte sowieso nicht gewünscht, bei der Polizei reinen Tisch zu machen, Miss Martins Erzählung zu wiederholen und seine eigne Theorie preiszugeben und zu gefährden. Dieses Garn, was die alte Hexe soeben gesponnen hatte, könnte die Dinge etwas verschieben. Es würde eine gerichtliche Untersuchung geben, der Richter würde wissen wollen, wer die Tote zuletzt gesehen hatte, und Mrs. Mount würde mit ihrer Geschichte herausrücken. Und zum Teufel mit allen Zweifeln und Verdächtigungen, denn diesmal stimmte er mit Doreen überein, so könnte es am besten sein!

Mrs. Mount betrachtete ihn erschrockenen Auges. »Sie glauben mir nicht, nicht wahr? Sie denken doch hoffentlich nicht, ich hätte sie vergiftet, nur weil sie meinen Hut nahm. Ich bin eine Christin. Keinem würde ich jemals Gift geben.«

»Ich bin sicher, Sie würden es nicht, und lassen Sie sich bloß nicht verleiten, etwas von der Geschichte weiterzuerzählen. Sie mögen versuchen, Sie auf den Kopf zu stellen. Sie haben das Morphium entdeckt, und sie würden sich auf jede Erklärung stürzen, die sich anbietet.«

»Niemand kann mich schrecken«, behauptete Mrs. Mount. »Ich bin eine unschuldige Frau. Unschuldige sind sicher.«

Crook dachte bei sich, keinen Sinn, dem alten Vogel die Illusionen zu nehmen. Wahrheit ist das, was man den andern glauben machen kann, und Unschuld hat wenig damit zu tun.

Sie waren an diesem Punkt ihrer Unterhaltung angelangt, als sie von Miss Webster und Dr. Weyland unterbrochen wurden, die hereinkamen, um mit Crook zu sprechen. Miss Webster ärgerte sich, als sie Mrs. Mount in ihrem Zimmer entdeckte. »Wollten Sie mich sprechen, jetzt bin ich beschäftigt, es tut mir leid.«

Mrs. Mount legte eine Hand auf ihren Arm wie ein Bischof, der einen Segen erteilt. »Ich schwöre, daß ich es nicht getan habe.«

»Was nicht?«

»Ihr Gift gegeben!«

»Wer spricht von Gift?« wollte der Arzt wissen.

»Sehen Sie, ich habe es diesem Gentleman erzählt, daß ich es beinah tat, doch dann sah ich den Aufkleber und merkte, es ist überhaupt kein Aspirin und stellte die Flasche zurück und ...«

»Wovon sprechen Sie überhaupt?« rief Miss Webster aus.

»Von der armen Miss Martin, die Aspirin wollte, und ich wußte, Sie bewahren welches auf in Ihrem Schrank, und ich wollte Sie nicht stören.«

»Sie wissen nicht, was Sie sagen, mein Schrank war verschlossen.«

»Ich kann hartnäckigere Schlösser als dieses öffnen«, prahlte Mrs. Mount.

»Sie wissen nicht, was Sie da sagen«, begann Miss Webster abermals, aber diesmal unterbrach sie der Arzt: »Ich glaube, wir müssen das klären. Also Mrs. Mount, fangen Sie nochmal von vorn an.«

Und Mrs. Mount wiederholte ihre Erzählung und schloß mit vollem Ernst: »Aber ich sah das Schild rechtzeitig. Es war bestimmt Aspirin, was ich ihr gab, Sie müssen einsehen, ich kann ihren Tod nicht verursacht haben.«

»Natürlich nicht.« Der Arzt war viel freundlicher, als man es von ihm erwartet hätte. »Vielen Dank für Ihre Hilfe. Wenn es noch etwas gibt, was wir wissen wollen, werden wir Sie fragen. Und noch etwas: Bitte, sprechen Sie mit keinem im Haus darüber. Sehen Sie, es ist wichtig und geheim, und nicht jeder soll es hören.«

»Ich werde kein Wort sagen, wirklich, das werde ich nicht, ich verspreche es.«

Als die Tür sich hinter ihr geschlossen hatte, sahen sich die drei, die sie gerade verlassen hatte, mit unschlüssigem Ausdruck auf ihren Gesichtern an.

»Sieh es an, wie du willst«, bemerkte Weyland trübsinnig, »das wird Stunk geben. Wenn die alte Frau ihr das Morphium versehentlich gab ...«

»Ich werde die Schuld haben«, warf Miss Webster ein.

»Wenn sie es aus Bosheit vorbedacht tat ...«

»Die Katze würde nicht drauf springen«, sagte Crook. »Und wenn sie es tat, warum erzählte sie es? Die einzige, die davon wußte, war Miss Martin, und die kann nicht mehr reden. Und alle Pferde des Königs und alle seine Männer können nicht beweisen, daß sie verantwortlich ist. Die Leute können reden, aber das ist auch das einzige, was sie tun können.«

»So etwas ist noch nicht passiert, solange ich das Heim habe.« Ihre Stimme war ruhig, doch ihre Hände zitterten. »Nicht, daß ich Mrs. Mount nicht glaube. Wenn sie es getan hat, war es nur ein Unfall, aber andererseits verursachte sie eine mörderische Szene mit Miss Martin, und etwas später, meinetwegen eine Stunde danach, gibt sie ihr etwas aus einer Flasche, Aspirin oder nicht Aspirin, und Miss Martin stirbt an Morphiumvergiftung. Wenn es zu einer Untersuchung kommt, und ich vermute, das wird es, kann der Untersuchungsrichter ein überzeugendes Urteil fällen. Es ist alles so schrecklich.«

»Sagen Sie nie, der Würfel ist gefallen. Sie haben doch nur die Geschichte der alten Dame, und wenn sie an dem festhält, was sie uns erzählt hat, kann ihr niemand nachweisen, daß sie Miss Martin Morphium gegeben hat.«

»Sind andere Quellen zu vermuten?« fragte der Arzt trocken.

»Es ist ein Glück für Sie, daß Miss Martin am Morgen mit einem Unbekannten aus war. Es schließt eine Hintertür auf. Das Schöne an Morphiumvergiftungen ist, daß man die Tat nicht auf fünf Minuten berechnen kann. Wie können wir wissen, daß ihr Freund sie nicht einlud, ihr eine Tasse Kaffee spendierte und den Stoff wie Zucker hineintat. Ich weiß, so ist es schon gemacht worden.«

»Diese Erklärung scheint mir noch viel weiter hergeholt als Mrs. Mounts Verantwortlichkeit«, fuhr der Arzt ihn an.

»Es ist weit hergeholt, aber nicht unmöglich.«

»Wer in aller Welt sollte wohl eine harmlose alte Dame, wie sie es war, vergiften wollen?«

»Genau mein Standpunkt, aber was, wenn sie nicht harmlos war?«

»Wem konnte sie denn Schaden zufügen, wenn sie am Leben blieb?«

»Sie lief herum und erzählte eine irrsinnige Geschichte über ein Kind im Waisenhaus, das ihrer Meinung nach eine reiche Erbin werden sollte. Ich weiß, niemand glaubte ihr, aber einmal vorausgesetzt, es war was dran und jemand wußte, daß was dran war. Und der wollte die alte Dame dahin bringen, wo sie keine Gefahr mehr darstellte. Natürlich sind so gesehen eine Menge Leute tot gefährlicher als lebend. Mörder beachten das nicht genug.«

»Sollen wir Sie wirklich ernst nehmen?« fragte der Arzt. Er war wütend darüber, wie die Sache verlief.

»Dies ist nur eine Möglichkeit, und ein verantwortungsvoller Richter wird sie nicht übersehen dürfen. Natürlich werden jetzt weitere Nachforschungen notwendig sein. Wie ich es wohl richtig annehme, sah niemand Miss Martins Freund fortfahren? Nein, das dachte ich mir. Aber es müßte trotzdem möglich sein, auf seine Spur zu kommen. Sie können es Ihrem Glücksstern danken, beziehungsweise Mrs. Mount kann es, daß die alte Dame sich den Hut ausgeliehen hat, erinnern Sie sich? Es bedeutet soviel, wie einem Elefanten in der Hauptgeschäftsstraße zu begegnen.«

»Auch wenn jemand sich daran erinnert, braucht sich doch niemand an ihren Gefährten zu erinnern, so daß man ihn identifizieren könnte«, warf die Oberin ein, bis auf die Knochen zitternd.

»Sicher, Zweifel kann ein Segen sein. Aber wenn im ersten Akt dieses Dramas nichts Schlimmes vorkommt, wieso komme ich dann in dem zweiten vor?«

»Wenn ich Sie richtig verstehe«, sagte der Arzt überlegend, »Sie denken, da ist etwas faul?«

»Etwas faul? Wovon reden Sie, rede ich die ganze Zeit? Englisch für Anfänger?«

»Es ist zwar scharfsinnig, aber ich kann mir nicht vorstellen, daß der Hahn im Zirkus danach tanzen würde. Wir können in den sauren Apfel beißen und voraussetzen, daß ein Gericht Mrs. Mount für schuldig erklärt. Wohlgemerkt, die alte Dame ist so oder so verrückt. *Sie* hätte man für geisteskrank erklären sollen und nicht Miss Martin.«

Miss Webster schien am Ende ihrer Kräfte: »Ich denke manchmal, man sollte eine Generalbescheinigung für alle Insassen ausstellen, daß sie irrsinnig sind. Das würde alle Fragen lösen.«

Crook machte sich zum Gehen fertig. »Immerhin können sie die Untersuchung nicht vor morgen frühestens vornehmen. Vielleicht gibt es bis dahin etwas Neues. Falls nicht, ist es nicht schlimm, wenn man ein paar medizinische Tests bei der alten Dame vornimmt. Vielleicht beachtet sie das nächste Mal nicht die Aufschrift, wenn sie sich den Stoff holt, und wenn das zur Gewohnheit wird, finden die Gerichte einen Weg, unangenehm einzugreifen. Aber es gibt auch eine Sonnenseite. Angenommen, sie sprechen die alte Dame schuldig, nein, sehen Sie nicht so erschreckt aus, denn zweifelsohne ist sie ja an das verschlossene Fach herangekommen, dann werden die eigentlich Schuldigen eingelullt sein in das, was die hellen Köpfe in Westminster falsche Sicherheit nennen. Sie werden sorglos werden, ohne zu ahnen, daß Arthur Crook wie eine Katze im Schatten auf sie lauert, bereit zum Sprung. Glauben Sie mir, die meisten, die am Galgen hängen, legen sich die Schlinge selbst um den Hals.«

Er nickte und ging hinunter, ergriff seine Mütze und fuhr mit einem Knall davon, in einer Rauchwolke, die dem Teufel alle Ehre gemacht hätte.

16

Nachdem er Beverley verlassen hatte, wandte er sich nach Green Lane Hill, zum Waisenhaus. Die Angelegenheiten standen nicht so gut, wie er gehofft hatte. Drei Menschen vertrauten ihm als einzige Rettung, und schon hatte der Feind einem von ihnen den Lebensfaden abgeschnitten. Er glaubte keinen Augenblick daran, daß Mrs. Mount am Tode der alten Dame schuldig sei, und war fest entschlossen, den Mann, der es wirklich war, aufzuspüren. Die Art und Weise, wie Morphium benutzt wurde, bewies offenbar, daß es keine Gelegenheit gegeben hatte, es zu spritzen, zumal dies unglaubwürdig gewesen wäre. Man mußte es einer Flüssigkeit beigeben, in der es geschmacklos war. Vorzugsweise benutzten die Mörder, wenn sich die Gelegenheit bot, eine Geschäftsstunde, um sich in einer überfüllten Teestube etwas Nichtalkoholisches zu holen. Kein Vorteil allerdings für die Gegenseite, nach Crooks Meinung. Es machte die Arbeit des Mörders zum Kinderspiel. Ich muß also unbedingt jemanden finden, der den Hut, dieses Monstrum, wiedererkennt. Er hatte ihn einfach mitgehen lassen und sah ihn jetzt schaudernd an. Diese Ungeheuerlichkeit mußte aufgefallen sein, und vielleicht war es auch der Partner von Miss Martin. Leicht würde es allerdings nicht sein. Aber alle Sittenprediger, die je gelebt haben, bestätigten ja auch, daß nicht alle bösen Taten sich lohnen. Er hatte herausgefunden, daß Miss Martin etwa um elf Uhr verschwunden war. Vorsichtshalber würde der Mörder ihr das Zeug erst kurz vor der Rückkehr gegeben haben. Also, so rechnete er sich aus, muß ich in jedes Café im Umkreis von einer Stunde gehen und diesen Hut vorzeigen. Meine kleine Maus und ihren Gefährten werden sie übersehen haben, aber den bestimmt nicht, man konnte ihn nicht ignorieren und vergessen. Die meisten wären vor dieser Feuerprobe zurückgeschreckt, nicht aber Crook. Es hätte natürlich auch eine zweite Möglichkeit bestanden, nämlich eine Thermosflasche mitzunehmen, deren Inhalt präpariert war. Aber damit rechnete

Crook nicht. Selbst eine so unschuldige alte Dame wie Janet Martin hätte das merkwürdig gefunden, zumal es zahllose Cafés rundherum gab. Geduldig und ohne die Hoffnung zu verlieren, wenn seine Bemühungen erfolglos blieben, fuhr er Café um Café, Restaurant um Restaurant und Teestube um Teestube ab und ging hinein. Im Augenblick, da er auftauchte, erregte er Aufmerksamkeit, er, gepaart mit der Ungeheuerlichkeit der Modistinnenkunst, zog alle Augen auf sich. Er kümmerte sich nicht um Stehhallen, weil niemand, der so klug war, die alte Dame zu vergiften, sich eingebildet hätte, daß sie etwas im Stehen zu sich nehmen würde. Das ideale, überlegte er, war eine Selbstbedienungsbar. Dann konnte er das Zeug ohne Furcht, entdeckt zu werden, in die Tasse tun. Setz die alte Dame etwas entfernt vom Ausschank weg, dann komme mit dem Kaffee und gib ihr die Tasse. Viel sicherer, als etwa eigenen Zucker anzubieten. Manche Damen nehmen nämlich gar keinen Zucker. Das machte allerdings die Sache für Mr. X. leichter und besserte keineswegs Crooks Lage, denn die Bedienung an der Bar würde kaum einen Mann vom anderen unterscheiden können, und wenn Miss Martin am anderen Ende des Raumes saß, konnte sogar der Hut übersehen worden sein. Aber es war nicht seine Angewohnheit, wie er es ausdrückte: Die Vorhänge zuzuziehen, bis die Leiche auf der Türschwelle lag. Darum ging er hinein und heraus wie bei dem alten Kinderspiel, und das solange, bis die Vorsehung mitspielen würde, wenn sie den Gegenspieler erkannte. Crook war von der Art derer, die sogar Selbsthilfe, falls notwendig, angewandt hätten, um Beweise zu erlangen, die er brauchte.

Schließlich wurde der Hut wiedererkannt, nicht von der Frau an der Bar, die den Kaffee ausschenkte, sondern von der an der Kasse am Eingang. Im Augenblick, als Crook eintrat, quietschte sie und kicherte, obwohl Kichern 1945 nicht mehr 'in' war. Crook folgte diesem Wink sofort.

»Hallo«, sagte er und drehte sich ihr ohne zu zögern zu, »den Deckel schon mal gesehen?«

»Ich denke, von dieser Art kann es unmöglich zwei geben.« Sie kicherte weiter. »An den erinnere ich mich bestimmt, und auch an die alte Seele, die ihn trug. Versteckte sich wohl vor ihren Gläubigern, wenn sie mich fragen. Ziemlich verstört sah sie aus.«

»Verstört und unverkennbar, na, Sie können lange nicht mehr soviel Spaß gehabt haben seit dem letzten Bankfeiertag!«

Sie hörte auf zu kichern, und ihr Gesicht drückte etwas Verachtung aus. »Sollte sicher keine Beleidigung sein. Ist doch kein Unrecht, denke ich, sowas zu äußern.«

»Im Gegenteil.« Crook versicherte das höflich. »Konnten Sie eventuell auch den Mann bemerken, mit dem sie da war?«

Die junge Dame taute auf. »Ich konnte nicht verstehen, wie so ein junger Kerl sich damit abgeben konnte. Seine Lieblingstante, so kam es mir vor, und er glaubte, er könne sie beerben. Viele alte reiche Leute sehen wie Vogelscheuchen aus, wenn Sie das schon bemerkt haben.« Crook stimmte ihr darin zu, daß nur die Reichen es sich leisten können, so herumzulaufen, und sie nickte.

»So war es sicherlich. Er war so aufmerksam, holte ihr Kaffee und einen besonderen Kuchen. Und sie saß nur da, zustimmend und lächelnd wie jemand aus Madam Tussauds Repertoire. Er kam hierher zur Kasse, damit sie bloß nichts bemerken konnte, war so gut wie ein Kinostück! Ich denke, er wird für manche Frauen ein guter Ehemann werden.«

»Daran zweifle ich«, meinte Crook, aber nur leise für sich insgeheim. Die junge Frau hatte keine Kunden, was nicht überraschend war, es gab nämlich am Stand nichts zu verkaufen, so sprach sie weiter. »Im Film wäre er auch hinter ihrem Geld hergewesen, und die Leiche würde später in einem Graben gefunden.«

»Gräben sind nicht mehr in Mode. Betten sind bequemer.«

Die junge Frau fuhr in die Höhe und meinte kühl, sie danke ihm, daß er sich so klar ausdrücke.

»Sie mißverstehen mich. Vielleicht haben Sie ihn nochmal gesehen?«

Sie sah ihn zweifelnd an. »Warum sind Sie an ihm interessiert?« wollte sie wissen.

»Vielleicht war sie auch meine Lieblingstante. Aber leider war sie es nicht. Nein, meine Liebe, lassen Sie sich nicht reizen, Wahrheit ist, Ihre Beobachtungen waren richtig. Es war unnatürlich, und sie wurde tot aufgefunden, allerdings nicht in einem Graben.«

»Wirklich?« Ihre Augen funkelten einen Moment lang. Dann nahm sie das Handtuch und begann das Glas der Auslage abzuwischen.

»Dumme alte Närrin«, meinte sie unbeteiligt. »Was erwartete sie? Erriet sie nicht, was für ein Schwindel darin steckte, wenn ein junger Mann ihr seine ganze Aufmerksamkeit schenkte.«

»Sie sind so zynisch«, tadelte Crook. »Würden Sie ihn wiedererkennen?«

Sie verzog die Lippen. »So genau habe ich ihn mir nicht angesehen.«

»Trug er nichts im Knopfloch, eine Krawattennadel, die ins Auge sprang? Nichts Ungewöhnliches?«

»Er war schlank und dunkelhaarig und trug einen kleinen Schnurrbart, und ja, er hatte eine auffallende Wunde auf seinem Handrücken, eigentlich keine Wunde, denn sie war ganz vernarbt. Ich bemerkte es erst, als er die Hand ausstreckte, um das Wechselgeld in Empfang zu nehmen. Dann fiel es mir ins Auge. 'Sie haben einen schweren Unfall gehabt', meinte ich zu ihm. Er sagte, daran erinnere ich mich: 'Das heilt schnell. Nichts, um viel Aufhebens davon zu machen', und ging rasch weg. Schien sich zu ärgern, daß ich es bemerkt hatte, vermute ich.«

»So könnte es sein«, stimmte Crook ihr zu. »Tausend Dank, Sie haben mir sehr geholfen, wenn jeder so aufmerksam wie Sie wäre ...«

»Ich hoffe, das ist kein Fall für die Polizei. Ich frage mich, warum Sie soviel wissen wollten, ich dachte, Sie hätten nur so nebenbei etwas erfahren wollen, aber wenn es schwerwiegend ist ...«

»Tod ist immer etwas Ernstes. Eines Tages werden auch Sie so denken.« — Er ging, schwenkte den lächerlichen Hut und pfiff. »Kleinigkeiten machen die Bedeutung einer Sache aus, quod erat demonstrandum.«

Sein nächster Besuch galt dem Waisenhaus. Nebel zog herauf, und er mußte vorsichtig fahren, schon um auf Fahrer und Fußgänger zu achten, die der Überzeugung sind, Nebel mache nichts aus. Außerdem wollte er keinesfalls Mr. X. darauf stoßen, daß er seine Spur aufgenommen hatte, und ihm womöglich an einer einsamen Stelle begegnen. Er erreichte das Anwesen ohne Panne, ließ seine Mütze im Wagen, ging zum Tor und fragte nach Mrs. Forbes. Ein nervöses Mädchen, vermutlich ein früherer Zögling, teilte ihm mit, Mrs. Forbes sei nicht da, sondern bei Verwandten. Auf seine Frage, wer den Dienst übernommen habe, erbot sich das Mädchen eifrig, Miss Wickham Bescheid zu sagen. Miss Wickham sah aus, wie er es erwartet hatte, und sprach in der schmucklosen Halle mit ihm. Er wollte von ihr wissen, ob Mrs. Forbes eine Adresse hinterlassen hätte, um mit ihr in Verbindung zu kommen. Sie verneinte das, auch Post würde ihr nicht nachgesandt. Bei geschäftlichen Angelegenheiten sei sie die Vertreterin.

»Es geht um eine Waise. Wissen Sie wirklich nicht, wo sie ist?«

»Das sagte ich doch bereits, sie hat mir keine Anschrift angegeben.«

»Auch nicht im äußersten Notfall, zum Beispiel eines der Mädchen stirbt plötzlich, während sie weg ist?«

»Nicht im Traum würden unsere Mädchen daran denken.«

»Warum sendet man nicht eigentlich alle Jugendlichen ins Waisenhaus, wo sie in so fester Aufsicht gehalten werden? Angenommen, ein Feuer bricht aus?«

»Dann würde sie es in der Zeitung lesen.«

»Liest sie Zeitungen, wenn sie eine so strenge Kur macht?«

»Auch wenn sie es nicht tut, würde es ihr irgend jemand berichten.«

»Sie reist also nicht inkognito?«

»Ich weiß nicht, warum Sie hier sind«, fiel jetzt Miss Wickham etwas frostig ein, und Crook unterbrach sie: »Nun, ich wollte Mrs. Forbes sprechen, wegen eines kleinen Mädchens.«

»Woher kommt sie?«

»London, sie ...«

»Tut mir leid, dann kann sie nicht hier sein. Dieses Heim beherbergt nur Kinder aus diesem Gebiet. Londoner nehmen wir hier nicht auf.« Das war so unverschämt offen gesagt, daß Crook nur nach Luft schnappen konnte.

»Was, niemals?«

»Das ist eine vorgeschriebene Bestimmung der Versicherung des Hauses.«

»Aber sicher gibt es doch Ausnahmen«, widersprach Crook. »Sehen Sie, ich weiß von einer Dame, einer Mrs. Barnes, auf deren Vorschlag ...«

»Wenn Sie auf Mary Smith Bezug nehmen, das war nur eine vorübergehende Regelung. Mrs. Barnes hatte ganz schnell eine Unterbringung zu finden, aber es sollte nicht von Dauer sein.«

»Dann ist sie nicht mehr hier?«

Miss Wickhams Kiefer schnappte zu. »Sie ist eine Mißgeburt. Wir können hier keine Kinder brauchen, die sich nicht anpassen.«

»Sie sollten in Ernest Bevins Schuhen stecken«, sagte Crook voller Bewunderung. »Er hat viel geleistet, um all die Vertriebenen in Europa zu versorgen, mit Hilfe von andern Mächten natürlich«, fügte er großmütig hinzu. »Was machten Sie mit ihr? Im Brunnen versenken?«

»Ich kann wirklich diese Angelegenheit nicht mit Ihnen besprechen, bevor Sie mir eine Vollmacht ...«

»Sie haben gewonnen«, sagte Crook. »Nur noch eine Frage: Jemals von einer Miss Martin gehört?«

»Nein.«

»Nichts von der alten Dame, die hinter der Mauer spionierte? Hat die Chefin Ihnen nichts erzählt?«

»Ach, Sie meinen diese Arme aus Beverley. Wirklich, jemand sollte sich um sie kümmern.«

»Man hat es«, war die grimmige Antwort.

»Sie meinen, sie muß das Heim verlassen?«

»Mit den Füßen zuerst.«

Miss Wickham schaltete nicht sehr schnell. »Sie meinen, sie ist tot? Nun, vielleicht ist es das beste für alle.«

»Das hat auch schon jemand gedacht, daran zweifle ich nicht. Aber Sie könnten erleben, daß sie Ihre Meinung ändern müssen. Sind Sie ganz sicher, daß Sie mir nichts über die kleine Mary sagen können?«

»Ich würde vorschlagen, Sie fragen Mrs. Barnes«, erwiderte Miss Wickham mit dem Gefühl, nach Punkten gesiegt zu haben.

»Guter Rat«, pflichtete Crook ihr bei, »das will ich.« Er machte das Siegeszeichen und verließ sie.

Es war spät geworden und der Nebel undurchdringlich. Er fuhr vorsichtig und überlegte seine Zeiteinteilung. Es hatte keinen Zweck, nachts nach Great Baring zu fahren, selbst wenn er die Hinfahrt schaffen würde, wegkommen konnte er nicht mehr. Ein Bett würde man ihm dort kaum anbieten, allerdings würde er es auch kaum annehmen wollen. Die Betten dieser Familie waren unbequem wie Särge. Diese Gedanken kamen ihm.

Er erreichte sein Büro, wo Bill auf ihn wartete, mit einer Miene, als hätte er alle Sterne vom Himmel heruntergeholt. »Inzwischen ist etwas über die Kleine herausgekommen«, begrüßte er Crook. »Wilson scheint allerlei in Erfahrung gebracht zu haben.«

»Aber das ist nicht der Weg, den wir als nächstes morgen beschreiten werden«, versicherte ihm Crook. »Eine Klientin habe ich verloren, und wir müssen angreifen, um sicher zu sein, daß keine weitere folgt. Weißt Du, welche Person ich fürchte, Bill?«

»Du wirst es mir sicher sagen«, so Bill Parsons.

»Mrs. Barnes, wenn die Dinge so liegen, wie ich es annehme. Laß uns mal alles überlegen.«

Wie Bill bereits erwähnte, hatte Wilson eine beachtliche Menge an Informationen über Pamela Mary Smith ausgegraben. Vielleicht würde die Geschichte ihrer Zukunft noch wichtiger werden als die ihrer Vergangenheit. Und das war ihre Geschichte:

1942 waren Mrs. Smith und ihre kleine vierjährige Tochter in Paxton Junction, einer kleinen Industriestadt — es wurde dort Kriegsmaterial hergestellt — angekommen. Die Stadt lag inmitten eines großen agrarischen Gebietes. Man vermutete, Mrs. Smith war Witwe, und sie hielt sich auch ganz für sich, hatte keine Besucher und die einzigen Briefe, die sie erhielt, waren von einem Captain Scott, der im Nahen Osten diente. Allgemein nahm man an, sie rechnete damit, eine zweite Ehe mit ihm einzugehen, oder er wäre ihr Bruder. Einige glaubten allerdings auch, sie lebe in Scheidung und warte auf das Urteil, um wieder heiraten zu können. Das Kind hieß Smith wie die Mutter. Mrs. Smith erhielt Arbeit in der Fabrik, meldete die Kleine in einem Hort an, in den sie sie täglich hinbrachte und wieder abholte.

Anfang 1943 erreichte ein ortsansässiger Farmer, daß das Haus, in dem Mrs. Smith wohnte, für einen Landarbeiter freigemacht wurde, und obwohl sie das Urteil anfocht mit der Begründung, daß ihr Kind sehr zart sei und Landluft brauche, wurde ihr gekündigt, und sie mußte eine andere Unterbringung suchen. Sie fand auch eine bei einem Ehepaar mit Namen Howard, von deren Kindern drei bei den Streitkräften dienten, zwei arbeiteten daheim auf des Vaters Farm und eines, ein Mädchen, ging noch zur Schule. Aber auch sie würde in einem Jahr die Schule beenden und dann zur Arbeit in der Waffenindustrie einberufen werden. Mrs. Smith sprach gelegentlich auch einmal mit Mrs. Howard über einen Freund im Nahen Osten, es handelte sich sicher um Captain John Scott, ihren Briefpartner.

Ungefähr ein Jahr lang lebte sie auf der Farm, bis Anfang 1944 in der Fabrik, in der sie arbeitete, eine Explosion Verluste an Menschenleben forderte, von denen sie eines war. Sie war sofort tot, und Howards waren gezwungen, irgendwelche Verwandte ausfindig zu machen, die die Beerdigung ausrichten würden und die Zukunft des kleinen Mädchens, Pamela, regeln würden. Mrs. Howard liebte das Kind sehr. Sie war ein sehr zurückhaltendes kleines Ding, von ihrer Mutter auch nicht ermutigt, Freundschaften zu schließen. Später meinte Mrs. Howard, sie hätte immer gewußt, daß etwas Geheimnisvolles hinter all dem steckte. Denn es war ja unnatürlich, daß eine so junge Frau keine Verwandten und Freunde hatte.

Nun aber stellte sich heraus, daß sie die engste aller Beziehungen hatte, einen Ehemann, Joseph Smith, der in Mittelengland wohnte. Ihre Heiratsurkunde, die etwa zwölf Jahre zuvor datiert war, befand sich unter ihren Papieren, ebenso eine Geburtsurkunde der Kleinen, die besagte, daß ihr Vater John Scott aus London war. Man teilte Joseph Smith den Tod seiner Frau mit, er ließ aber durch eine Anwaltsfirma antworten. Seine Frau hatte ihn anscheinend vor einigen Jahren verlassen und um Scheidung gebeten, um den Vater ihres Kindes heiraten zu können. Joseph Smith aber war ein frommer Katholik, und als solchem war es ihm verboten, sich scheiden zu lassen. Seine Frau zog aus, und alle Beziehungen zwischen ihnen erloschen, mit einer Ausnahme: in gewissen Abständen fragten beide, Mrs. Smith sowohl wie Mr. Scott bei ihm an, ob er seine Entscheidung ändern könne. Er aber blieb steinhart, und nach zwei Jahren hörten die Bitten auf.

Mr. Smith ließ durch seine Anwälte feststellen, daß er keine Kenntnis gehabt hatte, wo seine Frau sich aufhielt. Er hatte angeboten, sie wieder bei sich aufzunehmen, wenn sie das Kind in ein Heim geben würde, aber sie hatte das zurückgewiesen. Da sie dem Gesetz nach noch immer seine Frau war, traf er, ebenfalls durch die Anwälte, Anstalten für die Beerdigung, die aber, das war außer Frage, nicht auf der Begräbnisstätte der Smith' stattfinden sollte. Für das Kind würde er keinesfalls aufkommen und schlug vor, daß Mr. Howard Verbindung mit dem Vater aufnehmen sollte.

Der tat das auch mit Telegramm und Brief und bekam ebenfalls telegraphisch Antwort, des Inhalts, er und seine Frau wurden gebeten, vorläufig wie bisher für das Kind zu sorgen, bis John Scott nach England zurückkehren und Weiteres veranlassen könnte. Er übersandte einen Bankscheck und versicherte, bis zu seiner Rückkehr regelmäßig bestimmte Summen zu überweisen. Das wurde auch einige Monate so eingehalten, und als er dann im Sommer kam, hatten sich die Umstände bei den Howards geändert. Die Tochter hatte die Schule verlassen und arbeitete auf dem Lande, Mrs. Howard war krank geworden und mußte sich operieren lassen, so daß niemand auf die Kleine aufpassen konnte. Bei dieser Sachlage hatte John Scott seinen Vater ins Vertrauen gezogen. Es liegt auf der Hand, daß der bis dahin nichts von der Existenz seiner Enkelin gewußt hatte, aber bevor die Howards Genaueres erfuhren, fiel die Bombe, die John ins Jenseits beförderte und seinen Vater zum Krüppel machte. Daher blieb Pamela weiter auf der Farm, solange Philip Scott völlig unfähig war, etwas zu unternehmen, aber sobald er konnte, reiste er zu ihr, und es wurde entschieden, daß sie mit ihm nach London ging. Obwohl das Haus beschädigt war, konnte man drin wohnen, einzelne Räume ausgeschlossen, und wenig später konnten dort auch einige Reparaturen ausgeführt werden.

Howard erzählte, Scott wäre ihm als vollkommen gebrochener Mann vorgekommen, körperlich und seelisch, aber es gab keinen Zweifel, daß die Kleine ihm ähnelte, sie hatten dieselbe Augenstellung, die gleiche Haarfarbe, sogar ähnliche Bewegungen. Nachdem Philip Scott mit dem kleinen Mädchen nach London zurückgekehrt war, stellte seine Schwester, die in das Geheimnis eingeweiht wurde, eine Erzieherin ein.

»Irgendeine alte Henne, die nur als Großmütterchen angesehen werden«, kommentierte Crook in seiner respektlosen Art, »und unmöglich Erbin des alten Mannes werden konnte. Es muß ein schrecklicher Schock für Mrs. Barnes gewesen sein«, meinte er gedankenvoll zu Bill. »Nach dem Tod von John Scott sah sie sich und Liebling Oliver als rechtmäßige Erben, und statt dessen würde ein Kind, von dem sie nie gehört und das sie nie gesehen hatte, noch dazu unehelich geboren, den Kuchen aufessen dürfen. Was hinterließ er denn?«

»So ungefähr Fünfzigtausend.«

»Ein ganz nettes Sümmchen, auch nach Abzug der Erbschaftssteuern. Gemordet worden ist schon für viel weniger, aber wenn wir diesmal nicht gegen die Mörder gewinnen, will ich Hans heißen.« Er ließ sich nieder, als ob der Tag beginne und nicht als ob er zu Ende ginge. »Wir müssen für morgen einen Plan machen. Ich werde nach Great Baring gehen, und wenn ich herausfinde, daß die Lage so ist, wie ich sie mir vorstelle, rufe ich Dich an, damit wir uns treffen können, am besten einschließlich Mrs. Hubble.«

»Du meinst, Du kannst der Dame Entführung nachweisen?« Bill sah zweifelnd aus. Er hatte wenig Achtung vor dem Gesetz, aber soviel wußte er: Ein völlig Fremder kann nicht irgendwo reinmarschieren und jemanden beschuldigen, den er nie gesehen hat.

Crook arbeitete es weiter aus: »Das Wichtigste ist, herauszufinden, ob sie da ist. Deinem Onkel Arthur traust Du doch zu, daß er das kann! Heutzutage kannst du keinen Zuwachs im Haushalt haben, von dem niemand etwas weiß. Die Händler zum Beispiel müßten wissen, ob eine Lebensmittelkarte mehr vorhanden ist. Wenn wir herausgefunden haben, daß sie da ist, müßte jemand sie identifizieren können, und die einzige, von der ich Kenntnis habe, ist Mrs. Hubble. Gut, daß Miss Martin mir ihre Anschrift gab.« Er holte sein dickes schäbiges Notizbuch hervor und blätterte darin. »In Stellung in Richmond«, sagte er, »das ist auf dem Wege nach Great Baring, wenn es sich als notwendig erweisen sollte, sie dahin zu bringen, und ich habe so einen Riecher, das wird es.«

»Sie werden sich gegenseitig die Augen auskratzen, sie und Mrs. Barnes, könnte ich mir vorstellen«, bemerkte Bill leidenschaftslos.

»Es ist zwecklos, sie kommen zu lassen, bevor wir etwas vorzuzeigen haben. Aber ich stelle mir vor, das werden wir.«

Mit seinen sprunghaften Einfällen stieg die Flut seiner Worte: »Sieh mal, wenn Du jemanden verstecken willst, um ihn im Auge zu behalten, ist dein eigenes Haus der sicherste Platz auf der Welt. Du mußt keine Fragen beantworten, brauchst keine Erklärungen anzubieten. Noch etwas, Mrs. Barnes hat Mrs. Hubble um ihr Legat gebracht. Die wird sich freuen, ihr Pech mitanzusehen. Ich würde gern wissen, ob wir mit dem alten Mädchen telefonieren können.«

Mrs. Hubble hatte nicht nur ihre Adresse angegeben, sondern auch den Namen ihres Dienstherrn, bei dem sie jetzt beschäftigt war, so daß Crook ohne Schwierigkeit eine Verbindung bekam. Eine Männerstimme am anderen Ende der Leitung meldete sich. Crook kündigte sich an, ohne sich Zeit für höfliche Vorreden zu nehmen. »Mein Name ist Crook, ich bin Anwalt und müßte dringend mit Mrs. Hubble in Verbindung kommen. Sie ist doch Ihre Haushälterin, soweit mir bekannt ist.«

Die Stimme am anderen Ende der Leitung klang mißtrauisch: »Was wollen Sie von ihr? Ihr einen weiteren Fünfziger anbieten, damit sie zu Ihnen überwechselt?«

»Für alles Gold Arabiens möchte ich keine Frau im Haushalt haben«, versicherte ihm Crook aufrichtig. »Immerhin ist mein Anliegen ziemlich ernst. Eine, die Mrs. Hubble gut bekannt ist, befindet sich in einer gefährlichen Lage, und vielleicht könnten wir Mrs. Hubble morgen brauchen. Ich möchte mit ihr in Fühlung kommen und würde sie gern eine Minute sprechen.«

Ohne jede Begeisterung in der Stimme erklärte der auf der anderen Seite, daß er sie rufen würde, und kurz danach meldete sich eine Frauenstimme mit den Worten: »Wer spricht, bitte?« Es klang so gelassen und vernünftig, als ob Anwälte sie zu allen Stunden des Tages anrufen würden und das bekannt sei.

Er antwortete mit einer anderen Frage: »Sie waren Köchin bei Mr. Scott im Swan-Haus in Kensington, soweit mir bekannt, zwei Jahre lang?« Man hörte, wie der Atem angehalten wurde. »Also kennen Sie auch Miss Lawrence und das kleine Mädchen?«

»Ist ihnen was passiert? Ich weiß nicht, wer Sie sind ...«

»Darauf komme ich gerade. Erinnern Sie sich an eine alte Dame, eine Miss Martin, die einmal zum Tee da war?«

»Natürlich, Pamela hat ständig von ihr geredet. Ich hätte gern gewußt, was mit ihr passiert ist, ich meine mit Pamela.«

»Das wünschen wir alle«, sagte Crook.

Ihre Stimme wurde scharf: »Ich verstehe Sie nicht.«

»Sie kennen Mrs. Barnes, wenn ja, wissen Sie, sie läßt den Dingen nicht ihren Lauf. Sie haben doch etwas Erfahrung darin!«

»Denken Sie, sie hat Pamela noch mehr Leid zugefügt?«

»Mehr?«

»Sie hat ihr all ihr Geld genommen, dem armen kleinen Wurm, wenn sie nicht noch Schlimmeres gemacht hat.«

»Lassen Sie uns nicht wünschen, daß sie es versucht. Sie ist eine Dame, die ihre besonderen Wege geht, nicht wahr? Mr. Scott stand ihr im Wege, und er starb. Dann begann Miss Martin lästig zu werden, und sie starb.«

»Tot?« Mrs. Hubble schien außer sich.

»Vergiftet!«

»Das ist der zweite Fall. Hatte sie ein schwaches Herz?«

»Mrs. Barnes würde nicht so ein kleines Hindernis im Weg stehen lassen«, erwiderte Crook hemmungslos.

»Und Miss Lawrence und Pamela sind in Gefahr?«

»Haben Sie je eine schwarze Mamba gesehen, die ihren Weg um den Zaun herumgeht? Jeder, der dumm genug ist rauszugehen, steckt den Hals in ihren Rachen. So ist Mrs. Barnes. Wenn Terry und Pamela dumm genug sind, ihr Schwierigkeiten zu machen, sind sie dran, beide. Nur, womit Mrs. Barnes nicht rechnet, Arthur Crook ist auf ihrer Spur. Und Sie stehen zu ihm, nicht wahr?«

»Ja, das tue ich, wenn es um die beiden geht.« Und mit einem gewissen Humor fügte sie hinzu: »Ich reihe mich in das Giftspiel ein, wenn ich zustimme.«

»Da würde ich ohne Sorge sein. Sehen Sie, Mörder folgen stets dem gleichen Schema, aber man muß bedenken, Töten ist nicht schwer, aber wohin mit der Leiche? Selbst eine Dame wie die gewisse Mrs. Barnes muß Schwierigkeiten bekommen, vier Tote zu rechtfertigen, fünf, wenn man Mr. Scott dazu zählt.«

»Wissen Sie, wo die Kleine ist?«

»Ich habe so eine Ahnung und hoffe, in 24 Stunden ist das Geheimnis gelüftet. Dabei können Sie mir helfen. Die einzige der drei, die ich jemals sah, war Miss Martin, so daß Mrs. Barnes jeden Namen, welchen auch immer, jeder der beiden anderen geben kann, und wer bin ich denn, um ihr ein Nein entgegenzusetzen. Aber Sie waren im Haus, Sie sind eine wichtige Zeugin. Auch wenn sie einwenden würde, sie hätte Flüchtlinge aus Kambodscha, die kein Wort Englisch verstehen, während Sie der Polizei etwas anderes sagen, so machen die, ehrbar, wenn auch wenig klug, wie sie sind, zu jeder Zeit eine Brot-und-Butter-Aktion daraus.«

»Und Sie nennen Mord eine Brot-und-Butter-Aktion?«

»Verglichen mit Flüchtlingen aus Kambodscha. Sehen Sie, ich fahre jetzt nach Great Baring, und wenn ich das herausfinde, was ich erwarte, benachrichtige ich meinen Partner Bill Parsons, der Sie abholen kann. Können Sie das mit Ihrem Arbeitgeber so vereinbaren?«

»Mr. Rivers ist ein vernünftiger Gentleman.«

»Soll das heißen, Sie haben ihn bereits in die Tasche gesteckt? Und er zahlt, damit er darin bleiben darf? Manche mögen es so. Sie können ihm ja ein Märchen erzählen.«

»Wie wäre es mit der Wahrheit?« fragte Mrs. Hubble und nahm auf diese Weise allen Wind aus Crooks malerischen Segeln. »Das spart viel Mühe und ist viel spannender als alles, was ich mir ausdenken könnte.«

Sie legte auf, nachdem alles klar abgemacht war, und Crook meinte zu Bill, Mrs. Hubble wäre eine Frau nach Bills Geschmack, keine Fragen, keine Hysterie, nur ein klares Ja oder Nein.

Mrs. Hubble sprach im Anschluß an ihr Telefonat mit Mr. Rivers, der schon Bedenken hatte, man hätte ihr testamentarisch eine größere Summe vermacht. Er konnte sie nicht entbehren, denn ungleich den meisten seines Bekanntenkreises wußte er nicht, wie ein Spülbecken von innen aussieht. Aber er glaubte, dadurch wiederum hätte er keinen Ärger mit seinen Hausangestellten. Sein Motto lautete: Gib ihnen freie Hand und frage nicht, was sie in ihrer Freizeit machen, denn eigentlich ist es einem ja sowieso egal und man will ihnen keinen Floh ins Ohr setzen. Dann ist alles in Butter. Mrs. Hubble ihrerseits ging nur zu Junggesellen. Es gibt genügend Schwierigkeiten in der Welt, und warum denen noch etwas hinzufügen. Die Damen glaubten, wenn sie nicht wenigstens dreimal in der Woche Theater machten, wären sie ihr Geld nicht wert. Sie liefen dauernd in alle Geschäfte und erklärten danach, wo man hier und da noch einen Penny einsparen könne. Männer sähen den Rosenkohl auf dem Tisch und das einzige, was sie bekümmerte, wäre, wenn er fad gekocht wäre. Damen wollten wissen, ob man dafür fünf oder sechs Pence bezahlt hätte, und wenn sie diese und dazu noch ein paar andere eingespart hätten, gäben sie sie für den Bus zum Supermarkt aus.

»Es ist eine schlimme Sache«, begann sie. »Sie erinnern sich, ich war bei Mr. Scott, ehe ich zu Ihnen kam. Ich wollte nicht gern darüber reden, aber ich habe nie recht glauben können, daß Mr. Scott eines natürlichen Todes starb.«

Mr. Rivers war entsetzt. »Was wollen Sie damit sagen?«

»Damals gab es Gerede, aber nichts, was man hätte beweisen können. Jetzt ist eine, die vielleicht einen Skandal verursachen konnte, durch Gift gestorben, und sie war die letzte, die Selbstmord verübt hätte. Dazu ist das kleine Mädchen verschwunden.«

»Das klingt wie Mont-Martre-Theater.«

»Der Herr, der angerufen hat, glaubt, einiges in Erfahrung gebracht zu haben, er möchte, daß ich mitgehe und sehe, ob ich erkennen kann ...« Sie unterbrach sich, als die Erinnerung sie übermannte. »Obwohl Mr. Scott ein Krüppel war, ist es so ein glückliches Haus gewesen. Die Kleine liebte ihn so sehr und er sie. Und dann mußte es so enden ...«

»Ich bin nicht damit einverstanden, daß Sie dahinein verwickelt werden, Mrs. Hubble. Und haben Sie vergessen, daß der Professor morgen abend zum Dinner kommt? Wenn Sie den Vormittag verbummeln, werden Sie nichts fertigmachen können.«

Mrs. Hubble biß sich auf die Lippen. »Ich habe noch nie einen Herrn im Stich gelassen, aber ich bin überzeugt, man könnte meine Sauce kaum auf den Tisch bringen, wenn ich den ganzen Tag gegrübelt und keinen Finger zur Hilfeleistung gegeben hätte.«

»Wenn Sie mir versprechen, zeitig genug zurück zu sein, schlage ich vor, Sie gehen, aber eigentlich ist keine einzige junge Frau es wert, daß eine gute Köchin dafür ihr Leben aufs Spiel setzt.«

17

Der nächste helle Morgen sah Crook auf der Straße nach Great Baring. Er nahm den Wagen, um, falls erforderlich, schnell beweglich zu sein. Als er den ansehnlichen kleinen Marktflecken erreichte, sah er sich nach einer geeigneten Bierstube um. Zuerst versuchte er es im Dänemark, aber das Bier war schal und das Barmädchen (das diesen Titel sicher übelnehmen würde) noch mehr. Crook mochte keine Frauen, die dünn wie ein Strich waren, und verschwand, um sich in den Sterbenden Herzog zu begeben, wo es bedeutend vergnügter zuging, als der Name besagte. Hier war die Bardame ein Mädchen mit angenehmen Rundungen und schönem hellblonden Haar. Und sie wußte, wozu die Natur ihr eine Zunge gegeben hatte. Jedenfalls nicht, um sie Kunden, die sie nicht mochte, zu zeigen. Crook bestellte ein Bier für sich und einen Portwein für sie, Gladys war ihr Name, und begann einen Schwatz mit ihr. Er brachte bald das Gespräch auf Mrs. Barnes. Das Barmädchen machte eine geringschätzige Bewegung mit der Hand.

»Wir kennen dies Volk, nichts für uns. Bekommen all ihr Zeug aus der Stadt und kennen keinen Unterschied zwischen Bier und Dünnbier. Höchstens, daß sie das Dänemark aufsuchen, wenn sie überhaupt in ein Lokal gehen.«

»Was machte denn Mrs. Barnes im Krieg?«

»Leitete den Womens Voluntary Service und ließ ihn schön absaufen, dachte meistens, sie wäre die Königliche Hoheit.«

»Sie waren auch im W.V.S?« fragte Crook ohne viel Hoffnung. Das war zuviel verlangt, bei den Kurven und herausfordernden Blicken.

»Verflixt, nein, ich war Feuerwehrmann und bekam monatlich vier Streifen und fünf Schillinge und das 42 Monate lang, ein Trinkgeld, womit ich meine Altersrente aufbessern kann.«

»Sie hat ein großes Haus, nicht wahr?« Er bestellte eine weitere Runde.

»Sie werden mich auf die Weise betrunken machen«, meinte Gladys. »Ja, alles hat sich verändert, viel zu groß für eine Frau allein, finde ich, noch dazu die Jungs, die von der Front kommen, in Kuhställen kampieren müssen. Es wurde schon darüber geredet, und nicht sehr freundlich. Neulich fand die Share-Your-Homes-Kampagne statt, und darum brachte sie diese Miss Smith mit.«

»Wer ist Miss Smith?«

»Fragen Sie mich nicht, ich habe sie nie gesehen. Es war einfach so angezettelt, wenn Sie mich fragen. Hatte wohl Angst, sie müsse jemand in ihre Dachkammern aufnehmen, dabei ist in *dem* Haus bestimmt kein Kühlschrank notwendig. Einfrieren, sobald sie dich sieht, das würde sie wollen. Und dann muß man fragen, hat so eine vornehme Dame eine Verwandte mit Namen Smith?«

»Was für eine Verwandte?«

»Sie nennt sie meine arme kleine Nichte. Sehr, sehr krank,

falls Sie ihr das abnehmen. Hält eine Krankenschwester in Tracht.«

»Schon lange da?«

»Nur ein paar Tage, die Schwester, meine ich. Mrs. Barnes berichtete, das arme Mädchen wäre schlimm dran und sie müßten sich sehr um sie kümmern. Sie ist nie draußen gesehen worden. Aber, wenn sie so schlimm dran ist, warum haben sie keinen Arzt? Die meisten Schwestern würden sich damit nicht einverstanden erklären.«

»Sind Sie sicher, daß sie keinen haben?«

»Er müßte höchstens nach Anbruch der Dunkelheit kommen. Ich würde nicht überrascht sein, wenn sie auch im Dunkeln ausgeht. Ich selbst habe die Dinge gern offen und auf dem Tisch. Und außerdem hat die Schwester ein Gesicht wie die Rückansicht eines Taxis.«

»Sie haben zuviele Filme gesehen, Gladys.«

Sie schüttelte ihren blonden Kopf. »Das habe ich zwar nicht, obwohl es mir nicht an Einladungen gefehlt hat, Mr. Naseweis!«

»Nun muß ich aber gehen, halten Sie mir noch etwas unter dem Schanktisch bereit, falls ich es überhaupt noch austrinken kann, wenn ich die Affäre Barnes hinter mich gebracht habe.«

Als er den Sterbenden Herzog verlassen hatte und seinen Wagen nach den Gables lenkte, hatte er den gleichen Gedanken wie vor ihm Terry, nämlich, es müsse einen Grund geben, daß eine so vielbeschäftigte und gesellige Frau sich ein so von allem Verkehr entferntes Haus ausgewählt hatte. Ohne Zögern entschied er außerdem, daß sie denjenigen, der die Benzingutscheine vergab, in der Tasche hatte. Ihre ganze Art spricht dafür, als wäre es ihr gutes Recht, alles das in Anspruch zu nehmen. Wahrscheinlich hat sie auch die kleine Miss Smith in ein Kämmerchen gesteckt, wo sie alt und grau werden kann, ehe überhaupt jemand von ihr hört. Falls sie es wagt, ihre Nase aus dem Fenster zu stecken, hat sie sicher einen gut gedrillten Sklaven bei der Hand, um sie wieder zu schnappen, so gut, wie sie alles im Griff hat. Geräuschvoll fuhr er zum Tor, stolz auf seinen roten Wagen, der ihn doch hätte verraten können. Mrs. Barnes konnte so gut organisieren, daß sie selbst in dieser revolutionären Zeit noch ein Hausmädchen mit Schürze und Häubchen hielt, das mit einem Ausdruck, als hätte man noch 1913, auf sein Klingeln die Tür öffnete.

Ist bestens trainiert, um den Wolf draußen warten zu lassen, dachte er für sich, jedermann weiß aber, Wölfe sind keine Weichlinge. »Kann ich die Hausherrin sprechen?« sagte er und beförderte eine Akte aus seiner Tasche. Eisig gab sie ihm zu verstehen, daß nichts an der Tür gekauft würde. Crook unterrichtete sie, daß er vom Rathaus, Abteilung Wohnungsangelegenheiten, käme und etwas zu besprechen hätte. Die Herren dort würden es nicht gern sehen, wenn er unverrichteter Dinge zurückkäme. Während sie zögerte, ob sie ihn einlassen sollte, und sie sich gegenseitig ansahen, Crook mit dem Ausdruck: 'Das ist Wasser auf meine Mühle', sie ungelenk und ablehnend, erschien Mrs. Barnes in der Halle. Wie ein irischer Terrier konnte sie keinem Streit aus dem Wege gehen. »Was ist los, Parker?«

»Jemand, der sagt, er käme vom Rathaus, gnädige Frau.«

Crook steckte seine Hand in die Westentasche und erklärte, er habe seinen Ausweis dabei, wenn sie ihn sehen wolle. Da sie so weit draußen wohne, würde sie ihn vielleicht nicht kennen. Damit hatte er sie an ihrer wunden Stelle getroffen; sie glaubte sich allwissend.

»Kommen Sie herein«, sagte sie kurz angebunden, »Parker, wenn Miss Minns kommt, möchte ich sie sofort sehen.«

Alt wie Brot der vorigen Woche, dachte Crook angeekelt. Miss Minns gibt es natürlich nicht, aber sie muß unbedingt zeigen, wie beschäftigt sie ist. »Eine von Ihren W.V.S.-Mädchen?« fragte er, als er ihr ins Morgenzimmer folgte.

»Die Regierung soll selbst entscheiden, ob sie fähig ist, jedes Problem staatlich lösen zu lassen, aber man wird bald herausfinden, daß persönliches Handeln zu mehr Erfolg führt.«

»Ich bin auch für Privatinitiative«, stimmte Crook ihr zu. »Leider werden Sie nicht froh über meine Anwesenheit hier sein. Ich selbst würde den Beruf am liebsten an den Nagel hängen, aber um zur Sache zu kommen, ich muß feststellen, woraus die Wohnung hier besteht.«

Mrs. Barnes erschrak über seinen Mangel an grammatikalischen Formen, übersah es aber, da sie überlegte, die örtlichen Behörden konnten keinen der Oberen zu ihr geschickt haben.

»Hier sind drei Wohnräume, einer davon wird als Geschäftszimmer benutzt. Ich habe sehr viel zu tun, ich habe die Hauptprüfungsstelle für dieses Gebiet. Es gibt sechs Schlafzimmer, die zur Zeit alle benutzt werden.«

»Sind Freunde zu Besuch, oder alles ständig hier Wohnende?« Dabei notierte er völlig undeutbare Zeichen in sein kleines Notizbuch.

»Ständige. Mein Sohn Oliver, der zur Zeit sein Hauptquartier hier aufgeschlagen hat. Er wird seine derzeitige wichtige Stellung demnächst aufgeben, um eine ähnlich bedeutende einzunehmen, dann meine Nichte, die sehr krank war, ein ernsthafter Zusammenbruch, und sie muß ganz zurückgezogen leben, ihre Pflegerin, die selbstverständlich im Haus leben muß, und meine beiden Mädchen, Parker, die Ihnen geöffnet hat, und meine Köchin Dobson, die im Augenblick ihre kranke Mutter besucht, in wenigen Tagen aber zurück sein wird.«

»Keine Gästezimmer?« Crook schrieb emsig mit.

»Bis meine Nichte und die Pflegerin kamen, hatte ich eins, das abwechselnd von solchen Leuten genutzt wurde, die für die Allgemeinheit wichtige Arbeiten verrichten, und das zweite wurde von meinem Sohn als Studierzimmer gebraucht. So wie die Lage jetzt ist, muß er das Eßzimmer für seine Zwecke mitbenutzen. Selbstverständlich hat die Pflegerin ihr eigenes Zimmer, und wenn sie frei hat, sehe ich selbst nach meiner Nichte.« Sie stand auf, um anzuzeigen, daß sie die Unterredung für beendet hielt. »Hoffentlich ist das ausreichend für Sie.«

»Es tut mir leid, aber ich muß Sie bitten, mir das Haus zu zeigen.«

Mrs. Barnes wurde frostig. »Ich dachte, ich hätte mich klar genug ausgedrückt. Meine Nichte ist schwer krank ...«

»Nichts Ansteckendes, hoffentlich.«

»Wenn Sie denken, sie hätte etwas, das den Behörden mitgeteilt werden muß, gewiß nicht. Sie hatte nur diesen Zusammenbruch und ist, na ja, unbeherrscht. Sie ist nicht verantwortlich für ihre Handlungen, aber ich willige nicht gern ein, sie in eine Privatklinik zu geben, ich halte mehr von einer Hauspflege und bin überzeugt, daß ihr diese mit der Zeit Heilung verspricht.«

»Ich glaube Ihnen. Aber, wenn Sie im W.V.S. gearbeitet haben, wissen Sie, daß das menschliche Herz voller Falsch und Hinterlist ist. Sie würden über die Zahl der Wohnungseigentümer überrascht sein, die Verwandte entdeckt haben, von denen weder sie selbst noch andere vor Jahresfrist gehört haben. Merkwürdig ist, daß sie immer unsichtbar sind, und dabei gehört Hexerei doch vergangenen Zeiten an.«

Mrs. Barnes sah jetzt völlig versteinert aus. »Ich hoffe, daß Sie endlich zufrieden sind.«

»Ich werde Sie natürlich nicht bitten, mir das Zimmer der jungen Dame zu zeigen. Aber ich muß es in meinem Bericht erwähnen. Ich bin sicher, daß Sie das verstehen.« Er sah sie offen und gespannt an und überlegte, ob sie das wohl offiziell nachprüfen lassen würde. Verständlicherweise würde sie lieber nichts verlauten lassen. Um das Beste aus dieser unerfreulichen Situation zu machen, ging sie ihm auf der Treppe nach oben voraus und erklärte, was sich hinter den einzelnen Türen befand.

»Das ist mein Zimmer, das ist das meines Sohnes, dann das der Schwester.« Die vierte Tür, das Zimmer ging nach hinten, wie Crook geahnt hatte, öffnete sich gerade einen Spalt breit, und eine Frau in Schwesternkleidung kam heraus. »Ach, Schwester, wir haben hoffentlich nicht die Patientin geweckt. Dies hier ist ein Abgesandter von der öffentlichen Verwaltung.

Sie vermuten, wir hätten noch übrigen Platz für Einquartierung.«

Die Schwester, mit gut zurechtgemachtem Gesicht, Alter etwa Anfang 50, sagte schroff: »Auch wenn Sie ein Dutzend Räume hätten, Mrs. Barnes, könnten Sie niemanden einquartieren, bestimmt nicht mit einer Kranken in diesem Stadium im Haus. Auch ist es viel zu weit draußen für einen Arbeiter, und die Behörden haben doch hoffentlich nicht vor, irgendeinen Faulenzer in einen Privathaushalt zu setzen.« Sie wirkte wie in einem Theaterstück, eine von diesen leichten Satiren, denen die meisten der gutmütigen Engländer jederzeit Beifall zu spenden bereit sind.

»Anscheinend findet der Aufruf wenig Widerhall, eigentlich beinahe gar keinen. Niemand scheint die Unbequemlichkeiten in Kauf nehmen zu wollen.«

»Ich könnte Ihnen sagen, wie der Hase läuft, es ist immer dasselbe«, erwiderte die Schwester.

Wie Schlagball, dachte Crook: Nun zu dir, Partner, und der Partner springt zum Netz, um einen vernichtenden Schlag anzubringen. — »Ich war nicht umsonst im Dienst des W.V.S. Ich finde es ebensowenig angenehm, einen Invaliden im Haus zu haben, Schwester, Sie verstehen, ich meine das nicht persönlich ...«

»Ich verstehe vollkommen.« — Zurück mit dem Ball ins richtige Feld. — »Wir hoffen sehr, daß absolute Ruhe zur Heilung beitragen wird.«

Oder umgekehrt, dachte der mißtrauische Crook, es könnte auch dem Leichenbeschauer etwas zu tun geben.

»Übrigens, wollten Sie mich sprechen, Schwester?« Mrs. Barnes fragte das sehr freundlich.

»Ja, ich wollte Bescheid sagen, daß wir einiges aus der Apotheke brauchen, aber ich möchte die Patientin nicht gern allein lassen.«

Crook war hypnotisiert. In der nächsten Minute würde er sich selbst anbieten, es zu holen. Jedoch Mrs. Barnes kam ihm zuvor. »Oliver wird demnächst zurück sein. Er kann den

Wagen nehmen. Sie kann ich nicht entbehren. Miss Minns ...«
»Eine Verwandte von Mrs. Arris?« fragte Crook. Beide Frauen starrten ihn an. »Sie war im W.V.S. oder so ähnlich«, beeilte er sich hinzuzufügen. »Aber sicher nicht im letzten Krieg.«

Die Schwester hatte die Tür des Krankenzimmers hinter sich zugezogen, kein bißchen Licht war durch den schmalen Spalt gedrungen. Crook konnte sehen wie eine Katze, hätte er an Wiedergeburt geglaubt, hätte er vermutet, er sei eine gewesen, so scharf konnte er in der Dunkelheit hören und sehen. Daher war er sich sicher, jetzt ein Geräusch wie ein Stöhnen hinter der Tür gehört zu haben. Stöhnen und Seufzen. Mrs. Barnes schien es auch gehört zu haben, denn sie sagte ärgerlich zu der Schwester, daß die Patientin durch sie geweckt worden sei, dabei hätte doch der Arzt absolute Ruhe verordnet. Besser, sie ginge wieder zu ihr. Die Schwester schlich hinein, und noch immer war innen kein Licht.

»Wünschen Sie noch das übrige Haus zu sehen?« Mrs. Barnes spielte jetzt wieder die würdige Hausherrin.

Crook schüttelte den Kopf, nur ein Telefonhäuschen von innen war alles, was er jetzt sehen wollte. Er mußte zu Miss Martins Leichenschau am folgenden Tag, und er wollte vermeiden, daß ein derartiges Ereignis zum zweiten Mal stattfinden könnte. »Die Schwester hat recht. Sie können unmöglich Fremde aufnehmen. Es würde keiner Seite angenehm sein.«

»Ich bin froh, daß Sie dem zustimmen.« Ihre Laune verbesserte sich zusehends, als sie abwärts stiegen, und unten angelangt, hielt gleichzeitig ein großer dunkler Wagen, und ein dunkelhaariger junger Mann stieg aus. Er hatte dunkle Augen und einen kleinen Schnurrbart. Crook blieb stehen, bis er näher kam. »Ach, Oliver«, sagte seine Mutter, nicht um ihn vorzustellen, natürlich, »die Schwester wünscht einiges aus der Apotheke für Mary. Kannst Du fahren? Ich würde es selbst tun, erwarte aber Miss Minns jede Minute.«

»Ich möchte schon, muß aber erst noch telefonieren.«

»Natürlich, hoffentlich keine zu langen Gespräche, ich warte auf eine Telegrammdurchsage.«

»O.K.« Oliver schien wenig beeindruckt von ihrer Geschäftigkeit, sie bekam sicher Anrufe zu jeder Stunde, vom Buckingham Palast, von Downing Street, dem Weißen Haus oder sonstwem ... Crook steckte sein kleines Notizbuch ein und wiederholte, daß er entsprechend berichten würde. Es gäbe hier keine Unterbringungsmöglichkeiten. Es täte ihm leid, wenn er sie gestört hätte. Mrs. Barnes wurde überfreundlich und bat ihn, zu bestellen, daß sie durchaus zustimme, daß solche Durchsuchungen vorzunehmen seien, schon in Anbetracht dessen, daß die allgemeine Bereitschaft, Opfer zu bringen, fehle. »Natürlich hätte ich das selbst mitteilen können, so daß Sie nicht Ihre Zeit zu verschwenden brauchten, aber es ist ja richtig, daß in einer Demokratie alle gleich behandelt werden, ich beklage mich keinesfalls. Glauben sie nicht auch, daß man einen Fehler macht, diese willkürliche Politik einzuführen? Aber sie werden es sicher selbst bald merken. Im Frieden kann man die Menschen nicht reglementieren.«

Crook hatte nie Zeit gehabt, Abendkurse zu besuchen, auch nicht, als er jung war. »Kann man nicht?« fragte er, und Oliver feixte unerwarteterweise. Mrs. Barnes blickte 18 % weniger freundlich drein und wandte sich beiläufig an ihren Sohn. »Ein Abgesandter vom Rathaus.« Der meinte: »Ja? Ich wunderte mich bereits. Ihr Wagen?«

Crook fuhr auf wie eine alte Jungfer, deren Hund verächtlich gemacht wird, und etwas hochmütig erklärte er, das wäre die 'Peitsche', die er nicht gegen alle Ausstellungsstücke von Brookland tauschen würde, denn er hatte sie seit zehn Jahren in Betrieb erlebt.

Oliver fand, das wäre dann der Dritte im Bunde mit Charleys Tante und Johnnie Walker, die auch immer noch laufen.

»Eines Tages werde ich ihn zweifelsohne in den Himmel fahren.« Nachlässig hielt er die Hand zum Abschied hin.

Oliver war überrascht und keineswegs erfreut über diese Geste, erwiderte sie aber in gleicher Weise, so daß Crook die lange Narbe sehen konnte, die über den Handrücken lief. Er ging schnell durch das Tor, sprang in den Wagen und entschwand so geräuschvoll, wie er gekommen war. Unsichtbar geworden hinter einer Kurve stoppte er den Wagen und lief zu Fuß zurück. Er war sich ziemlich sicher, daß Mrs. Barnes, Oliver und die Schwester über die neueste Entwicklung beratschlagen würden und Mrs. Barnes damit angeben würde, wie klug sie die Machenschaften der Behörden umschifft hatte. Vielleicht lachten sie alle drei auf seine Kosten.

Aber bei dieser Gelegenheit hatte Crook unrecht.

Er schlich vorsichtig durch das Seitentor und achtete darauf, daß er gut hinter der Hecke versteckt war. Er erreichte den hinteren Garten vorbei an Garage, Küchentrakt und Geräteschuppen. Es war nahezu Lunchzeit, und da die Köchin abwesend war, würde der 'Schrecken der Wölfe' vermutlich die Reste des Abendessens zusammenrühren, um einen Auflauf daraus zu machen. Man konnte sich schlecht vorstellen, daß Mrs. Barnes irgendeine Hausarbeit selbst verrichtete, andererseits gehörte sie zu den Leuten, die selbstverständlich wissen, wie es gemacht werden muß. Wie ein kleiner brauner Elefant kam Crook unbemerkt durch das Gebüsch, bis er die Fenster auf der Hinterseite des Hauses im Blick hatte. Er sah hinauf und stellte fest, daß der Raum, in dem die unglückliche Gefangene eingesperrt war, mit einem Vorhang, der das ganze Fenster zudeckte, abgedunkelt war, dazu waren die Fenster vergittert, vielleicht war das früher mal ein Kinderzimmer gewesen, vorausgesetzt, sie hatten es sich nicht schon immer zur Gewohnheit gemacht, eine Mondsüchtige im Haus zu halten.

Da ist bereits der Teufel los, kein Licht innen, keins von außen! Er nahm die sich bietende Gelegenheit wahr und warf ein Kieselsteinchen gegen das Fenster. Es gab ein Klicken, als es das Fenster traf, aber nichts geschah. Er würde sich nicht wundern, wenn sie vielleicht betäubt war, versuchte es aber noch einmal mit einem zweiten Steinchen, und diesmal war das Glück auf seiner Seite. Erschüttert beobachtete er, wie dünne Finger mühsam versuchten, den Vorhang zur Seite zu schieben. Er war mit Nägeln befestigt. Der Versuch drückte Angst und Verzweiflung aus, und Crook war aufs äußerste besorgt. Angst und Schrecken, und wieviel würde von ihm und seinen Fähigkeiten abhängen, seiner genauen Abschätzung, wie man die Katze aus dem Sack holen konnte, und Aufmerksamkeit für jede Einzelheit, denn ein kleiner Schritt daneben konnte bereits einen weiteren Tod bedeuten. Tod stand zwar auf seinem Programm, aber seine Seite sollte den Wechsel nicht einlösen. Still und ohne sich zu bewegen, verfolgte er den Kampf des unsichtbaren Opfers. Der Vorhang verschob sich und eine zweite Hand wurde sichtbar. Zentimeter für Zentimeter wurde der schwere Stoff beiseite geschoben, und dann erblickte er ein Gesicht, das er für Wochen und Monate nicht vergessen sollte, so sehr war es von Furcht gezeichnet. Beim Anblick des jungen Gesichts voller Panik wurde er wuterfüllt, wie nie im Leben zuvor. Dies Gesicht voller Qual, das in den Garten starrte, ließ ihm das Blut in den Adern gefrieren. Vorsichtig, nachdem er in jede Richtung gespäht hatte, schlich er sich bis zur Mitte des Rasens, und in dem Augenblick kam die Sonne hervor, und ihre Strahlen breiteten sich über Gras, Blätter und Blumen aus. Sprechen konnte er nicht. Keine Stimme konnte das dicke Glas durchdringen, und im Haus würde man ohnehin auf jedes kleinste Geräusch achten. Er hob den Arm und machte das V-Zeichen. Er konnte erkennen, daß die Angst einen Augenblick lang aus dem Gesicht verschwand, stattdessen Hoffnung darin erschien. Er nickte ermutigend, kochte aber innerlich vor Zorn. Wie hatten sie sie schon mißhandelt, welche Folterungen hatte sie schon erduldet, dieses junge hilflose Geschöpf, das sich im Griff von Feinden, grausam wie die Hölle, befand?

Eile war nun geboten. Dieser Bursche Oliver hatte ihn merkwürdig betrachtet. Und was genau wollte er wohl sagen, als er meinte, »ich wunderte mich bereits«? Es würde einfach genug sein, im Rathaus nachzufragen. (Er segnete die neue Verwaltung, die es einem Mann ermöglichte, ohne vorherige Anmeldung in ein Privathaus gehen zu dürfen.) Dann fanden sie heraus, daß der Auftrag gefälscht war. Eigentlich würde

Mrs. Barnes mit ihrer Vorliebe fürs Organisieren dies sowieso machen.

Während er noch beobachtete, wurde der Vorhang geschlossen, das Gesicht verschwand. Hatte sie etwas auf der Treppe gehört? Machten sie bereits einen Plan, sie fortzuschaffen? Jedenfalls konnte er hier nichts mehr tun, so daß, nachdem die traurige Bewohnerin des dunklen Raumes seinen Blicken entschwunden war, er im Laufschritt zur Straße zurückeilte. Als er an der Vorderseite des Hauses vorbeilief, warf er einen Blick über die Hecke. Drei Leute standen am Fenster des Morgenzimmers mit dem Rücken zur Straße. Sie redeten, als ob sie eine Wahl vorbereiten müßten, und niemand sah ihn, als er sich schnell vorbeischlich. Sie sprachen über ihn, wie er vermutet hatte. Oliver hatte die Bombe zur Explosion gebracht.

»Wer war der Kerl?«

»Jemand aus dem Rathaus, das sagte ich doch schon, er wollte wissen, ob wir Quartiermöglichkeit haben, aber ich überzeugte ihn leicht ...« Sie unterbrach sich beim Ausdruck auf dem Gesicht ihres Sohnes. »Was ist, Oliver?«

Trocken erwiderte er: »Was für ein Zufall, Miss Martin fuhr mit einem Burschen in einem roten Wagen, Peitsche genannt, am Tage, bevor sie ... starb, aus. Er gehörte einem Burschen namens Crook. Wäre seltsam, wenn es zwei davon gäbe, würde ich sagen. Das gibt Dir zu denken, was?«

18

Nicht weit fort von den Gables war ein Telefon, das Crook bereits auf dem Hinweg entdeckt hatte, und dorthin fuhr er jetzt eilends. Glücklicherweise bekam er sofort Anschluß an sein Büro, und Bill Parsons war am Apparat. »Es geht los«, sagte Crook kurz und bündig, und Bill antwortete: »O.K.« Crook gab ihm sehr kurze Informationen über den Weg und die Stelle, wo er sich aufhalten wollte, und legte auf. »Sie haben sie und wir können den Friedhof oder das Irrenhaus nur verhindern, wenn wir schnell sind.« Er überlegte, welche der beiden Möglichkeiten wohl von Mrs. Barnes geplant war. Die letztere wahrscheinlich. Wie er schon Mrs. Hubbles erklärt hatte, Leichname wegzuschaffen ist Hundearbeit. Welch ein Vorteil, Bill zum Partner zu haben, der nie viel Worte macht«, schoß es ihm durch den Kopf. Er begriff sofort, wo der Weg langgehen sollte. Auch konnte er zwischen den Zeilen lesen und fühlte Unausgesprochenes und Ungeschriebenes wie eine Frau. Mit dem einzigen Unterschied, jedenfalls vom Standpunkt Crooks aus, daß er das erkannte, was die anderen im Sinn hatten, während Frauen das herauslasen, was sie zu sehen wünschten.

Die 'Peitsche' versteckte er in einem Seitenweg und suchte sich dann eine Stelle, von der aus er beobachten konnte, was im Haus vor sich ging, ohne selbst bemerkt zu werden. Eine freundliche Seele hatte eine Bank am Ende des Weges aufgestellt, bestimmt für verwundete Soldaten, die allerdings nicht im Traum daran dachten, dort zu sitzen, so daß sie weniger ausgewählten Leuten zupaß kam. Crook hatte damit eine hervorragende Ausgangsstellung und versteckte sich hinter der Times, die er vorsorglich mitgebracht hatte. Die Times ist eine große umfassende Zeitung und kann einen schlanken Mann wirkungsvoll verstecken. Keine Zeitung wurde je mit mehr Aufmerksamkeit gelesen. Er fing die Anzeigenseite eins an, mit Familienanzeigen, Wettkämpfen und Flugmeldedienst, arbeitete sich durch Personenbeschreibungen, Hundezwinger, Vogelhäuser, Geschäfte, Leerstehendes, Gelegenheiten und Empfehlungen von Krematorien durch. Weiter zu 'Neues aus dem Ausland', und zusammen mit den Kabinettsministern mißbilligte er die Lage in den meisten Teilen der Welt. Er las internationale und heimatliche Kurzgeschichten und versenkte sich in die Berichte der Korrespondenten. Er las einen Bericht über die Lage in China und einen weiteren über Hüte. Über zwei Überfälle in der Daviesstraße West und über zwei Ehepaare, die vor dem Scheidungsgericht standen.

In diesem Stadium seiner Tätigkeit bemerkte er, daß jemand aus der Seitentür von den Gables herauskam. Eine Frau in mittleren Jahren, altmodisch angezogen und so steif, als sei sie aus einem Stück Holz geschnitzt. Sie lief die Straße entlang, und er beobachtete sie aus der Deckung seiner Zeitung heraus und stellte fest, daß es sich um den Wolfsschreck handelte. Geht sie in die Apotheke? Weswegen? Er behielt seine Stellung bei, aber sein Herz schlug rasend. Bill konnte nicht vor einer Stunde da sein, selbst wenn er den kürzesten Weg nahm, anders konnte man nicht rechnen, aber er wollte, zum Teufel, den Wolfsschreck abfangen, ehe sie zurückkehren konnte. Inzwischen überlegte er sich die verschiedenen Möglichkeiten, die Mrs. Barnes und ihre gewissenlose Mitarbeiterin sich ausdenken könnten, um das Mädchen fortzuzaubern. »Eines steht fest, sie können sie nicht aus dem Haus bringen, ohne daß ich es sehe.« Glücklicherweise war das Dorf zwei Meilen entfernt, und es gab für jemand ohne Auto nur die Möglichkeit, auf Schusters Rappen zu reiten. Inzwischen war ihm auch eingefallen, das Mädchen könne ihren freien Nachmittag haben und würde erst bei Dunkelheit zurückkehren, eine Überlegung, die ihn keineswegs befriedigte. Wenn sie seinen Vorwand durchschaut hatten, die drei, welch bessere Möglichkeit bot sich für sie, sich ihres unglücklichen Opfers zu entledigen als an einem Nachmittag, an dem sie ganz ungestört blieben. Wie irrsinnig machte er sich wieder über die Times her, las von einer Sturmwarnung, einem Schiffsunglück, einem Zugunglück, das allerdings schon viele befürchteten, weil es so oft vorkam, und eine Notiz über den geheimnisvollen Tod einer Schauspielerin. Daran war er so interessiert, daß er sich bereits eine eigene Lösung für den Fall ausdachte, als er unterbrochen wurde.

Oliver Barnes kam zum Haus hinaus und stieg in seinen Wagen. »Himmel! Was bedeutet das, einer geht und einer bleibt, während der Herr Mörder fortfährt.« Aber Oliver fuhr nur in die Garage. Anscheinend hatten sie es aufgegeben, sofort etwas zu unternehmen. Der junge Mann öffnete das

Tor, fuhr hindurch und stellte den Wagen ab. Pfeifend ging er ins Haus zurück. Wer weiß, ob er nicht auch so gepfiffen hat, als er Janet Martin das Morphium in den Kaffee schüttete? Und Crook machte sich mit einer Eselsgeduld wieder über die Times her. Als er auf der letzten Seite angekommen war, las er die günstigen Angebote von Grundbesitz und überdachte die vielen Möglichkeiten von Versicherungsbetrug, die sich innerhalb der Gesetze bewegen. Gut, daß es soviel Dummköpfe gibt, wenn sie sich darin auskennen würden, diese Burschen, die das schnelle Geld wollen, brauchten sie nicht zehn Jahre Haft oder gar den Galgen zu riskieren. Aber sie sind meist Holzköpfe. Eines Mannes Nahrung ... Das erinnerte ihn wieder an das Mädchen, und sorgenvoll überlegte er, was sie ihr wohl zum Lunch gegeben hatten. Als diese Vorstellung selbst für seine eisernen Nerven zuviel wurde, da kam endlich der erhoffte Wagen in Sicht und er hörte sein Geräusch. Das letzte Kapitel dieser Schauergeschichte konnte beginnen.

Bill fuhr, und neben ihm saß ein kleiner blonder Mann mit teilnahmslosem Ausdruck. Im Fond saß eine Frau mit beachtlichen Rundungen und einem mütterlichen Ausdruck im Gesicht, im Augenblick allerdings etwas sorgenvoll. Crook war erstaunt, als der Wagen nahe bei ihm hielt, als wolle sich der Fahrer nach dem Weg erkundigen. »Da Mrs. Barnes keinen Arzt hinzugezogen hat, hielt ich es für richtiger, unseren eigenen mitzubringen.« Crook sprang hinten hinein und begrüßte die Dame mit den Worten: »Mrs. Hubble, wie ich annehme, ich kann Ihnen gar nicht sagen, wie glücklich wir über Ihre Hilfe sind.«

»Es ist mir ein Vergnügen«, antwortete sie förmlich. — Crook überlegte nicht zum ersten Mal, daß bei allen Rassen die Frauen die stärkeren sind.

Sie fuhren bis zum Haus und beschlossen, auf Bills Vorschlag hin, daß der Arzt und Mrs. Hubble im Wagen bleiben sollten. Die beiden anderen gingen die Auffahrt entlang. Sie mußten zweimal läuten, ehe sie von einem der oberen Fenster aus gemustert wurden, bevor die Tür von Mrs. Barnes selbst geöffnet wurde.

»Ach, Sie sind wieder da, wie lautet denn diesmal Ihre Ausrede?« fuhr sie auf Crook los.

Crook war in Gedanken, weil er versuchte, eine Verbindung zwischen Mord und diesem sauberen Haus herzustellen, mit seinen ordentlichen Vorhängen, seinen gut geputzten Fenstern, seinem Anschein von Reichtum und Zurückgezogenheit. Und trotzdem verhielt es sich so. Mord geschah in völlig normalen Kreisen, bloß als durchschnittlichem Menschen fehlte einem das Verständnis dafür.

Bill erklärte ohne eine Spur von Leidenschaftlichkeit, es gäbe den Vorwurf, daß eine junge Dame gegen ihren Willen hier festgehalten würde, und er wolle diesen Gerüchten nachgehen. Mrs. Barnes lachte, keineswegs freundlich, und nannte diese Anschuldigung eine Unverschämtheit, zeigte aber weder Ablehnung noch Furcht. Es war recht beeindruckend. »Wieviele Münchhausiaden haben Sie noch auf Lager?« Bill zog ein Formular aus der Tasche: »Haussuchungsbefehl«, und hielt es ihr hin. Sie nahm es nicht entgegen, er vermutete, sie würde nicht erkennen, ob es echt war oder nicht. Statt dessen rief sie nach Oliver, und der Sohn kam aus dem Zimmer, das sie als Büro bezeichnet hatte.

»Oliver, rufe doch die Polizei an, und erkundige Dich, ob sie jemanden mit einem Durchsuchungsbefehl hierher gesandt haben.«

Oliver ging zum Telefon, und die anderen verharrten untätig in der Halle. Kurz danach kam er zurück und verkündete, daß sie nichts davon wüßten. Mrs. Barnes erklärte, daß sie das nicht anders erwartet hatte, und zu Crook gewandt meinte sie, sie wäre nicht dumm genug für dieses Spiel und sie wundere sich, daß er nicht genügend Weisheit besäße. Alle würden Zeitung lesen und Tag für Tag ständen darin Geschichten, besser als seine, wie den Gangsterbanden der Weg freigemacht werden sollte. — Weder Crook noch Bill wußten darauf eine Antwort.

»Wenn Sie noch einen Funken Verstand haben, verschwinden Sie, solange Sie noch können, die Polizei wird in einigen Minuten hier sein.«

»Das dachten wir uns schon.«

»Ich verstehe nicht ...«

»Er hat es Ihnen doch schon gesagt.« Crook schien ungeduldig. »Wir denken, hier befindet sich ein Mädchen, gegen ihren Willen. Wenn die Polizei kommt und zwar, weil Sie ihnen von einer Diebesbande, die etwas ausbaldowern will, erzählt haben, können wir ihr erklären, weshalb wir wirklich hier sind, und dann — das verstehen Sie doch, oder?«

Bei der Gelegenheit dankte er seinem guten Stern noch einmal, daß Bill auf seiner Seite und nicht auf der Gegenseite operierte.

»Ich denke, Sie sind total verrückt, glauben Sie wirklich, hier ist jemand versteckt?«

»Überlassen wir das der Polizei.«

»Was für ein Trick ist es diesmal?« fragte Oliver.

»Sie werden sehen.«

»Ich dachte, wir leben in einem freien Land«, murmelte der junge Mann, und Crook antwortete kurz: »Mörder sind niemals frei.«

»Mörder?« Mrs. Barnes' Stimme wurde schrill. »Wenn Sie nach einer Leiche suchen, werden Sie enttäuscht sein. Hier ist niemand außer meinem Sohn und mir, und das Personal natürlich.«

Sie setzten ihren Wortwechsel fort. Mrs. Barnes, mit immer lauterer Stimme, vermutete auch noch, er verdächtige ihr Personal; dann traf die Polizei ein — zu zweit. Ein uniformierter Beamter saß am Steuer, er kam nur bis zum Tor mit, und das natürlich, um beide Eingänge überwachen zu können, für den Fall, daß eine Flucht geplant war. Ein Inspektor kam bis zur Tür, und Mrs. Barnes erzählte ihm voller Verachtung, was geschehen war, und zeigte ihm Bills Haussuchungsbefehl.

»Der entspricht nicht den Vorschriften«, sagte der Inspektor.

»Sie bestätigen uns das«, stimmte Crook höflich zu. »Sehen Sie, wir wollten die Polizei gern hier haben, und wir glaubten, sie würde eher im Interesse von Mrs. Barnes kommen als für uns Ratten.«

Der Inspektor, verzeihlicherweise verwirrt, wollte eine Erklärung. Crook schlug vor, das hintere Schlafzimmer im ersten Stock zu überprüfen, das mit den vergitterten Fenstern, dann könnte er sich selbst ein Bild machen. Die Pflegerin brächte es vielleicht gerade in Ordnung.

»Er muß verrückt sein«, meinte Mrs. Barnes mit Geringschätzung in ihrer Stimme, »hier im Haus gibt es keine Pflegerin.«

»Ich muß mich wundern, wer mir wohl den Gedanken eingegeben hat.« Und zu dem Inspektor gewandt: »Ich kann Ihnen versichern, heute morgen war eine Pflegerin hier im Haus, und sie kann es nicht verlassen haben, weil ich es die ganze Zeit über beobachtet habe.«

Der Inspektor wandte sich an Mrs. Barnes. »Wenn es Ihnen nichts ausmacht, mich herumzuführen ...« Mrs. Barnes zuckte die Schultern. »Ich kann einfach nicht verstehen, daß Sie diese Männer ernstnehmen. Mit nur durchschnittlicher Intelligenz kann man ohne weiteres verstehen, daß es sich um Mitglieder einer gefährlichen Bande handelt!«

Der Inspektor antwortete nicht, dafür warf Crook ein, daß Männer von nur durchschnittlicher Intelligenz für die Polizei uninteressant wären, außer auf der Anklagebank.

Mrs. Barnes überhörte ihn und erklärte dem Inspektor, er könne gehen, wohin er wolle, und dabei war sie so offenkundig sicher, daß selbst der sonst so furchtlose Crook seinen Mut verlor. Hatte sie bereits wieder eine Runde gegen ihn gewonnen?

Bei ihrer ersten Begegnung war sie als Siegerin hervorgegangen, und wenn er Irreführung auch erkannte, falls er ihr begegnete, diesmal glaubte er nicht an Täuschung. Er selbst konnte auch ganz gut einschüchtern, und niemand hätte ihm seine Absicht angemerkt. Auch jetzt konnte ihm niemand ansehen, daß sein Herz wie ein Dampfhammer dröhnte, als er dem Zug die Treppe hinauf folgte. Oliver blieb stehen, wie der einzige Erwachsene in einer Party von Kindern, die sich kostümiert hatten. Bill, dem plötzlich etwas eingefallen war, änderte seine Absicht, der Gruppe zu folgen, und kam zurück, um ebenfalls in der Halle zu warten. Die anderen gingen alle nach oben, aber es gab nicht die Spur einer Pflegerin, nirgends.

»Welches Zimmer haben Sie mir bezeichnet?« fragte der Inspektor Crook, und der deutete darauf. Mrs. Barnes öffnete die Tür weit. Bevor sie überhaupt hineinsehen konnten, wußte Crook bereits, daß sie nichts darin finden würden. So war es auch. Das einzig verbliebene waren die Gitter an den Fenstern. Die schwarzen Vorhänge waren verschwunden, es gab kein Bett, überhaupt keinen Gegenstand, woraus man hätte schließen können, daß hier ein Mädchen eingesperrt worden war. Es gab auch sonst keine Einrichtungsgegenstände eines Schlafzimmers.

»Dies ist das Studierzimmer meines Sohnes. Er benötigt es, wenn er von seinem Regierungsauftrag freigestellt wird, und jetzt, wo er hofft, von seinen Verpflichtungen ganz entbunden zu werden, will er diesen Raum zum Hauptsitz seiner zukünftigen Tätigkeiten machen.«

Wenn sie es auf eine Schallplatte gesprochen hätte, würde es ihr eine Menge Atem ersparen, dachte Crook.

»Ich weiß nicht, wo Mr. ...«, sie deutete auf Crook, »seine sagenhafte Andromeda zu finden hofft, im Kohlenkasten vielleicht?«

Crook wäre nicht überrascht gewesen, abgesehen von der Tatsache, daß Kohlenkästen für nicht viel mehr als für einen Zwerg Platz bieten. Er hatte keine Vorstellung davon, wo das Mädchen sein könnte, doch als Profi bewunderte er das Tempo und die Sorgfalt, mit der die Umgestaltung des Raumes ausgeführt worden war. Sein Vorgefühl hatte ihm gesagt, daß sie ihm mißtraut hatten.

Alle warteten darauf, was der Inspektor sagen würde. Er war

die Höflichkeit in Person. »Vielleicht«, an Crook gewandt, »haben Sie sich im Zimmer geirrt.«

Crook schüttelte den Kopf. »Auch nicht, wenn es zwei vergitterte Räume gäbe, selbst dann hätte ich recht. Geographie war das einzige Fach, in dem ich jemals einen Preis gewonnen habe.«

Oliver, der schnell Bills Gesellschaft überdrüssig geworden war, unterbrach unerwartet: »Wie konnten Sie von den Gittern wissen, ohne je in dem Zimmer gewesen zu sein?«

»Ich ging einfach nach hinten, während Sie Ihre Direktionsbesprechung abhielten.«

»Haben Sie genug gesehen?« wollte Mrs. Barnes wissen, und Crook sagte nur: »Wenn Sie mich meinen, nein, das habe ich nicht. Ich weiß wahrscheinlich mehr über Mord als irgendwer sonst, und nach meiner Erfahrung, und nach der des Inspektors natürlich (so erwiderte er eine Höflichkeit mit der anderen), macht jeder Verbrecher einen Fehler. Er bleibt seinen Prinzipien treu, egal ob er Profi oder Amateur ist. Wie könnten wir ihn sonst auch erwischen? Ich überlegte gerade, wie ich herausfinde, was Sie vergessen haben. Und damit hätten wir es dann, von der Gerichtsverhandlung abgesehen, natürlich.«

Der Inspektor schaute etwas unbehaglich drein. Er konnte nicht auf den Grund der Sache kommen. Zwei Leute wollten mit Hilfe eines Ammenmärchens, das sie gerade erfunden hatten, in ein Haus eindringen. Und sie blieben, um die Polizei abzuwarten, hatten ein ruhiges Gewissen und schienen fest an ihre eigene Geschichte zu glauben. Um die Zeit zu überbrücken, begann er, sich bei Mrs. Barnes für die Unannehmlichkeiten zu entschuldigen.

»Nicht im geringsten«, meinte die gnädig. »Ich bin wirklich froh, daß ich Gelegenheit habe, böse Zungen zum Schweigen zu bringen.«

Mit gewaltigem Impuls stürzte sich Crook auf diese Aussage: »So, ich bin also nicht der einzige, der phantasiert!«

Mrs. Barnes hatte nur Verachtung für seine Frage. »Wollen

Sie noch mehr sehen?« wandte sie sich an den Inspektor, aber zu ihrem Ärger antwortete vor diesem Crook.

»Ja, wir haben sie noch nicht gefunden, bis jetzt jedenfalls. Ja, wir wollen alles sehen.«

»Auch den Abstellraum und das Zimmer des Mädchens?«

»Besonders den Abstellraum und das Mädchenzimmer.«

Der Inspektor war gegen seinen Willen von der Sicherheit dieses unscheinbaren Mannes beeindruckt. Daher meinte er, es könne sicher nur nützen, und alle schlenderten nach unten.

Crook würde Takt nicht bemerkt haben, auch wenn er ihm auf einem Butterbrot serviert worden wäre, und so führte er weiter aus: »Wenn Sie die Geschichte lesen, Kriminalgeschichte meine ich, würden Sie herausfinden, wie wenig originell Mörder sind. Sie bevorzugen Kofferräume und Abstellkammern.«

Der Inspektor meinte kühl, es sei noch etwas zu früh am Tage, als daß Mord ein gutes Thema abgäbe, aber Crook widersprach. »Nein, das ist es nicht.« Das verstand zwar Mrs. Barnes, aber nicht der Inspektor. Unten verhielt er sich wie ein Besessener. Öffnete Schränke und Kammern, rollte einen abgenutzten Teppich auseinander, sah in Geschirrschränke, unter Betten und hinter Kleiderschränke. »Sie ist hier irgendwo im Haus«, behauptete er, und das angesichts alles Gegenteiligen. »Ich muß unbedingt wissen, wo. Aber die Schwester muß auch hier sein, man kann nicht zwei Leute verschwinden lassen. Das ist hier kein Zaubertrick.«

Selbst Mrs. Barnes' Gemütsruhe war erschüttert. Sie erhob Einspruch: »Das ist unerträglich!«

»Sprechen Sie von mir? Zugegeben, sie ist nicht hier. Wie ist es mit der Küche?« Er erinnerte sich einiger klassischer Fälle, in denen Küchenüberprüfungen entsetzliche Verbrechen ans Licht gebracht hatten.

»Ich versichere Ihnen, in der Küche finden Sie nichts weiter als meine Köchin. Aber zweifelsohne ...«

Crook war bei diesen Worten hellhörig geworden. »Ihre Köchin? Aber sie hatte doch eine kranke Mutter besucht und sollte erst in ein paar Tagen zurück sein.«

Er flog die Treppen abwärts, ungeduldig und sprunghaft wie ein Ball. Man mußte sich nur wundern, daß jemand mit einer Gestalt wie Edward Bear mit einer solchen Geschwindigkeit durch das Haus wirbeln konnte. Der Inspektor folgte ihm auf den Fersen. Von der Halle aus betrachtete Bill diesen verrückten Abstieg und bereitete sich auf den Ausgang dieser Expedition vor. Mrs. Barnes und ihr Sohn folgten eilig im Kielwasser dieses lästigen Eindringlings.

Die Küche war ein großer, gut eingerichteter Raum im rückwärtigen Teil des Hauses. Crook war heute früh schon daran vorübergegangen, als er seine Nachforschungen unternommen hatte. Aber sie war zu sehr von Büschen verdeckt, um eingesehen werden zu können. Als sie die Küchentür geöffnet hatten, stand eine gut gebaute Frau in mittleren Jahren schnell auf. Es war typisch für Mrs. Barnes, eine Köchin in Uniform zu haben, aber irgendwas an ihrem Äußeren stimmte nicht.

»Ist etwas Schlimmes passiert, gnädige Frau?« fragte sie, als sie diese Lawine von Leuten erblickte, die in die Küche eindrang.

»Diese Person denkt, wir hätten jemanden versteckt.« Die Köchin fing den Ball geschickt auf: »Gute Idee, wohin, in den Ofen?«

Crook bemerkte den Fehler und sagte nichts. Schnell überprüfte er den Raum und entdeckte einen kleinen Koffer in einer Ecke, auf den er sich stürzte.

»Entschuldigen Sie«, sagte die Köchin beleidigt, »das ist meiner.«

»Das dachte ich, ich würde gern wissen, was drin ist.«

»Wenn Sie denken, Sie könnten ein Baby hineinbekommen ...«

»Nein, das denke ich nicht, aber ...«

»Ich werde eine Klage wegen dieses Übergriffs anstrengen«, wütete Mrs. Barnes. »Solche Infamie!«

»Könnte der Bevollmächtigte die Dame bitten, diesen Koffer zu öffnen?« fragte Crook. Es gab keinen Bevollmächtigten, und Crook wußte es, aber man konnte sich keine Minute länger ein unnötiges Hin und Her leisten.

»Ich darf wohl annehmen, die Dame hat keine Einwände«, schlug der Inspektor vor.

Nach kurzem Zögern riß die Frau den Deckel auf. »Ich hoffe, jetzt sind Sie zufrieden«, brach es in gehässigem Ton aus ihr heraus.

Der Koffer war voller Kleider und Schürzen und weißen Hauben.

Crook schüttelte den Kopf. »Ich dachte nicht, daß Köchinnen heutzutage Hauben tragen, und obwohl ich kein Fachmann bin, möchte ich mit Sicherheit behaupten, daß sie keinesfalls Krankenhaushauben tragen.« Er zog eine heraus und schwenkte sie hin und her. »Fein, auf diese Weise ist die Schwester verschwunden.«

»Inspektor, wollen Sie sich bitte dieses Verrückten annehmen, ich weiß nicht, ob er denkt, meine Köchin ist ...«

»Ich denke nicht, ich weiß es«, erwiderte Crook. »Tatsache ist, ihr 'Hiersein' hat es mir verraten.« Er nickte der überraschten Frau zu. »Sie hält sich bei Verwandten auf, sagte man mir. Und das tun Sie. Nicht wahr, Mrs. Forbes?«

Einen Augenblick lang sprach niemand. Der Inspektor nicht, weil es ihm nichts bedeutete. Die anderen drei, weil sie zu erschlagen waren. Crook hatte sie alle überrumpelt. Mrs. Barnes erholte sich bezeichnenderweise zuerst.

»Die Lage wird jeden Augenblick unmöglicher. Wieso stellen Sie sich vor, meine Köchin sei Mrs. Forbes, die zufällig die Oberin des Waisenhauses ist«, ergänzte sie, um den Inspektor zu informieren.

Crook ließ sie nicht weitersprechen. »Wenn sie es nicht ist, wo ist Mrs. Forbes?«

»Wie soll ich das wissen?«

»Ich dachte, das würden Sie, weil sie Ihre Schwester ist!«

Das war die zweite Bombe.

Der Inspektor sah aus wie ein Mann, der sich seiner Sonntagszeitung zugewandt hat, um ein Kreuzworträtsel zu lösen, und sich plötzlich einem Muster von Wahngebilden und klassischen Anspielungen gegenübersieht.

»Meine Schwester? Sie müssen verrückt sein.«

»Die alte Miss Martin entdeckte es. Sie hatte eine Menge gesunden Menschenverstandes. Wenn Sie das vorbedacht hätten, wären Sie etwas umsichtiger gewesen.«

»Ich weiß gar nichts von ihr.«

»Aber Mrs. Forbes weiß. Nicht wahr? Und wenn man bedenkt, wieviel Mühe Sie sich gegeben haben, sie von Elsham fortzuschaffen! Sie wären dran gewesen, wenn Sie es nicht getan hätten.« Er seufzte.

»Jetzt ist sie gegangen, nicht ganz den Weg, den Sie planten. Alles, was wir hoffen können, ist, daß sie im Grab glücklicher ist als im Irrenhaus.«

Der Inspektor dachte, nun wäre er mal an der Reihe. »Die alte Dame ist tot?«

»Gewiß, morgen ist die Leichenschau, wir werden uns sicher alle dort treffen, die jedenfalls, die nicht im Gefängnis sind.«

»Ich weiß wirklich nichts von ihr«, rief Mrs. Barnes erneut.

»Aber Oliver. Nicht wahr? Es hat eigentlich keinen Zweck mehr, Ihnen noch einen Ratschlag zu geben. Sie haben Ihre letzte Freundin vergiftet, und man sollte nicht eine Dame zum Kaffee einladen, ohne auf ihren Hut zu achten. Ja, gewiß, ich sagte Hut! Niemand würde sich an sie erinnern, aber an dieses Wahngebilde, das ist etwas anderes. Die Dame, die sich an den Hut erinnert und auch bei Gericht aussagen will, kann auch ihren Begleiter beschreiben, einen schlanken, dunkelhaarigen Mann mit einem kleinen Schnurrbart und einer übel aussehenden Narbe an seiner rechten Hand.«

Instinktiv wollte Oliver die Hand in die Tasche stecken, aber der Inspektor sah sie vorher. Bedauernswert, wie er war, versuchte er einen Sinn in dieser Flut von Beschuldigung und Gegenrede zu finden. Als ein Mann, der sich um Recht und Ordnung bemüht, wollte er an die Wurzeln der Dinge gehen. Er wandte sich an Mrs. Forbes.

»Ich möchte Ihren Ausweis sehen.«

»Ich habe gehört, man braucht das nicht mehr auf Wunsch der Polizei zu tun«, warf Mrs. Barnes ein.

»In einem Fall wie diesem ist es der einfachste Weg, um Mr. Crooks Anschuldigungen zu beseitigen«, erklärte er.

Die so befragte Dame brachte mühsam hervor, sie hätte ihn nicht bei sich, er wäre verloren gegangen. »So liegt also ihr Fall«, entschied Crook und beobachtete des Inspektors Ausdruck. Für eine so einfallsreiche Dame wie Mrs. Barnes war es hart, daß ihre Schwester sich in solch einem Ausnahmezustand als Nichtskönner erwies. Doch das war des Inspektors 'Vögelchen'. Es ging ihn nichts an. Ein halbes Hundert von Leuten konnten sie als Mrs. Forbes erkennen, und warum sie die Rolle einer Köchin bei Mrs. Barnes spielte, das waren ihre eigenen Kopfschmerzen und vielleicht ihre letzten. Aber das eigentliche Problem war, sie konnten das Mädchen noch nicht losgeworden sein! Er war verzweifelt. Sie können sie nicht vergraben haben, seit ich sie heute morgen sah. Angst riß an seinem Lebensnerv. Er rannte zum Küchenfenster, um in den Garten zu sehen. Es ist viel schwieriger, ein Grab zu graben, als sich ein Dilettant vorstellt, und beinah unmöglich, ohne Spuren zu hinterlassen. Draußen gab es keinerlei Anzeichen dafür, daß Gras oder Erde zerstört worden war. Wind bewegte die Gräser, eine Katze miaute, ein tiefes Brummgeräusch war zu hören, ein Hund bellte auf der anderen Seite des Hauses, ein Auto fuhr vorüber. Ein tiefes Brummen war zu hören. Hinter ihm wurden die Stimmen schärfer, da zwei oder drei gleichzeitig sprachen. Die Katze hörte einen Vogel in den Zweigen zwitschern und beschloß, sich näherzuschleichen. Ein tiefes Brummen war zu hören ... Seine Sinne wurden überscharf. Das war die Lösung, dieser tiefe Brummton! Er verfluchte seine Beschränktheit, das nicht vorher bemerkt zu haben. Jetzt ging es um Sekunden.

»Bill!« rief er aus voller Kehle und bahnte sich seinen Weg an der noch immer nicht ganz besiegten Mrs. Barnes vorbei. »Bill!« Der stürzte aus der Halle, eigentlich das erste Mal, daß

Crook ihn in solcher Hast gesehen hatte, der uniformierte Beamte hinter ihm. Der glaubte nämlich, Crook und sein Kollege planten eine Flucht. Er stieß mit dem Inspektor zusammen, der aus der Küche herausgestürmt war. Er sah dabei so gelassen aus wie ein Kätzchen, das sich in ein Wolleknäuel verwickelt hat. Die beiden Frauen und Oliver folgten ihm auf den Fersen. Crook hatte die Gartentür geöffnet und wollte zur Garage. Als sie näher kamen, nahm das Geräusch an Stärke zu.

»Ich muß ein Trottel gewesen sein«, sagte Crook. »Was, ein Vorhängeschloß? Jede Szene erzählt hier eine Geschichte. Los, Bill!« Der war dicht bei ihm. »Nicht nötig, die Tür aufzubrechen«, hörte man Oliver Barnes sagen, »ich habe den Schlüssel bei mir.« Dabei versuchte er, ihn von seinem Schlüsselbund abzunehmen. »Jetzt habe ich es. Tatsache ist, ich fahre einen neuen Wagen, und die Nachbarn beanstanden den Anblick und den Lärm.«

»Abgesehen von dem heulenden Riesenkater hätte ich nicht geglaubt, daß Sie Nachbarn haben«, entgegnete Crook rasch. »Und weiterhin glaube ich nicht, daß jemand, der kalten Blutes eine alte Dame vergiften kann, soviel Mitleid mit den Gefühlen einer Katze hat.« Oliver, nachdem er den Schlüssel abbekommen hatte, überreichte ihn dem Inspektor, der versuchte, ihn ins Schlüsselloch zu stecken, und nach anfänglich vergeblichem Versuch fragte, ob es auch der richtige wäre. Oliver bestätigte, daß es ein bißchen schwer ginge, und bot sich an, es selbst zu versuchen. Derweilen hielt das gräßliche Geräusch an. »Sehen Sie nicht sein Spielchen?« fuhr Crook den Inspektor an und schob ihn beiseite. »Bill, mach du kurzen Prozeß!«

Bill hob etwas aus seiner Tasche, ließ sich auf die Knie fallen, ein Trick am Schloß, und im gleichen Augenblick hatte er es losgelöst in seiner Hand. Crook hatte die Tür blitzartig offen. Innen stand der Wagen, den der junge Mann vor kurzem hineingefahren hatte, und außerdem vielerlei Gerümpel vom Haushalt. Neben der Tür standen zwei Kartoffelsäcke, offen. Holzscheite waren entlang der Mauer aufgestapelt. Einige Gartengeräte, verschiedene Flaschen und Dosen und am anderen Ende noch mehr Säcke in einem ungeordneten Haufen. Crook griff hinein und verteilte sie wie ein Terrier, der die Erde aufwühlt. Rasend vor Wut kam er zurück und schleppte etwas Schlaffes und Schweres mit sich. Der Inspektor stellte den Motor des Wagens ab. In dem Durcheinander konnte Bill beobachten, wie Oliver Barnes Hand in die Tasche griff und er sich etwas in den Mund schob. Er machte keine Anstalten, ihn daran zu hindern. Wie er später zu Crook sagte, hätte man es schwer gehabt, ihm den Mord nachzuweisen. »Es gab da bestimmte Zweifel, soweit es den Fall der alten Dame betraf, man hätte das vielleicht zum Vorteil für ihn ausgelegt. Das Mädchen aber war nicht tot, um ihn ihretwegen zu hängen. Warum sollte gerade er in diesen Tagen, wo Nahrung und Wohnraum so knapp waren, Brot und Unterkunft finden, die besseren Leuten als ihm vorbehalten werden konnten. Außerdem haben wir einen bürokratischen Staat, wer bin ich, daß ich für ihn die Arbeit der Polizei verrichte.«

Aber er war besonnen genug, um danach soweit zur Seite zu gehen, daß der verdammte Mensch Raum zum Fallen hatte.

Der Polizeioffizier hatte den Arzt geholt, und der hatte sofort einen Krankenwagen bestellt. Der fast leblose Körper des vermißten Mädchens lag in Mrs. Barnes Wohnzimmer, wo der Doktor alles nur Mögliche an ihm versuchte. Ihr Leben hänge an einem Faden, meinte er, aber es gäbe noch etwas Hoffnung, daß sie durchkommen würde.

»Wenn Sie es nicht schaffen«, Crook raste vor Wut und Angst, »werde ich bis zum Wochenende soviele Morde begehen, daß ich in Madam Tussauds Kabinett komme.« Er holte Mrs. Hubble, die immer noch im Wagen wartete. »Sie werden zur Identifizierung gebraucht.«

Als sie die leblose Gestalt sah, starrte und starrte sie. »Aber«, brachte sie schließlich hervor, »das ist nicht Pamela

Smith.« Crook seinerseits starrte sie an. »Warum haben Sie das gedacht? Das kleine Mädchen sollte doch nicht aus dem Weg geräumt werden. Wem hätte sie schaden können? Eine namenlose Waise, und Mrs. Barnes hatte das ja alles gut vorbereitet, und ohne Freunde? Diese Frau hatte ihr Leben lang zu ihrem Vorteil gearbeitet, und daher war sie auch nicht bereit, einen nutzlosen Mord auf sich zu nehmen, solange jedenfalls nicht, wie es nicht der letzte Trumpf in ihrer Hand war.«

»Aber, ist das nicht Terry Lawrence?« stotterte Mrs. Hubble.

»Ja, das ist richtig.«

»Aber Mr. Parsons sagte mir, man nennt sie hier Miss Smith.«

»Würden Sie das nicht auch tun, wenn Sie in Mrs. Barnes Schuhen steckten? Sollte später irgendeine peinliche Frage an sie gerichtet werden, etwa was mit Miss Smith geschehen ist, brauchte sie nur auf die Kleine im Waisenhaus hinzuweisen. Sie beabsichtigte niemals, sie von dort fortzunehmen. Von ihrem Gesichtspunkt aus war Pamela nirgends sicherer aufgehoben als dort, und wer hätte wohl das letzte Wort gehabt? Ich hatte keine Angst um sie, nur um ihre Freunde, Miss Martin und Terry Lawrence, und letztlich um mich. Glücklicherweise konnte Mrs. Barnes die Runde verlieren, bevor ich an der Reihe war.

19

Mrs. Barnes zahlte die Strafe für ihre Verbrechen wenige Wochen nach der sensationellen Entwicklung um das Geheimnis des Martin-Mordfalls. Zur Genugtuung des Gerichts, dank Crook, der Polizei und dem Arzt Philip Scotts (in dieser Reihenfolge) konnte ihr mit absoluter Sicherheit die Vergiftung ihres Bruders nachgewiesen werden, wenn auch nicht unbedingt der Mord an Janet Martin und der Mordanschlag auf Terry Lawrence.

Am Tage nach der Hinrichtung besuchte Crook das Mädchen, dem er das Leben gerettet hatte, zum Tee. Für seinen Geschmack — er mochte Frauen gern rundlich und konnte nichts Schönes in der Ähnlichkeit mit einem Krocketschläger finden — schien sie ihm zu dünn und noch zu blaß. Er muße allerdings zugeben, daß sich ihr Aussehen wesentlich gebessert hatte gegenüber jenem Nachmittag voller Ungewißheit und Schrecken, als er sie unter den Todesrädern hervorgeholt hatte, wie er es bildhaft ausdrückte.

»Ich wünschte, Sie hätten ins Krankenhaus kommen können«, meinte Terry freimütig. Sie gab Zucker in den Tee, bis er sirupähnlich wurde, so mochte ihn Crook am liebsten. »Jeder schmachtete danach, Sie zu sehen, die Schwestern hörten nicht auf zu fragen.«

Crook schmunzelte. »Ein guter Rat von Onkel Arthur, gratis und franko: Enttäusche dein Publikum nie! Wenn es denkt, man sähe wie Adonis aus, bekommen alle einen Schock, wenn sie entdecken, man sieht aus, wie aus einem Löwenkäfig entsprungen. Die Neun-Penny-Schreiber berichten darüber. Geheimnis ist der Charme der Frauen und die Waffe der Männer. Man soll den Leuten ihre Illusionen bewahren. Ich kann Ihnen nicht beschreiben, welchen Schock die arme Janet Martin bekam, als sie mich zum ersten Mal erblickte.«

»Das kann ich nicht einsehen, ich wäre nicht verwundert, wenn Sie Adonis als Beinamen hätten. Und Dennis stimmt mir zu.«

»Wer ist Dennis? Der Zukünftige von Terry Lawrence?«

»Ich würde es lieber so ausdrücken, ich bin die zukünftige Frau Dennis Ogilvie.«

»So rum also, ich bin nicht überrascht. Nur, was hat er die ganze Zeit gemacht, als er Sie in einen Schlangenschlund schlüpfen ließ?«

»Man kann Leute nicht so leicht überwachen, wenn sie sich in England aufhalten und man selbst im Fernen Osten«, erklärte Terry entschuldigend. »Dennis ist in Indien und er kann sicher im Sommer entlassen werden.«

Crook war nicht die Spur verlegen. »Sicher hat deswegen jemand die Theorie vom Schutzengel erdacht.« Er entdeckte sich in einem Spiegel und feixte nochmals. »Wissen Sie, was man von einem rettenden Engel erwartet?«

»Ja, aber ich bin nicht naiv.«

Crook nahm sich ein Stück vom Teekuchen und stopfte es in den Mund. Nachdem er es runtergeschluckt hatte, wie eine Boa Constrictor ein Kaninchen verspeisen würde, meinte er beifällig: »Ich sehe ein, daß Sie die Neunpenny-Hefte nicht zu lesen brauchen.«

»Ich möchte aber ganz gern noch einiges wissen, worüber ich im Krankenhaus nachgedacht habe.«

»Schießen Sie los!«

»Erstens, woher wußten Sie, daß Mrs. Barnes und Mrs. Forbes Schwestern waren?«

»Das war leicht herauszufinden, offensichtlich mußte eine Verbindung zwischen ihnen bestehen. Es war ein abgekartetes Spiel in bezug auf die kleine Pamela, und sie steckten bis zum Hals drin. Kinderleicht war, herauszubekommen, was Mrs. Barnes gewinnen würde, wenn sie sie in ein Waisenhaus steckte, sozusagen lebendig begraben, aber was erwartete die andere? Ich weiß nicht viel über die Verordnungen, die eine Vorsteherin eines Waisenhauses zu befolgen hat, todsicher aber ist, sie kann kein Balg ins Haus nehmen, ohne ein paar Fragen zu beantworten. Das ist auch richtig so. Ich meine, sie könnten anderenfalls von Kindesentführern oder Eltern unerwünschter Kinder überlaufen werden. Eine Geburtsurkunde zumindest muß vorliegen und Beweise, daß die Eltern tot sind. Und wenn es sich um eine private Einrichtung handelt, muß noch eine Bestätigung erbracht werden, daß niemand zuständig ist, der zahlen kann, und das Kind selbst keinen Pfennig besitzt. Hätte Mrs. Forbes den Versuch gemacht, derartige Fragen überhaupt zu stellen, wäre die Verbindung zwischen Mr. Scott und Pamela zu Tage gekommen oder ihr zumindest verdächtig erschienen. Eigentlich ist das schon der Beweis, daß sie die Wahrheit kannte, ihr aber selbst daran gelegen war, den Mund zu halten. Mrs. Barnes wird ihr schon ein Sümmchen geboten haben, oder vielleicht auch nicht, denn das hätte sie in Abhängigkeit von ihr gebracht. Eher schon eine nette Summe zweimal im Jahr. Es hätte bestimmt nicht zu Mrs. Barnes gepaßt, mit der ganzen Geschichte herauszurücken. Man kann jemand nur einmal ermorden, aber man kann lebenslang erpreßt werden.«

»Ja, das sehe ich ein. Und wenn kein Testament gefunden wurde, sind die nächsten Verwandten Erben. Und das heißt, Mrs. Forbes hatte das gleiche Anrecht wie Mrs. Barnes. Wie konnten Sie überhaupt wissen, daß es eine zweite Schwester gab?«

»Die alte Dame brachte mich darauf. Ihr Geheimnis! Zufallstreffer könnte man es nennen oder weibliche Eingebung. Oder einfacher eigene Rechtschaffenheit. Der alte Gentleman Mr. Scott erwähnte etwas von seinen Schwestern, die wie Kilkenny-Katzen miteinander gefochten hätten, und zufällig wiederholte Janet Martin es und ich erinnerte mich daran. Bis dahin hatten wir nur von einer gehört. Mrs. Barnes aber besuchte eine Dame im richtigen Alter und Aussehen und sprach sie mit Vornamen an, und mit was für einem.«

Terry sah verblüfft aus. »Ich verstehe noch nichts.«

»Flossie, so nannte Mrs. Barnes sie, und auf der Liste der vorgeschlagenen Legate gab es den Namen Florence. Durchgestrichen, aber das waren die von Mrs. Barnes und Oliver auch. Die meisten dachten, es wäre eine ehemalige Köchin, aber niemand konnte erklären, warum Mr. Scott ein Legat für eine ehemalige Köchin ausschreiben sollte, und außerdem war er ein Tory-Herr, der seine Bediensteten mit dem Nachnamen anredete.«

»Sie überlegen eine Unmenge, nicht wahr? Wie konnten Sie sicher sein, daß die Schwester in Great Baring Mrs. Forbes war?«

»Wissen Sie, wie man Geheimnis definiert? Ein Geheimnis, nur einem bekannt, ist eins mit Gott. Zweien bekannt ist es öffentliches Eigentum oder wirkt sich so aus. Jeder, der von denen wußte, war überzeugt, daß zumindest etwas Ungereimtes am Werk war. Haben Sie je von einer Schwester gehört, die in einem ernsten Krankheitsfall keinen Arzt hinzuzieht? Aber so war es, und jeder im Dorf wußte es. Nein, die Kranke in Great Baring war ein Latrinengerücht wie die Waise in Elsham. Und in beiden Fällen hatte Mrs. Barnes eine Mittäterin. Aber wie ich bereits erklärte, sie war eine geizige Frau und hätte niemals zwei Pennies ausgegeben, wenn einer langte. Zwei Beteiligte hätten außerdem auch mehr Gefahr für sie bedeutet und weniger in der Kasse. Daher war es einleuchtend, daß keine zwei beteiligt waren, sondern nur eine und jedesmal dieselbe. Ich ging zum Waisenhaus und erfuhr, daß Mrs. Forbes außer Haus war, sich bei Verwandten aufhielt und keine Adresse hinterlassen hatte. Ich habe schon mehrfach bekräftigt, daß ich zwar nicht die Krawatte berühmter Schulen trage, dafür kann ich rechnen, daß zwei und zwei vier sind, und wenn man das begriffen hat, erübrigt sich eine weitere Erziehung. Noch etwas?«

»Ja. Warum waren Sie so überzeugt, daß ich und nicht Pamela in dem Zimmer war?«

»Pamela mußte gar nicht aus dem Weg geschafft werden. Wenn ihre Freunde beseitigt waren, was blieb für das arme Kind übrig? Sie brauchten sie nur im Waisenhaus zu lassen und entgegen allen Absichten und Erwartungen war sie begraben, genau wie Janet Martin auf dem Friedhof. Gewissermaßen war sie schon tot, als Pamela Smith, meine ich. Sie war Mary Smith geworden, eine unbekannte Waise. Es war ein Staatsstreich und er wäre fast gelungen — ohne mich und die Vorsehung.«

»Ich mag die Reihenfolge, die Sie gewählt haben.«

»Erinnern Sie sich nicht an das Wort 'die Vorsehung hilft denen, die sich selbst helfen'. Das bedeutet, man soll zuerst handeln, sozusagen als Anzahlung auf ein Vorhaben, dann kann man erst erwarten, daß die Vorsehung hilft. Sehen Sie, ich will Mrs. Barnes nicht alle Schuld geben, die Umstände halfen mit. Jeder Mörder macht mal einen Fehler. Ihrer war, daß sie sich gegen mich ausspielen wollte. Natürlich wußte sie nicht, daß Miss Martin nach Elsham kommen würde, und wenn, dann nicht, daß sie Pamela von London her kannte. Dann versuchte sie es mit ihr aufzunehmen und erreichte auch, daß man die alte Dame für geisteskrank erklärte. Sie müssen sich erinnern, daß Mrs. Forbes Miss Webster nicht losließ, bis sie den Arzt hinzugezogen hatte. Dann fand Mrs. Barnes heraus, daß es noch mich gab. Sie muß mit Miss Martin telefoniert und dazu Ihren Namen benutzt haben, und dadurch erfuhr sie zu ihrem großen Schrecken, daß ich bereits auf dem Kriegspfad war. Falls sie es nicht erkannte, Liebling Oliver wußte es bestimmt. Das schmiß die ganze Sache um. Denn es bedeutete, Janet Martin mußte aus dem Wege geräumt werden, ehe sie Unheil anrichten konnte.«

»Wie konnten Sie wissen, daß jemand angerufen hatte, bevor Miss Martin am nächsten Tag ermordet wurde?«

»Diese inquisitorische Dame im Haus belauschte den Teil der Unterredung, den Miss Martin dazu beitrug, und wiederholte ihn Wort für Wort, wie sie sich selbst ausdrückte. Es haben also eine Menge Puzzlestücke auf dem Tisch gelegen, aber darauf kommt es nicht an. Die Barnes probten erst. Oliver verbürgte sich dafür, Janet Martins Lebenslicht auszulöschen, und danach entschlossen sie sich, etwas scharfsinniger vorzugehen, was Sie anbetraf. Wenn auch Sie aus dem Wege gewesen wären, hätte es keinen Anlaß gegeben, etwas bei Gericht zu verhandeln.«

»Da war doch noch Pamela.«

»Wer hört schon darauf, was ein kleines Mädchen erzählt. Außerdem war sie ja im Waisenhaus und von ihrem Standpunkt aus so sicher wie im Grab. Erst als ich lästig wurde, beschlossen sie, Sie dahin zu bringen, von wo aus Sie nicht reden konnten. Fragen Sie mich nicht, was sie beabsichtigten, etwa der dichte Wald hinter dem Haus. Meine Vorstellung ist, der Fluß, der ist noch sicherer. Er hat Gezeiten, und Leichen werden unkontrollierbar von der Strömung abgetrieben. Gut, denn nichts ist so stur wie ein Polizist, wenn Du erstmal in seinen dicken Schädel hineinbekommen hast, daß irgend etwas faul ist.«

»Das, glauben Sie, war ihr Plan?«

»Eigentlich wollten sie überhaupt nur Philip Scott ermorden und waren überzeugt, daß er sein eigenes Todesurteil unterzeichnet hatte, als er sich gegen sie stellte. Für mich ist es eine Genugtuung, daß wir ihr diese Sache schließlich nachweisen konnten. Es ist immer dasselbe«, fuhr er mit geheimer Wonne fort. Diese Art hatte ihm schon mehr Feinde eingetragen als sein Verstand. »Laß eine Frau reden und man hat sie da, wo man sie haben will. Der Arzt konnte sie glücklicherweise auch nicht leiden. Das war eine Hilfe. Gewiß zerstörte sie das Testament auf der Stelle oder nahm es mit nach Haus und verbrannte es dort. Das letztere ist wahrscheinlicher. Janet Martin muß ein Alptraum für sie gewesen sein. Aber schnell fanden sie heraus, daß sie keine Freunde und Angehörige hatte, außer ihrer Nichte, und ich könnte eher in einer Prise Salz Mitgefühl finden als in Doreen Blake. Als sie sich entschlossen, sie für geisteskrank erklären zu lassen, hätten sie aufhören können, sie zu quälen. Wer hätte ihren Klagen in einer Gummizelle noch zugehört? Als Sie an die Reihe kamen, konnten sie sich auch nichts Besseres ausdenken, das ist so die Art der Verbrecher, Festhalten an gleichen Gewohnheiten, bis sogar die Polizei gezwungen wird, etwas zu merken. Für Oliver, kann ich mir denken, war es ein leichtes, Drogen bei seinem Beruf im Geheimdienst zu erhalten.«

»So begann es also«, meinte Terry. »Ich ging hin und hoffte, sie würden einsehen, sie könnten so nicht weitermachen. Ich war davon überzeugt, sie würden Pamela kein Geld geben, erwartete aber, sie würden es möglich machen, daß sie in eine Familie kommen könnte, um ihr somit eine Chance für die Zukunft zu geben. Oliver bat mich, 48 Stunden zu warten, bevor ich irgend etwas unternahm, und ich stimmte zu, weil ich hoffte, sie würden etwas nachgiebiger sein. Bevor die Frist abgelaufen war, erhielt ich einen Anruf von Mrs. Barnes, sie forderte mich auf zu kommen, um mit ihr über einen Plan zu sprechen, den sie sich ausgedacht hatte. Es klang logisch, denn sie sagte, alles hinge davon ab, ob ich zustimme. Und wenn ich wirklich an der Zukunft der Kleinen interessiert wäre ...«

»Und Sie flogen hin wie ein Vogel?«

»Was sonst hätte ich tun sollen? Oliver holte mich am Bahnhof ab, brachte mich zum Haus und meinte unterwegs, er hätte noch nie erlebt, daß seine Mutter sich einer anderen Frau gefügt hätte. Sie fühle sich beinah umgebracht, und ich solle diesmal etwas taktvoller sein. Aber ich entgegnete ihm, ich müsse handeln, wie ich es für richtig hielte.«

»Und dann waren Sie überrascht, daß sie Sie unschädlich machen wollten? Es ist schon mehr Unheil durch Leute, die das Recht durchsetzen wollten, auf der Welt entstanden als durch die große Zahl der schwarzen Schafe. Und was geschah dann?«

»Oliver stellte sich auf den Standpunkt, daß Pamela keinen gesetzmäßigen Anspruch hätte. So daß ich glaubte, ich solle einem Vorschlag zustimmen, den ich zwar nicht gut finden würde, aber gezwungen wäre anzunehmen, weil ich sonst als nicht kooperativ abgestempelt würde. Pamela hatte zwar keinen Anspruch, ohne Zweifel aber war Mrs. Barnes erschüttert, daß Miss Martin das Testament gesehen und unterzeichnet hatte. Zu dieser Zeit war sie ja noch wohlauf.«

»Und Sie erreichten nicht, was Sie erwartet hatten?«

»Nein. Als ich ankam, war Mrs. Barnes überhaupt nicht freundlich wie am Telefon. Allerdings war das klug von ihr, anderenfalls hätte ich ihr mißtraut. Nach ihrer Überlegung wäre eine Adoption das beste für Pamela, und das Waisenhaus sei sowieso nur eine vorübergehende Lösung gewesen. Allerdings glaubte ich ihr nicht und fragte, warum sie ihren Namen geändert hätte. Sie behaupteten, sie hätten sie vor der Öffentlichkeit schützen wollen. Oliver läutete nach Getränken und bot sich an, mir einen Cocktail zu mixen, ich stimmte zu.«

»Diese Frauen«, sagte Crook unbefriedigt, »sie können kein Geschenk ausschlagen. Für diese Szene wäre es besser gewesen, Sie hätten ihre Arme stolz über ihren Busen gelegt, um auszurufen: 'Trinken, in Feindesland? Niemals!'«

»Ich wollte sie nicht verstimmen und kümmerte mich nicht darum, was sie von mir hielten, solange ich hoffen konnte, etwas für Pamela zu erreichen. Aber Sie haben recht. Das Getränk enthielt etwas sehr Wirksames, weil mein Gedächtnis an diesem Punkt aussetzt. Und wenn es nicht dies Getränk gewesen wäre, dann der Kaffee oder das Essen.«

»Ich denke schon, daß Sie recht haben. Und was geschah weiter?«

»Als ich zu mir kam, war ich in dem Zimmer mit den Gittern am Fenster. Die konnte ich allerdings nicht sehen, weil ein schwarzer Vorhang davor festgenagelt war. Aber sie warnten mich, daß es keinen Zweck hätte, auf diesem Weg hinauszugehen: 'Und wenn Sie das ganze Haus zusammenschreien würden, niemand würde Sie hören.' Ich setzte dennoch meine Hoffnung auf einen Lieferanten, der neugierig werden könnte, oder einen Händler, der von Tür zu Tür geht, oder auf die Dienstleute. Aber ich vermute, sie hatte mit ihnen abgerechnet, nur eine war da, Parker.«

»Parker, der Wolfsschreck?«

»Was für eine gute Beschreibung. Ich denke mir, Mrs. Barnes sagte ihr, ich hätte einen Nervenzusammenbruch gehabt, mit eindrücklichem Hinweis auf unehrenhaftes Verhalten. Bei den wenigen Malen, die ich sie sah, blickte sie mich an, als wäre ich eine Aussätzige.«

»Und dann führte sie Mrs. Forbes ein, um der Angelegenheit Farbe zu verleihen?«

»Erst nach ihrer Ankunft spürte ich, wie schlimm es für Pamela war, ihrer Willkür ausgesetzt zu sein. Sie war genau so unerbittlich wie Mrs. Barnes und von Beruf noch dazu eine Pflegerin. Das macht entweder sehr mitfühlend oder völlig mitleidlos. Von den beiden war sie die Schlimmste. Manchmal glaubte ich, wahnsinnig zu werden über das, was sie tat, die Kniffe, die sie anwendete.«

»Eine Berufsmäßige gegen eine Amateurin.« Er stellte sich

einen Augenblick lang die mittelalterlichen Strafen für Rechtsbrecher vor, das Nagelbett, das Hineinwerfen in ein feuriges Faß, den Scheiterhaufen, den Bratrost, der allerdings schon vor dem Mittelalter bekannt war. Immerhin waren sie damals nicht zu stolz gewesen, um von ihren Vorgängern zu lernen.

Terry sprach weiter. »Ich versuchte, Mittel und Wege zu finden, um ihnen zu entwischen, aber es war alles nutzlos. Ich war genau so hilflos wie Pamela. Wissen Sie, sie hatten soviele Waffen. In den Tee taten sie etwas hinein, natürlich weiß ich nicht, was, aber danach hatte ich Alpträume, bei denen ich wirklich verrückt wurde.«

»Vielleicht war das der Zweck.«

»Ich weigerte mich, den Tee zu trinken, oder kippte die Tasse um, doch sofort wurde meine Kehle so ausgedörrt, daß ich wiederum vor Durst irr wurde. Sie drohten mir an, andere Schritte zu unternehmen, die mich zwingen würden, alles zu tun, was sie von mir verlangten, und unter dem Einfluß der Drogen wußte ich nicht mehr, was ich tat oder sagte, ich konnte nicht einmal Tag und Nacht unterscheiden.«

Es war eine häßliche Geschichte. Ein junges Mädchen in den Händen von zwei widerwärtigen Frauen, keineswegs bemüht, glimpflich mit ihr umzugehen. Die Narben an ihrem jungen Körper zeugten davon. »Wie konnten Sie die kleine Schachtel an Miss Martin absenden? Das brachte die alte Dame dazu, ihr Möglichstes zu tun. Und ich muß ihr nachsagen, sie konnte etwas in Bewegung bringen. Die Hügel rauf und runter mit ihren alten Beinen, sich in Sträuchern verstecken, und das alles bei Märzstürmen. Und den Oberinnen, der einen wie der anderen entwischen, um sich mit mir zu treffen. Ich vermute, wenn Hitler auf sie gestoßen wäre, und auf andere wie sie, würde er England nicht angegriffen haben. Er hätte geahnt, er konnte nicht gewinnen. Also die kleine Streichholzschachtel ...«

»Es war wie Zauberei. Mrs. Forbes war zu dem Zeitpunkt noch nicht eingetroffen, deshalb war ich manchmal allein.

Parker hatte man instruiert, ich wäre anormal und dürfe mich deswegen nicht draußen aufhalten, vielleicht glaubte sie, ich wäre von Mordgier besessen, ohne Verstand. Vorschrift war, mich einzuschließen. Aber an einem Nachmittag lief sie eilig runter, weil ein Mann gekommen war, der einen Fensterrahmen reparieren sollte. Sie hatte vergessen, die Schlüssel umzudrehen. Ich hörte beide kommen und an meiner Tür vorbeigehen und dann sie allein wieder hinuntergehen und erkannte meine Chance. Sie hatten mir meine Handtasche gelassen, nur Federhalter, Bleistift und Briefmarken entfernt, aber Puder und Lippenstift dringelassen. 'Sie wollen Ihre Selbstachtung behalten, nicht wahr', hatte Mrs. Barnes gesagt, 'und damit können Sie nichts anstellen.' Sie hatten auch mein Geld weggenommen, aber ein Schilling war in das Spiegelfach gefallen, und sie hatten mir auch den Umschlag mit der aufgedruckten Adresse gelassen. Ich hatte allerdings keine Marken und keinen Stift.«

»Hatten sie denn das Schächtelchen gesehen?«

»Ich trug es als Schmuck an einer Kette.«

»Wenn sie ernsthaft geglaubt hätten, Sie wären verdreht, hätten sie es Ihnen abgenommen, damit Sie es nicht schlucken. Bei Irren kommt sowas vor.«

»Ich legte das Schächtelchen in den Umschlag, verschloß ihn und schrieb die Anschrift mit Lippenstift, und dann hörte ich den Mann kommen, lauschte angestrengt, ob jemand raufkommen würde, und als das nicht der Fall war, öffnete ich die Tür einen Spalt, gab ihm den Schilling und den Umschlag und bat ihn, ihn zur Post zu bringen, weil es sehr dringend wäre. Ich nehme an, sie hatten ihm auch eingeschärft, nicht darauf zu reagieren, wenn er jemanden rufen höre. Daher sah er mich etwas verwundert an, nahm aber den Schilling und den Umschlag entgegen. Ich konnte nicht sicher sein, daß er ihn zur Post brachte. Er hätte ihn auch sofort Mrs. Barnes aushändigen können oder nur den Schilling behalten und den Umschlag wegwerfen. Ich wußte ziemlich schnell, daß er ihn nicht Mrs. Barnes gegeben hatte, denn sie hätte es erwähnt. Darauf wartete ich, aber es konnte auch ihre Arglist sein, mich im Ungewissen zu lassen.«

Crooks Phantasie, eigentlich bekannte er sich nicht zu ihr, verschaffte ihm einen Einblick in die Qualen, die sie in dem dunklen Raum erdulden mußte, und ihre Ungewißheit über den Fortgang der Ereignisse, voller Angst um ihres und Pamelas Schicksal. Und jenseits dieses vergitterten Fensters war Leben, Bewegung, Wärme, ereignisvolles Durcheinander, alles, wovon sie ausgeschlossen war. »Jedenfalls kam das Schächtelchen an«, tröstete Crook sie. »Miss Martin erhielt es, als sie bereits Kontakt mit mir aufgenommen hatte. Und dann stellte jemand aus dem Haus eine Verbindung her, vielleicht wußten sie doch etwas von der Sendung oder Mrs. Forbes ist ihr auf die Spur gekommen. Sie wissen, was geschah. Sie versuchte, mich zu erreichen, aber Miss Webster schlug sich auf die Gegenseite der Engel, der junge Barnes sorgte am nächsten Morgen dafür, daß Janet Martin niemandem mehr schaden konnte. Sie fiel wie ein Stein, aber gewissermaßen war es auch ein Erfolg. Wenn man nichts mehr wagt, ist man am besten unter dem Rasen.«

»Es muß ein fürchterliches Leben sein, wenn man von einer Stunde zur anderen nicht weiß, ob man in Sicherheit ist.«

»Sicher, Oliver Barnes hätte Rechtsmittel gehabt, aber zum Schluß, in der Garage war er sich sicher, daß er nicht damit durchkam. Es war ein böser Anblick. Die hätten ihn im Auge behalten müssen, die Polizei, meine ich. Bill sagte, man hätte es seinem Gesicht angesehen, was er zu tun beabsichtigte, ehe er sich übers Kinn strich.«

»Aber wenn Bill es wußte, warum hinderte er ihn nicht daran?« Es klang entsetzt.

»Verfallen Sie nicht in den Fehler allzu vieler Frauen. Man soll niemals denken, man ist klüger als die Vorsehung. Wir hätten ihm den Mord nicht so fest ankreiden können, daß er sich nicht hätte herauswinden können. Selbstmord aber ist gleichbedeutend mit einem Geständnis. Es wäre wirklich undankbar gewesen, ihn daran hindern zu wollen. So sehe ich es.« Er bat sie noch um etwas Tee, und Terry goß schweigend ein.

»Mr. Crook, was bringt Leute zu einer Laufbahn als Mörder? Oder ist das mehr Zufall? Mrs. Barnes konnte doch nicht wissen, daß ihr Bruder einen Herzanfall haben und sie damit die Gelegenheit bekommen würde, ihm eine Überdosis zu verabreichen. Aber in letzter Minute zögerte sie nicht. Kommen solche Einfälle so plötzlich wie der Blitz? Ich glaube kaum.«

»Sie hatte sicher nicht den Vorsatz, ihn an diesem Tage zu ermorden, aber über seinen Tod hatte sie bestimmt schon lange nachgedacht. Als sich die Gelegenheit dann bot, erwachte der Gedanke erneut in ihr. Höchstens eine Minute hat sie mit sich gerungen. Sie war jenseits von Hemmungen. Sehn Sie, der durchschnittliche Laie versteht nicht, daß ein Mord im Verstand entsteht. Dadurch sind Mordgeschichten für die Allgemeinheit so anziehend. Er ist ein Verbrechen für Amateure, und die meisten Leute sind Amateure. Jeder kann einen Mord begehen, denn dafür braucht man keine Vorkenntnisse wie etwa für Einbruch oder Unterschlagung. Nur für das, was darauf folgt, werden besondere Kenntnisse gefordert. Daher werden die meisten Mörder auch gehängt, sie sind nur Gelegenheitsverbrecher. Sobald John Scott tot war, hatte Mrs. Barnes mit dem Geld ihres Bruders gerechnet, ebenso wie die liebe Flossie und der Liebling Oliver. Sie war an einen Punkt gelangt, an dem sie praktisch das Erbe als ihr gutes Recht betrachtete. Seit längerer Zeit hatte sie darüber nachgedacht, daß sie nach Philips Tod eine reiche Frau sein würde. Und der nächste Gedanke war dann, ‘wenn Philip erst aus dem Weg ist, werde ich eine reiche Frau’.« Er trank seinen Tee in einem Schluck aus und stellte die Tasse auf der Untertasse ab. »Die meisten Leute wünschen sich irgend jemanden oder mehrere aus dem Weg. Wir sind alle nur Menschen, und solange es bei dem Gedanken bleibt, wird damit kein Unrecht getan. Aber wenn es, wie die Franzosen es ausdrücken, zur *Idee fixee* wird (er benutzte das Wort mit einer breiten englischen Aussprache) und das rote Licht angeht, sollte man auf sich aufpassen. Wie der Mann, der überlegt, wenn Jane tot wäre, könnte ich Mary heiraten, der arme Tropf denkt nicht daran, daß er in sechs Monaten, da er das allzu oft überlegt hat, sagen wird, sobald Jane erst tot ist, heirate ich Mary. Verstehen Sie?«

»Ja, sie hatte sich daran gewöhnt, das Geld als ihr Eigentum zu betrachten, so daß sie es zum Schluß als ihr moralisches Recht empfand, es zu erhalten.«

»Genau, in ihren Überlegungen war es *ihr* Geld, und für sein Eigentum kämpft man natürlich. Als dann die Gelegenheit kam, gab sie die doppelte Dosis ohne zu zögern ins Glas, und ich glaube nicht, daß sie eine einzige Nacht mit Gewissensbissen wachgelegen hat. So sind Mörder nicht. Es mag allgemein verständlich sein, daß man sie sich von ihrem Gewissen verfolgt vorstellt, einige sogar mit dem Wunsch zu sterben. Aber das ist höchstens der Fall, wenn sie wissen, daß sie erwischt werden können. Denn der Gedanke, daß Mörder einer momentanen Eingebung folgen, ist nicht wasserdicht. Selbst der Bursche, der vorhat, einen Ausschank zu knacken, und damit endet, daß er jemandem den Schädel eingeschlagen hat, macht es nicht zufällig. Im Hinterkopf hat er schon den Gedanken, was passiert, wenn etwas schiefgeht, und wenn das eintritt, ist er bereit. Man sagt, was ich nicht weiß, macht mich nicht heiß, aber das ist falsch. Gerade das, was man nicht weiß, kann den Weg in die Todeszelle abstecken. Wenn Mrs. Barnes gewußt hätte, daß Janet Martin das Testament kannte, würde sie kaum so gehandelt haben, ebensowenig, wie wenn sie geahnt hätte, daß die alte Dame dem Kind in Elsham begegnen würde. Mrs. Barnes hätte Pamela aber nirgendwo anders hin als nach Elsham schicken können.«

»Da gab es noch Mrs. Hubble und mich. Zählen wir gar nicht?«

»Sie waren Partei. Sie waren nicht uneigennützig, verstehen Sie? Nur Miss Martin war neutral. Und sie war alt, arm und etwas verschroben, eine, die ebensogut tot ist, besser sogar noch. Sicher würde diese Nichte mit dem Pferdegesicht ihnen das auch bestätigen. Und da sie da, wo sie war, im Wege stand, reizte sie zu einem perfekten Mord. Fort mußte sie, und es ist unbehaglich zu denken, durch sie wären auch beinahe Sie ums Leben gekommen.«

»Nachdem Sie an jenem Morgen fortgegangen waren, kamen sie in mein Zimmer, und Mrs. Forbes gab mir eine Spritze. Sie meinte, ich brauche Schlaf. Ich konnte es nicht verhindern, und in gewisser Weise wollte ich es auch nicht. Irgendwie glaubte ich, es müsse ein Wunder geschehen, weil ich Sie im Garten gesehen hatte. Ich war nach der Spritze sofort ohne Bewußtsein.«

»Und sie wickelten Sie in ein Tuch und luden Sie in der Garage ab. Vorher hatten sie den Wolfsschreck weggeschickt und bereiteten den Rückzug von Mrs. Forbes vor. Sie hatten sicher schon eine Geschichte bereit, wie zum Beispiel, Sie hätten einen Wahnsinnsanfall gehabt, während der Wolfsschreck fort war. Man hätte Sie per Krankenwagen in eine Klinik bringen müssen und Mrs. Forbes hätte sie begleitet und würde nicht zurückkommen. Als ich ganz unerwartet zurückkam, zeigte Mrs. Barnes übermäßig viel Temperament und sprach äußerst laut, um die Schwester zu warnen, und ich muß gestehen, die war schnell von Begriff und verkleidete sich als Köchin. Man konnte bei Mrs. Barnes sicher sein, daß sie keine halben Sachen machte.«

»Jetzt bestimmt nicht mehr.«

Crook fuhr fort: »Sehn Sie, irgendwer sagte mal im Gedenken an Winston Churchill, Englands besten Redner, 'Mord ist wie eine wirklich gute Rede. Eins führt zum andern'. Mrs. Barnes fing damit an dem Tag an, als sie ihren Bruder ermordete. Das brachte die Dinge unaufhaltsam ins Rollen wie ein Stein am Steilhang. Sie hatte nur die Alternative, einen erfolgreichen Mord zu vergeuden, der ihr niemals untergeschoben werden konnte, auch wenn es etwas Gerede gab, oder weiterzumachen und alle anderen Hindernisse zu beseitigen, die ihr gefährlich werden konnten. Einen Mittelweg gab es für sie nicht, nur schwarz oder weiß. Und also, sehen Sie ...« Und dabei stand er auf, nahm seine braune Mütze und setzte sie bis fast über die Augenbrauen. »Was hätten Sie gemacht, meine kleine Freundin?«

Über die Autorin:
Anthony Gilbert ist eines von drei Pseudonymen der Engländerin *Lucy B. Malleson* (1899–1973). Mit vierzehn entschied Sie sich gegen den Willen der Eltern, die sie bereits als Lehrerin sahen, Schriftstellerin zu werden. Jahrzehnte arbeitete sie tagsüber als Sekretärin, während sie in der Nacht für Lyrikmagazine und Zeitungen schrieb.
Zeitlebens wohnte *Lucy B. Malleson* in London. Sie verließ die Stadt nur für Ferienaufenthalte. Sie selbst sagte 1947 dazu: »Ich kann mich von London nicht losreißen, hier hab ich eine Wohnung, einen Hund und bin frei. Wie viele Autoren koche ich gerne und pflege auch im Nachkriegsengland ohne Beziehungen zum Schwarzmarkt eine gute Küche auf Lebensmittelkarten.«
Mehr als 90 Kriminalromane, Kurzgeschichten und Hörspiele wurden von Lucy B. Malleson veröffentlicht.
Ebenfalls in der Ariadne Reihe erschienen: Anthony Gilbert »Fette Beute«.

1991 – Der Ariadnefaden wird länger und länger

Feministische Kriminalromane als kulturelles Befreiungsprojekt – dies war unser Vorhaben. Jeder einzelne Krimi sollte ein Baustein sein, sollte irgend etwas anderes für das Frauengeschlecht zeigen. Ein anderes Milieu, andere Tätigkeiten beleuchten; andere Haltungen und Verhaltensweisen von Frauen vorführen; den gewöhnlichen Alltag von Frauen für berichtenswert erachten; neue Formen des Zusammenlebens vorschlagen; die Geschlechtsrollen sprengen; Fähigkeiten und Kompetenzen von Frauen als realistisches Leben für möglich halten.

Das Projekt ist gelungen; überall gibt es Frauen, die die neuen Krimis lesen, sich oder noch ungekannte Wünsche darin wiederfinden, neue Lesehaltungen erproben. Schon kann man sich kaum mehr vorstellen, daß wir so lange Krimis gelesen und ertragen haben, in denen männliche Detektive so selbstverständlich den Ton angeben, wie weibliche Opfer die Atmosphäre bereichern. Der aufrechte Gang wird als mögliche Weise des Gehens erkennbar.

Es gibt eine ganze Reihe von Rückkoppelungen, die uns Auskunft über unser Krimiprojekt geben. Da sind die vielen Rezensionen, aus denen wir kontroverse Einschätzungen in kleinen Auszügen bei den vielen Neuauflagen auf den Rückseiten der Krimis abdrucken. Es gibt Leserinnenbriefe, aufmunternde, zornige, begeisterte und solche, die Mitarbeit anbieten. Frauen messen unsere ausgewählten Bücher am von uns formulierten Anspruch und produzieren so selbst weitere Kriterien für die nächsten Krimis wie auch sich selbst als eingreifende Leserinnen. Da sind wir selbst, die wir Vorlieben und Leidenschaften für und gegen einzelne Krimis entwickeln. Es gibt praktisch kein einziges Buch, das von allen, die es lasen, einmütig gemocht oder abgelehnt wird. Und doch scheinen wir immer weiter auf der Suche nach dem perfekten feministischen Kriminalroman zu sein. Wir fahnden nach dem Buch, das mitreißend geschrieben und für alle vergnüglich ist; zugleich selbstbewußte, kluge und aufrechte Frauen als Heldinnen hat, dabei realistisch ist und eingelassen in alle sozialen Milieus, die wir für uns für wichtig halten. Diese sollen selbstverständlich kulturell in Frage gestellt sein, Alternativen sollen sichtbar werden. Themen aus der Frauenbewegung und Frauen, die wir kennen, sollten im Zentrum stehen, ohne daß die reale Welt, in der wir leben, mit Männerparlamenten, konservativer Übermacht, Zusammenbrüchen von Weltordnungen, Krisen und Hunger ganz außer acht gelassen wären. Dieses erträumte Kunstwerk könnte dann von allen gemocht werden, von unseren Müttern und Töchtern, von allen Generationen und Sozialschichten. Es liegt auf der Hand, daß es ein solches Buch nicht geben kann, und daß wir selbst bei unserer Suche ganz gegen vorher gewonnene Einsicht verstoßen. Jeder einzelne Krimi kann nur ein Baustein sein; er wird vielleicht, wie dies besonders bei älteren Büchern der Fall ist, nur den Blick auf Frauen verändern, oder er wird, wie dies bei einigen unserer Lesbenromane der Fall ist, die heterosexuelle Ordnung durch alternative Lebensweisen in Frage stellen, dafür aber die alte Ordnung selbst weniger in ihrer Funktionsweise aufs Korn nehmen. Wenn Frauen in der vorherrschenden Ordnung kompetent und selbstbewußt die Sache in die Hand nehmen, wie dies bei den meisten unserer Krimis der Fall ist, muß sich das Umfeld verändern. Die gewohnte Bebauung wird deutlicher als Produktion erkennbar. Wenn Frauen sich überwiegend auf Frauen beziehen, werden alternative Kulturen als lebbar erfahren.

Wir haben bisher 19 Krimis veröffentlicht. Die umfangreiche Lektüre, die zur Auswahl dieser Romane und derjenigen für die kommenden vier Jahre geführt hat, hat uns verändert. Obwohl es immer noch unser weitgestecktes Ziel ist, Frauenkrimis aus allen Ländern und allen Zeiten zu veröffentlichen und so für Frauen alle Wege, die gegangen worden sind, zugänglich zu machen, sind wir jetzt ungeduldig, wenn die weiblichen Gestalten bei der Auflösung der Fälle noch immer allzusehr auf männliche Hilfe angewiesen sind, wie dies bei älteren Krimis durchweg der Fall ist. So haben wir in unser Programm nur noch zwei Krimis aufgenommen, in denen in einem Fall ein männlicher Detektiv die Fäden entwirrt (Gilbert), im anderen eine weibliche frauenliebende Detektivin sich den Fall mit einem Mann teilt (Singer). Auch haben uns die bisherigen Krimis ein anderes Verhältnis zur Spannung gelehrt. Eine ganze Reihe unserer Bücher verweilen geradezu episch in der Ausmalung von Landschaften, Beziehungen, Milieus, ohne daß wir beim Lesen innehalten würden oder ungeduldig auf 'action' warten. Damit haben sich für uns die Grenzen zwischen Detektivroman und Roman 'an sich' verschoben, ebenso wie sie dies für einige unserer Autorinnen taten. Dies gilt bis jetzt insbesondere für Sarah Schulman (geplant für 1992) und Barbara Wilson.

Wir haben daher vor, unsere Ariadne-Krimis ab 1992 um Ariadne-Bücher zu erweitern. Das drängte sich durch die Arbeitsweise unserer Krimiautorinnen zunächst auf; an einem tragfähigen Konzept für diese neue Reihe arbeiten wir noch.

Ein weiteres noch Unbegriffenes lehrten uns unsere Frauenkrimis. Es gibt nicht nur Krimis mit unversöhnlichem Schluß; einige Autorinnen schreiben auch Romane, in denen der eigentliche Fall nicht gelöst wird, die einzige positive Heldin umkommt oder der Versuchung erliegt, sich in die allgemein üblen Machenschaften zu verstricken, oder gar der Mordfall unwichtig wird angesichts der Probleme, Alltag zu bewältigen. Es gibt ganz offensichtlich eine sich immer weiter entwickelnde weibliche Schreibweise.

Das große positive Echo auf unsere bisherigen Krimis hat uns bewogen, auch das Krimi-Programm selbst zu vergrößern. Schließlich liest man einen solchen Krimi in ein bis zwei Nächten oder auf einer Bahnfahrt. Wenn wir jeden Monat ein neues Buch herausbrächten, würde der Lesehunger immer noch nicht wirklich gestillt sein. Wir werden also ab 1991 in jedem Jahr 10 Krimis im Programm haben und diese Auswahl um ein bis zwei Ariadnebücher ergänzen, sobald das Konzept steht. Wieder haben wir uns bemüht, kulturelle Vielfalt vorzustellen: zum ersten Mal erscheinen zwei Bücher deutschsprachiger Autorinnen und ein norwegischer Krimi, welcher so anders ist als alles, was wir bisher gelesen haben, daß unser Verlangen wächst, Frauenkrimis aus sämtlichen Ländern und Kulturen für unsere Reihe zu finden. Ferner bringen wir die zweiten Folgen der »Detektivinnen« Stoner McTavish (Dreher), Kate Delafield (Forrest), Maggie Ryan (Carlson) und Lindsay Gordon (McDermid). Hinzu kommen neue Autorinnen, die wie Cannell Alltagsprobleme in märchenhafte Umgebung einlassen oder umgekehrt Gewaltverbrechen in einem Milieu ansiedeln, in dem der Alltag durch Rassismus und Klassenfragen bestimmt ist (Komo). Schließlich sind der für uns letzte Krimi von Gilbert und der erste von Barbara Wilson, die den deutschen Leserinnen von Frauenkrimis ebenfalls schon durch ihren Erfolgskrimi 'Mord im Kollektiv' bekannt ist, in unserer Planung.

Es gibt noch eine weitere Änderung in unserer Krimi-Reihe. Da wir inzwischen auch in mehr als 40 Bahnhofsbuchhandlungen geführt werden, müssen wir uns nach der Decke strecken. Sie ist in diesem Fall zu kurz, bzw. unsere Krimis zu großformatig, um in die Einheitsregale zu passen und zwar um 8 Millimeter. Um dieses Maß werden Ariadne-Krimis ab sofort kürzer. Es tut uns für diejenigen Leserinnen leid, die sich ein ästhetisches Vergnügen daraus machen, alle Krimis nebeneinanderzustellen, wie dies eine Rezensentin empfahl. Die Lesbarkeit bleibt unverändert, ebenso der Preis.

Wenn unsere Kräfte reichen, möchten wir gerne einmal jährlich eine Ariadne-Zeitung herausgeben. Hier wollen wir Diskussionen um einzelne Krimis, um Standards, Lernerlebnisse, Alternativen austragen. Auch wollen wir die eingehenden Rezensionen, die immer ja auch weiterführende Kritik enthalten, ebenso zugänglich machen wie die vielen Briefe von Leserinnen und die Erfahrungen der Übersetzerinnen. In manchen Orten gibt es den Wunsch nach Lesegruppen. Auch dieses könnte durch ein solches Medium 'Zeitung' unterstützt werden. Schreibt uns zu unseren Vorhaben und zu den bisherigen Krimis. Nennt Bücher, die in unserer Reihe wichtig und schön wären. Immer noch sind wir auf der Suche nach Krimis aus romanischen Ländern.

Frigga Haug

Ariadne-Redaktion (Else Laudan)
Argument-Verlag · Rentzelstraße 1 · 2000 Hamburg 13

In der Ariadne-Reihe sind bisher erschienen:

Ariadne 1001	Anthony Gilbert: Das Geheimnis der alten Jungfer
Ariadne 1002	Marion Foster: Wenn die grauen Falter fliegen
Ariadne 1003	Joy Magezis: Untergetaucht
Ariadne 1004	Anthony Gilbert: Fette Beute
Ariadne 1005	Lauren Wright Douglas: Lauernde Bestie
Ariadne 1006	Jessica Mann: Das Gewerbe der Mrs.Knox
Ariadne 1007	Katherine Forrest: Die Tote hinter der Nightwood Bar
Ariadne 1008	Josephine Bell: Mord im Ruhestand
Ariadne 1009	J.R. Hulland: Der Tod studiert mit
Ariadne 1010	Masako Togawa: Der Hauptschlüssel
Ariadne 1011	Sarah Dreher: Stoner McTavish
Ariadne 1012	P.M. Carlson: Vorspiel zum Mord
Ariadne 1013	Val McDermid: Die Reportage
Ariadne 1014	Kim Småge: Die weißen Handschuhe
Ariadne 1015	Katherine V. Forrest: Amateure
Ariadne 1016	Dorothy Cannell: Die dünne Frau
Ariadne 1017	Kim Engels: Zur falschen Zeit am falschen Ort
Ariadne 1018	Dolores Komo: Clio Browne, Privatdetektivin
Ariadne 1019	Barbara Wilson: Der Porno-Kongreß

»Die Arbeit mit Erinnerungen kann uns den Blick auf andere Möglichkeiten freilegen«

Frigga Haug

Erinnerungsarbeit

Argument

Frigga Haug

Erinnerungsarbeit

ca. 250 Seiten, br.

Unsere Erinnerungen wirken ein Muster in die Vielfalt unserer Erfahrungen. Die Wege, die wir einschlugen, erscheinen uns als selbstverständliche Linien in unserer Entwicklung. Die Alternativen, die wir ausschlugen, als unwegsames Gelände. So, wie wir sind, mit allen Fähigkeiten und Unfähigkeiten, scheinen wir zwangsläufig zu sein. Wir blicken auf uns, als seien wir bloße Natur und nichts bewußt Gemachtes. Die Arbeit mit den Erinnerungen kann uns den Blick auf andere Möglichkeiten freilegen. Indem wir uns historisch sehen, können wir unsere eigene Geschichte so entziffern, daß wir ihre allgemeinen Züge erkennen und Wege zu größerer Handlungsfähigkeit erproben. Erinnerungsarbeit ist empirische Forschung, und sie ist mit Theoriekritik verbunden.

Im vorliegenden Buch veröffentlichen wir die wichtigsten Texte (in überarbeiteter Form) von Frigga Haug aus 10 Jahren Erinnerungsarbeit. Einige von ihnen sind seit langem vergriffen; die meisten haben eine heftige Diskussion ausgelöst; sie sind in viele Sprachen übersetzt. Zwei Texte erscheinen erstmalig in deutscher Sprache. Alle Aufsätze haben einen praktischen Bezug, greifen in die Frauenbewegung ein. So sind sie Grundlage für Arbeitsgruppen wie Aufforderung zur Weiterarbeit.

Inhalt: Frauen — Opfer oder Täter? / Zur Diskussion um Opfer-Täter / Erinnerungsarbeit / Die Langeweile in der Ökonomie / Frauen und Theorie / Verantwortung als Masochismus / Frauenbefreiung als Männerwerk / Die Moral ist zweigeschlechtlich wie der Mensch / Moral und Arbeitsteilung / Tagträume / Sozialisation als Vergesellschaftung / Eine Hausfrau im Widerstand kann keine Hausfrau sein / Subjekt Frau — Zur Politik von Erinnerung / Zeit der Privatisierungen? / In der Arbeit zu Hause sein?

Argument

Rentzelstraße 1   2000 Hamburg 13